生命沉思录

人体文化解读

2

曲黎敏 著

上海文艺出版社
Shanghai Literature & Art Publishing House

图书在版编目（CIP）数据

生命沉思录．2，人体文化解读 / 曲黎敏著．-- 上海 ：上海文艺出版社，2022
ISBN 978-7-5321-8245-9

Ⅰ．①生… Ⅱ．①曲… Ⅲ．①随笔－作品集－中国－当代 Ⅳ．① I267.1

中国版本图书馆 CIP 数据核字（2021）第 247611 号

出 版 人：毕　胜
责任编辑：陈　蕾
特约编辑：申丹丹
封面设计：刘冬冬
出版统筹：孙小野

书　　名：生命沉思录 2：人体文化解读
作　　者：曲黎敏
出　　版：上海世纪出版集团　上海文艺出版社
地　　址：上海市闵行区号景路 159 弄 A 座 2 楼　201101
发　　行：北京凤凰联动图书发行有限公司
　　　　　北京市朝阳区惠新东街甲 2 号住总地产大厦 15 层　100020　www.fonghong.cn
印　　刷：三河市金元印装有限公司
开　　本：700×1000　1/16
印　　张：21.75
字　　数：267,000
印　　次：2022 年 4 月第 1 版　2022 年 4 月第 1 次印刷
ＩＳＢＮ：978-7-5321-8245-9/I·6513
定　　价：59.80 元

目录

第一章　生死两茫茫

第二章　人体解读

第三章

中西对话

第四章

五脏六腑

第五章

生命的高潮

　　修订《生命沉思录 2》的时候，正是 2020 年的春天，新冠肺炎肆虐中国多地。我们知道，西医对付病毒有几个要点，这要永远牢记在心：（1）人类对病毒没有永久性的免疫力。（2）抗病毒真正起作用的是自己的免疫系统。（3）过分使用抗生素和激素，不仅无效而且有害。可事到临头，又有多少人能记住这三个要点呢？一旦出现非典或新冠肺炎这种大规模传染疫情，在无法确认病因的情况下，人们也只能将希望寄托在医生身上，蜂拥而进。殊不知，自古阻断疫情的最佳手段就一条：隔离！隔离！隔离！重要的事情说三遍，要么主动自我隔离，或被动隔离，并在隔离中保持平静的心态。

　　有人会说：怎么保持平静的心态呢？在汉代的一场大瘟疫中，人们在隔离状态下读《道德经》《太平经》，强调逆转阴阳生化的唯一途径就是行至静之道。"守神"的方法，就是百日一小静，三百日大静。人们若能花几周的时间静一下心和神，补补觉或靠读书等分散下精力，可能是当下最大的自救。

可现在人们获取资讯的渠道和方式太多，由此造成的过度恐慌恐怕比疫情本身还惊心。从来都是，再精密的仪器也只能看到肉体的伤痛，而无法看到我们内心的恐惧和伤痛。我说过，人，只要得病，就会紧张，听到稀奇古怪的病名就更慌乱。为什么很多人一听说自己患了癌症，没多长时间就全身心崩溃了？其实这些令人生畏的信息直接捣毁的不仅是外在身体，更是五脏神明。而且首先崩塌的是心之神、肾之志，这两个生命大咖一旦倒下，导致的后果就是心神散乱和肾之恐惶。"五藏神"，实质上是生命最重要的能量源和坐镇者，一旦它们散乱崩溃了，生命就崩塌了。神明一乱，就无从谈医学文化的认知了。

有一个问题，这里要说一下。当疫情出现时，第一时间发现的一定是西医，因为中医没有检测的手段，中医也没有病毒、细菌之说，所以病情在第一步都是由西医处理。非典、新冠两次疫情都是因为没有特效药，最后才有中医介入。所以当年广州中医在邓铁涛邓老的带领下声名大噪。可见中医在参与治疗疫病上还是卓有成效的。

大家都知道《伤寒论》，但《伤寒论》是怎样产生的，大家可能有所不知。在《伤寒杂病论》自序中，张仲景说："余宗族素多，向余二百。建安纪年以来，犹未十稔，其死亡者，三分有二，伤寒十居其七。感往昔之沦丧，伤横夭之莫救，乃勤求古训，博采众方……为《伤寒杂病论》合十六卷，虽未能尽愈诸病，庶可以见病知源。"由此可知，两千年前，张仲景编纂《伤寒杂病论》就是源于一次长达近十年的瘟疫，这场瘟疫夺走了他三分之二的家人。他感慨家人的沦丧，痛恨无法救助亲人，奋而苦学，参照前人的经典，著成《伤寒杂病论》。

因为寒邪先攻击的是人体体表，进而导致病人发热、头痛、浑身肌肉酸痛等，所以，《伤寒论》先以太阳病证开始，逐步论述病邪深入身体的表现及其治疗方法。而且，最为重要的是，对付各种疾患，一定要先培元固本，温化寒邪，以不伤元气为根本。比如桂枝汤，在治疗发热的同时，也要提防人体津液的流失，所以要用甘草、大枣等及时补充津液。即一定要先增强人体的免疫力，靠人体的元气治病，而药物只是辅助元气治病，而这，也正是中医对付疫病流行的根本方法。所以，从这个角度出发，伤寒方更靠谱，比如白通汤，不伤身体，且用葱白可解肺寒；通脉四逆汤，以通利经脉为主，使元气更容易祛邪散寒；甘草干姜汤，也可以解决咳嗽等问题。这些方药，用于预防，可；用于治病，亦可：因为它们都治疗发热、上吐下泻、咳嗽等。

但我还是不主张多用药。那在日常生活中，怎么预防呢？

预防小方法：（1）强壮身体，多做八段锦的头两个动作：双手托天理三焦和左右开弓似射雕。（2）不乱吃外面的东西，多喝热水。（3）保持房间通风，可用艾条熏屋子，除秽气。（4）出门嘴里可以含片姜，以除秽气。（5）适时增减衣物，预防感冒。（6）晒太阳，艾灸肺腧穴、膏肓穴。（7）保持情绪平稳。情况越是危急，越要保持镇定，因为慌乱惧怕并不能解决问题，相反只能加重病情。如此还不如索性保持心平气和，该吃吃，该睡睡，趁着自我隔离的时间，好好养精蓄锐。高高兴兴，自然百毒不侵。总而言之，所有疫病最终的解决之道还是靠病人的自身免疫力，靠自愈。

有人会说，治病须杀死病毒才行啊。对此，不知道大家想过没有，2003年非典结束后，病毒去哪里了呢？病毒被杀死了吗？关于新冠肺炎的来源，大家有着很多猜测，又是蝙蝠又是狗的，但来处去处还是不清不楚。

那中医不杀病毒、不杀细菌吗？其实，病毒和细菌比人类出现得都早，生命力都顽强，杀是杀不完的。但中医医道会分析病毒和细菌会在什么环境、什么"气"中出现和活跃，所以，中医治病是在"气"上做文章。总之，"气"的问题是中医医道中的大奥秘，弄明白了，很多问题便迎刃而解。

这本书，实际上是关于生命之学的文化版，是关于生命内涵的一次沉思。重新编辑这本书的时候，我正好开始在喜马拉雅上讲"内经的理，伤寒的方"。为什么要讲这一课呢？因为这次新冠肺炎大流行告诉我们，一旦出现了大规模的疫情，人们可能一时进不了医院，只能暂且自救。而中国人的福报在于，除了西医，还有中医；除了西药，还有中药，还有《黄帝内经》和《伤寒论》等经典医著的护佑。我们若能很好传习利用这些传统医学，那将对疫病防治大有裨益。正所谓明白了"道"，就会有"法"，就会给生命以新的生机。

2020 年立夏于元泰堂

肉身的意义

老子曰："吾所以有大患者，为吾有身，及吾无身，吾有何患？"

人类，就肉身而言，基本别无二致，都有五脏六腑，都有眼、耳、鼻、舌、身、意，都有相同的动作，都能逃跑或进攻，都喜欢用言语、眼神、动作来表达情感。人类也有共同的命运，至少在肉体的层面上讲，都有生老病死。从这一点上说，身体结构也体现了造物主的崇高精神。因此，本书要探究的，就是身体内部隐藏的秘密，以及这崇高精神的内涵和意义。

对于人类而言，肉体的程序已经固化，只是生长、壮大、衰老、死亡，且肉体每每要先碰触现实的围墙。现实中的人，对肉身充满了不可思议的欲求——祈求生长，渴望更壮大，拒绝衰老，恐惧死亡……谁都想让终结生命的子弹跟自己擦身而过，拐弯、落于虚空，人人都想在被抓住的同时又被放下，可是，肉身顽强地遵循着自己的路径，一路快速前行。

人类越来越深刻地认知到，有些疾病的降临，仅仅是为了粉碎自身的野心。人类医学和疾病史记录的不只是人体的历史，更是人性的历史、人心的历史。一切伤痛，一切糊涂，一切贪嗔痴，一切妄念，一切虔诚与不敬，皆在其中。人，皆因人性而病，但，人只想解决病，对人性的贪嗔痴依旧听之任之。所以，对大多数人而言，病，只是一次痛苦的经历，而非自我觉知的起点。这一切，多么令人心痛。

　　因而，人之进化，必谋于心灵和思想。但，这心灵和思想的进化也须借助肉身的感知的进化，如若没有眼、耳、鼻、舌、身、意感知的锐化与灵动，也无从知晓一切不过梦幻泡影……而且这心灵和思想的进化也会随肉身感知的钝化或锐化而倏忽变化，时而进化至巅峰，时而一下子跌入死亡之谷底。所以，修行的路也不尽然安全，如何训练和磨砺我们的肉身，其实也是修行之路上的一个重要课题。唯有在它之上，我们才可能训练和把握精神之节奏，保持警惕的心，让它尽可能平稳地向高处飞翔。

　　生命能否以一种沉思的方式、一种文学的方式来诠释和解读？生命如此炫目、美丽，我们干吗沉溺在病痛的挣扎中，沉溺在刀枪剑戟中？生命对于我们，无论一次还是两次，还是无穷无尽，我们都可以美美地痛饮这生命的琼浆，把她当一次历练，当一次觉悟，当一次涅槃，当一次重生，让她不枉此行……

　　这是一段忧郁而又快乐的心路历程，在生命的风景线中，踟蹰、徜徉，低吟、长啸，并以冥想的方式、以书写的方式、以吟诵的方式，来构建自己的道场。在那道场的中心，是精神的曼陀罗花、酷烈的阳光和黑洞般被吸附的宇宙，于是，被世俗百般荼毒、碾压的肉身和思想，再次从桎梏中得到解放和飞升……

第一章

◇

生死两茫茫

肉身，是伟大的不容忽视的存在。身心合一，是更伟大的
对现实存在的超越。

一
生与死：生不可喜，死不可悲

◇

太阳每天照常升起，可对每个人而言，生与死，只有一次。

生命和死亡是哲学思考的核心问题，除此，无他。

这个世界，最大的恐惧是死亡恐惧，最大的伤痛是知道只有死亡确定无疑，而其余的，皆是无常。人可以从生活中退出，但不能逃离死亡。当生命闭上了雄辩的唇，死亡就张开了沉默的嘴，生和死，如同硬币的两面，有生就有死，有死便有生，这是亘古不变的生命法则。

人出生，是固执地抓住；人去世，是无奈地撒手。人，刚降生时坚信世界是我的，所以双拳紧握；走时两手摊开，表示人生一无所获，一切都是宇宙之神的，包括自己。生不可喜，死不可悲，悲喜只在一念之间。

中国有个惊世骇俗的庄子，他把生看成一场玩笑，把死亡看作解放。在他眼里，生与死、物与我、利与害、是与非，通通一样。他把无差别发展到极致，把无情发展成有情。当你不情愿接受时，却发现石头已经流泪，爱情"卷土重来"……

我们是应该为离港的航船欢呼呢，还是该为入港的船只欢呼？其实，离港犹如出生，我们不知等待它的是什么样的风浪或什么样的天候，我们应该为前途深深地忧虑和担心才是；而入港犹如死亡，它已平安抵达，它已结束艰险的航程，它已呈现过该有的荣耀……我们终于放心了，我们终于可以鼓盆而歌了。

死亡，是生命轮回的一部分。

关于肉身死亡的判断标准大致有四：一是呼吸的停止，二是心脏的停跳，三是脑电波消失。中医还有一个判断标准是瞳孔放大，从中医的角度说，瞳孔放大是肝魂飘散。过去的人们只是从前两者判断，现在的死亡判断却让人有些难堪，比如用人工器械维持生命体征等，这会搅乱我们对生命的敬意。生命，真的不是只局限于肉体的鲜活。灵魂的飞升，可能才是生命的高级状态。

在中国，死亡是一个大忌讳，对于某些少数民族来说，死亡是一个神秘的事情，是中国人语境中的一个困境。在中国神话中，至今找不到关于死亡的明确解读，但却有几个大巫环绕一具死尸，手持青蛇以驱除死神的场景。中国人有对死亡的凝视，但却并没有从中发展出病理解剖学。在《黄帝内经·灵枢》和《难经》中，都有过解剖的相关叙述，而且中国上古战事频仍，古人有足够的机会来凝视那些士卒鲜血淋漓的伤口，并完成对生命机体的认知和解读。但直到宋代，道教中人才开始做死亡的体验，而其主旨依旧是祛死趋生，关注的要点是死亡的过程而非遗体。

肉身，是伟大的不容忽视的存在。身心合一，是更伟大的对现实存在的超越。

肉身，是造化恩赐的精品。虽说每个灵魂都完全不同，但上天却公平地给了这些不同灵魂以相同的肉身，都是五脏六腑，谁也没多一颗心或少一个腑。如果我们不先弄懂它，我们就无法为我们的灵魂找到正确的出口，我们就无从去谈论"解脱"——顺从肉身之消解，为灵魂之脱离找到方向。

人不是简单的肉体存在。如果人感受不到灵魂，就无法绽放，就无法有绚丽的值得回忆的人生。

上天神明用泥土捏了我们肉身，用气息灌注了我们灵魂，此两大系统必各有其进化程序。人之一生，灵魂顽强地执着于肉身、肉身贪恋地缠绕灵魂都是没意义的。终归是，肉身归于泥土，灵魂归于神的荣耀。

肉身，也遵循"成、住、坏、空"这一原则，就是"生、老、病、死"。人们更多的是贪着"生"，畏惧"老"，害怕"病"，对死亡讳莫如深。于是，宗教就在对这一切的沉思中诞生了。

到底什么更需要救赎，是肉身，还是魂灵？

如何有尊严地死去，是一个值得深思的问题。

世上贪生者多，怕死者亦多。人生再苦，贪生者也会以苦为乐，怕死者也会不求解脱。

人生命的完整性在于"了生死"。生命的"生、老、病、死"自有其规律，不必强求。在亲人的怀抱里安然而逝，也是人生难求的福报。

过去，人一般是在家人的环拥下、在熟悉的环境中去世的，在生命最后的恍惚昏冥当中，童年可能再现，而你一直在等待的那人的出现会使你因快慰地长叹而耗尽最后的气息。灵魂也不急于飘散，他还得在你用了一生的家具和锅碗瓢盆中缠绵、环绕，做最后的告别。然后，亲人们开始啜泣哀号，用你用过的毛巾擦着眼泪。起初人们还谈论你，但渐渐地，生活又恢复往日的平静。于是，你如释重负，在小姑娘开窗的瞬间，你轻轻地弹出窗外，先是迷惘地立在清晨的花蕊上，露珠湿了你的脸，在明白与不明白之间，在永诀与转世再来之间，一切已经重新开始……

现在的人"生"可怜，"死"可怕。浑身插满管子，几个穿白大褂、戴白口罩、手里拿着刀的人在含混地说着什么……陌生的环境，没有亲人熟悉的声音，没有熟悉的器具，灵魂无依无靠，跌跌撞撞。他不认识那躺在病床上的支离破碎的自己，没有比这更令魂灵恐慌的了。他突然迷失了自我，无法跟自己用了一辈子的肉身做个了断、做个告别……

人生命的完整性应该是因爱而生，因幸福和成就而存在，最终有尊严而逝。如果因痛苦而生，因饥渴温饱而存在，最后再在疼痛恐惧中死去，那将是多么令人气馁而悲痛的事情。

有些东西注定是无法颠覆的，比如衰老和死亡。跟死神争夺生命的那种英雄主义，缺少的不仅是敬畏，还忽略了人之为人的生命的尊严。

越来越多关于"转世""轮回"的观念让人深度迷惑。中国原本把死亡诗意地描绘成一场奈河桥上喝碗孟婆汤的旅行，但那遗忘之旅远比不上对前世的追索和对下一世的想象。人们开始渴望知晓"我，因何而来，因何而往？"但唯一能确定的是，那肉体已消亡，唯有灵魂在无尽地徜徉……

于是，有了一世说，二世说，三世说，无尽说，涅槃说。

中国文化的根底是乐生。因此，"死了最好再来"。如果"死了能再来"，人就要有不生不灭的灵魂。

那再来的，是我，又不是我。

如果生命只存在一次，那么"一世说"会让人恐惧，会让人放纵，会让人放肆地追求利益及其最大化，并以一种绝望的态度去拼命享受。

生命的"二世说"，比如基督教之天堂、地狱。人死后，要接受上帝的最后审判——信奉上帝的好人上天堂，坏人下地狱，这种审判令人畏惧，并约束了人性的放纵。

中国也有"二世说"——阳间、阴间。中国人认为万物生于土，最终也要归于土，所以，鬼者，归也。人、鬼两界，不过阴阳，好人死后是好鬼，冤死者为厉鬼……所有逝者在阳间都有墓碑牌位，以记其德行。故中国人活着要对得起祖宗，否则就是孤魂野鬼，死后不可入祖上宗祠。现代中国青年有这种观念的人不多了，活着，能对得起自己就已经很不错了。

对中国人来说，无论生命的"一世说"还是"二世说"，都会使人对肉身有强烈的关注，所以中国较发达的学问是传统医学和道教，而且将来会在这方面引领世界的思维与语言。

中国人为何没有强烈的宗教情结——是用宗教整顿人性，还是用诗教整顿人性？——宗教让你敬畏，诗教让你自在；前者多说苦，后者多言美；前者洞穿了你当下的六道轮回，后者让你始终如一地享受着神性的美；前者让你用今生换来生，后者让你活泼地在娑婆境里用情。呜呼，思无邪，前者后者，来世今生。

真正的生活，大多数时光是"简单的重复"，可怕的是，思想也简单地重复着，昨儿前儿的那些欲念又卷土重来，让人不得不惶恐：轮回，原来就在每天，就在每时每刻——一丝不良情绪就会把我们变成魔鬼；一个贪念就会让我们虽为人身，但心灵已坠入饿鬼道；一个微笑又会把我们重新带回人道——就这样，每时每刻可能都有最真实的六道轮回。

生命，就这样，在令人厌倦的重复中，有着极大的不稳定性。对于层出不穷的种种欲念，我们不得不小心翼翼地驾驭，若要灭它们于无形，是驱除，还是覆盖？驱除时，会不会一个走了，另一个又来？覆盖时，会不会如同雨点落在雨点之上，一个破灭连着一个破灭？这，便是"生"之苦恼。

更深地想，就不由得战栗了……人类历史犹如浩繁的电影胶片，未放映之前，仿佛一切都已然存在。没有人，能够销毁它、改变它。难道我们能做的，只是一点一点地等它放映完？这期间，我们会睡去，会哭泣，会在电影的某个角落里发现自己一闪而过……在无限悲观的这一刻，我只求，在它变成满银幕黑白雪花模糊不清的时候，我，牵着你的手……

有时候真想烧毁它，只保留一些模糊的、不连续的残卷。为什么完整的，令人惊惧；残破的，又令人战栗？

真的越来越信宿命了，宿命，会让人心痛，会叫人被一种深沉的无力感控制，会令人感恩当下的一丝温暖，或是厌倦地躲在一边，又或是暗暗地期待……被拯救，不是被你，也不是被他，而是上苍。当我回到他身边，哪怕不是璎珞遍身，哪怕只是一个小小的气泡，我也安谧、喜乐、通透、永恒。

如果一切已在预言中，那我们还能做什么？！上帝是在耍我们吗？上帝就那么喜欢看这场电影——让我们把他知道的一切重演？他又会得到什么呢？就算他喜欢导演，那欣赏这出大戏的又是谁呢？

我们所谓的自由意志，真的存在吗？如果一切已在预言中，那我们的自由意志又是些什么东西呢？！我是否想得太深了？

一切信念，都从体验生死而来。

人因欲望而生，因欲望而死，所以，生门即死门。

万物生于土，也归于土。荣耀归于至高无上的道。

二 生活：造物者的伟大恩赐

◇

在生活中什么最重要？是"活着"重要，还是别的什么？记得小时候，我曾偷偷地匍匐在金灿灿的麦田里，感恩上天赐我以生命，赐我以灵性，赐我以甜美的食物，赐我……当我像个羞怯的小女巫在那个羞怯的时代默默叨咕的时候，太阳的能量穿透了我的身体，我因为上天如此爱我而泪流满面……当我重新站起来的时候，世界已经变得晶莹剔透。

从那一刻起，我明白了，在"活着"之外，有爱和美，而且正是它们，赋予了"活着"无比绚丽的色彩和神秘的力量。

圣人有好生之德。

生生不息，是中国人对这个世界的最乐观的表达。但人们一定不只是求种性的绵延，而是在内心深处祈求：用这一次肉身，感知这个世界的一切美。在人类的基因中，除了对性、对食物、对恐惧、对伤害等的遗传，也一定有对肉身、对爱、对美、对造物之伟大的无限依恋，要不，我们不会一次次地来……

人生观固然重要，但仅仅有人生观还是不够的。人，除非再有宇宙观，才会真正地走出自私，才会从渺小中生出真正的悲悯，才会对自己和别人有真正的宽容。因为，宇宙观会告诉你一切的一切——生命、情感、财富、疾病、战争……所有困扰你的一切，都不过是转瞬即逝的过程。

其实，人生并不那么可怕。我们过去活过，我们过去也死过，那么多世我们都熬过来了，我们还怕什么呢?！但也许原先我们没活明白、没活痛快，这一次，我们要好好地抓住机会，好好悟道，好好践行，为下一世的超越多积累些资粮。

人生苦短，别太隐忍。因为人生究竟是"无意义"的，只是"白驹过隙"，关键要看那缝隙中的一闪你白不白，亮没亮，飘逸不飘逸。哪怕是苦，也苦出点美感。其实，上天给所有人的都是"隙"，小人物总以为大人物的舞台大，等你走到他那个位置才知那舞台依旧是个"隙"。每个人的一生都有擦伤泣血，所不同的只是有人是挥着鞭子唱着歌过去的，有人是爬着过去的，有的人是憋死的。

海明威说：生活总是让我们遍体鳞伤，但到后来，那些受伤的地方一定会变成我们最强壮的地方。

曲曰：精神上的创伤可以作如是观，但肉体上的，爱翻旧账。总之，肉体的伤痛记忆让你衰，精神的伤痛记忆让你强。

其实，对于生命而言，医生能管的只是部分，而非全部。比如因"业障"而病归因果、修行管，所以医生也每每感叹徒劳和无奈；命境由天管，因为并不是所有人都死于疾病；只有部分疾病由医生管，比如器质性的损伤等，从这点上说，西医确实在救护方面有很大成就。而要想探究生命的根底，恐怕人类还要走许多年。

初识围棋，先学十诀：不得贪胜（一个"贪"字写出生命的全部困境）；入界宜缓（一个"缓"字让你我之生命得以舒适）；攻彼顾我（所有的战斗里都要有对自我的清醒认识）；弃子争先（不要因小处纠缠而丧失"先手"的主动）；舍小就大（生命是有格局的）；逢危须弃（没有自保，就没有未来）；慎勿轻速（轻慢与大意会使自己被动）；动须相应（相应就是要把握恰当的时机）；彼强自保（疾病也有强时弱时，这时要韬光养晦，不轻易浪费元气）；势孤取和（和之道，生命之道）。

妙哉！棋道，通生命之道！

三

诗性与医学：生命如歌咏

生命之核心，既惊人地保守，又无限风骚。没有保守，就没有稳定和持续；没有风骚，就没有炫目和创造。

乔治·萨顿说：科学——各种科学，当然首先是医学——一旦得到应用，就成为一种艺术……在医学史上不应只盯着科学发现与科学成就，还应看到人类爱情与信仰的永恒果实，否则我们就不能理解医学史。

曲曰：也无法理解人类史。正是对死亡的恐惧，以及对人类爱情与信仰的敬仰与渴求，使得人类命运绚美如诗。

世界再怎么变化，人，还是离不开阳光、亲人、温暖的夜和朋友。这些，是人生的秘药，可以疗愈我们灵魂深处的伤。简言之，精神上的享受可以带来身体的安宁。

有人说：诗人是人类的感官，哲学家是人类的理智。所以，诗句越殊相，越真实可爱；哲理越共相，越接近真理。

诗，是直觉的表达。运用体验描述的方式，而不是用抽象性的词语，这也是中医文化的一大特色。在这方面，它与诗极为接近，比如李时珍说浮脉——如微风吹鸟背上毛，如水漂木……美矣哉！

传统医学所运用的语言是诗性的象征语言，你必须用内在的体验和感觉，而不见得用逻辑去领悟它；你必须用一种激情和联想，甚至跳动的美感去体会它对生命律动的描绘。要想掌握它的秘密，你必须先唤醒对神话、童话或梦境的感觉，必须先领悟了《诗经》《易经》《道德经》的美，才能拨云见日，得见圣典之真容。

喜欢传统医学，是喜欢它的诗意和感性，是喜欢神农们君子般的悠然和美感。比如浮脉，如微风吹鸟背上毛，柔飘轻泛；比如药性，花性上漾，根茎攻里，核性破坚；比如经脉，如河流，有泉眼，有深池，有浅滩；比如五脏，有君主，有将军，有姹女，有黄婆；比如六腑，有霹雳，有和合，有藏污，有纳垢……美矣哉，天地有大美，自身有山河，阴阳气血在，太极绘彩虹。

子曰："知之者不如好之者，好之者不如乐之者。"——什么都有境界之分，学医有谋生、自救、悟道、传道等分别，故有求术、求道之不同境界。求术者自有猥琐和困顿，求道者自有恢宏和灵通。

诗人的眼

你眼里的种子是蛋白质，

在我眼里是美丽的树；

你眼里的水珠是 H_2O，

在我眼里是海水的碧蓝；

你眼里的穴位是结点，

在我眼里是璀璨星空；

你眼里的经络是条线，

在我眼里是初春的河滩；

你眼里的附子是乌头碱，

在我眼里是回阳的火焰……

所以，你我各有各的世界，

你得你世界的碎片，

我得我世界的天。

相对于那些明确无误的定律，我更喜欢神秘和模糊。定律满足了我们的理智，但破坏了我们对无限的感觉。我更愿以触角试探地去抚摸黑暗，而不愿走在明晰的规则里。只有超越规则，我们才能得到美和飞翔，以及自由。

科学家看种子，是蛋白质和碳元素等；诗人看种子，是一棵树。种子破壳而出，消解了自我，而成为大树，并在风雨中伸出精神的枝杈，完成了美的述说。人之种子，也将消解掉自我，要么成为粪土融于土壤，要么摆脱原本的种性，成为另一种，在伟大的生活中成就美和自由。

种子，是先天；树，是后天。哪个是本性呢？种子要长成树是本性吧；花种要开花是本性吧……由此，本性不过就是命运——破壳、腐烂、消解、发芽、成长、绽放……不断地冲破樊笼，不断地自我否定，不断地变形，但，最终一定不是以死亡为终结的牺牲，而是成就再生之种子的强大和充盈。

生老病死、成住坏空是定数，它只会让生命更沮丧，或更贪婪。唯有浩瀚的神秘，唯有美，唯有爱，可以让生命激荡，可以让我们完整地看待一切，包括恶和天道的无情，并使我们的生命接近那无限，并得以超越。

逻辑不是文学，韵律学不是诗——它们只是规则，而不涉及人性的因果。电影、诗、小说的形式在于规则，但它们的思想在于美，美是一种无意识的自由，但这种自由一定要契合人性中最高的那部分神性，才有意义。由此，规则不过是风，如果它鼓荡着自由的翅膀高飞了，它就超越了自己；如果它压制了自由与美，它就流于形式，自己的意义也暗淡无光。

就生命而言，五脏是藏生命神明的府邸，比如肝藏魂，肺藏魄。如果我们总把目光盯在那些器官上，我们便从根本上贬低了生命的神秘本质，也贬低了生命的美。生命的觉悟一定源于神明的自在，而不是源于器官的修复。我们要降伏的不过是心之神、肝之魂、肺之魄，它们就是那只不断跳跶的老虎，是支撑我们存在的目的和理由，而且当一切结束时，它无须道别，直接飞升。

其实，生命本身就有双重性。白天我们强大的神经和自保意识支撑着我们要做一个有理有节的、既被现实操纵又试图操纵现实的"人"；入夜，我们便丢盔卸甲，在众多的时空里神魂飘荡。我们会变成真正的"倮虫"，不再防卫、不再抵抗，在梦里，我们打开了生命根底的记忆和幻象，如来，如来，栩栩然蝴蝶也。

我们的人生，通常会在梦里、诗里、神话里、童话里、美景里得到拯救，而在现实中遭到扼杀。现实会让你病痛、伤痕累累，但睡眠和梦境，会让我们修复。每天，我们都在看谁的力量更大，看谁最后得胜，但通常是，现实偷走了你的梦，赢得了你的人生。所以，我们要随时保持警惕，努力用美、用诗情、用拒绝贪婪，来填充我们白天的现实；用爱、用温柔、用模糊迷幻的梦，来延长我们的夜晚。

对有些人而言，生命意味着成长和成熟。对另一些人而言，生命只是意味着变老。晚安，各位。让睡眠修复我们，重塑我们，并熨平我们白日的痛。

你的一生，是要化神奇为腐朽，还是要化腐朽为神奇？

四

《黄帝内经》：源自生命的悠然

◇

● 为什么一定要学习《黄帝内经》？

《黄帝内经》是黄帝研习生命之道的学习笔记。作为一个建立了历律、封建制和国家政治体制的一代伟大君王为何以一种谦卑的态度来研习生命之道是一件值得关注的事。因为对于此界而言，生命系统可能是造化最精密、最完美、最充满变数和不可思议的一个系统了。相较于生命而言，医学是粗糙的，历史是粗糙的，一切人事也是残缺不全的。而人类最大、最后的失败就是个体生命系统的崩盘，人类最无奈的哀伤和最不易掌控的事物也源于此。而《黄帝内经》就为我们补上了这神秘的一课。

这一系统的核心在于"无为"，在于它高度的自我完善。每一个细胞都是充满创造力和活力的存在，自古而今的所谓"明心见性"也不过是对每一个细胞的激活和对细胞正能量的高度运用。"无为"的内涵有二：一是高度的自组织结构；二是高度的阴阳和谐能量的发挥。它的一切修复手段来自内部，而不是外部。就像老子所说的那个轮子，它的推动力来自中间的"空"，而不是"有"。这也是中国传统学问为什么视"从医入道"为掌握中华之道的至简之法。当一切外在的"有为"系统与人生命的这一"无为"系统统一时，就实现了"天人合一"——中华文化的核心。

当你研习《黄帝内经》时，才有真正的放松和悠然。这种放松和悠然源自生命内部，而不是外部，这大概也是"悠然自得"这一成语的真正内涵吧。

无论如何，人之自由是有次第的。首先是财富自由——这不是目的，而只是使生命具足的一个小小的阶梯，是生命向更高阶段前行的一个保障。但很多人都太沉溺于这一阶段了，甚至把这一阶段当成了终极目标，而忘记了追求更美好的。然后是生命自由——这是一个相对高级的阶段，是不任人宰割而重新把生命拿回自己掌握的一个阶段，真正支撑这一阶段的不是金钱，而是对生命的尊重。但很多人忽略了这一阶段，或者是临死时才悔恨自己始终没有建立起对自己肉身的尊重，任意挥霍了一生。最后是心灵自由——是剔除了贪嗔痴对生命的困扰，而由对生命的尊重进而发展为生命潜能的发挥和奉献。至此阶段，是男人，是女人，已不重要；是否长寿，是否短命，也已不重要；重要的是，你真性情地活过，你善意地与这个世界和解了，你美美地享受了肉身和精神这双重盛宴。你来过了，你也可以坦然地走了。而这种终结时的坦然、无悔和明澈，就是自在；如果再深感幸福和拥有来去自由的从容，就是大自在。

《黄帝内经》是一本伟大的经典，我真心希望有人能认认真真地学。

它并不需要你有多专业，而只是需要你"用心"。

● 传统医学的价值在于践道

传统医学的价值不在于创新，而在于践道。生命轨迹亘古不变，瞬息万变的只是生活和情志。而践道，就是从瞬息万变中悟那"不变"，行那"永恒"。

有些东西古老得你永远无法确认其年龄，它们带给你的沉静，与那些转瞬即逝的东西带给你的哀伤一样意义非凡。人，最好是，左手把玩永恒，吟风诵月；右手把玩无常，夏冰冬虫。如此，便以一种疏离的高贵水墨了时光。

中国古代文化都是从身体的道理中总结出来的，所以一定要学习《黄帝内经》。

所谓经典，都是智慧之书，而不仅仅是知识之书。是这个民族对宇宙自然及生命的感悟与认知，是可以让一个民族怀着隐秘的热情，世世代代、反反复复去阅读的书。《黄帝内经》正是这样一部伟大的经典。阅读它，体悟它，你会明白养生并不局限于吃吃喝喝，而是打开肉体的桎梏，与万物谋求和谐的灵性成长。

《黄帝内经》不在儒家六经之中，一是其现世成书晚，二是其不符合儒家体系。但它确实是中国神秘古代经典之一，唯有此书是帝王问道于天师之作——治国之根本在于治人，学问之大，莫过于人学，人学之根本又在于《黄帝内经》。明天地人和合之道，明生命无为之道，明阴阳变化之道，则为人生管理之极致。

从汉代张仲景时就每每有庸医误下药了，所以中医之衰败由来已久，但不能因此而攻击传统医学之经典。经典就是经典，几千年来，它默默地面对芸芸众生，只要你肯认真研读、熏习、实践，它就会唤醒你的灵性，开启你的人生……

现在，伪中医泛滥是没错，要怨就怨自己没福报，这世上，谁也骗不了谁，只有自己骗自己。因为自己无知，才会被骗；因为贪心，才会被骗；因为过分相信所谓的专业人士，而不相信自己的自愈力，才会被骗。好好学《黄帝内经》和《伤寒论》这些经典，自然心平气和，从中受益。

《易经·乾·文言》："夫大人者，与天地合其德，与日月合其明，与四时合其序，与鬼神合其吉凶。"学习经典就是与天地合其德，与日月合其明，与四时合其序，与鬼神合其吉凶。

所谓"与天地合其德"，就是明天道、明地道。天道自强不息。所谓自强不息，就是知道老天有好生之德，天无绝人之路，明天地运化之道，只要自己努力，老天总会给口饭吃。地道厚德载物。所谓"厚"，言其足，精足者才能承载、生发万物。"厚德载物"，不是光承载世间的好与坏就成了，而是要有化丑恶为美丽、化邪恶为神奇的能力。就好比大地，给它种子，它能催发、养育；给它粪土，它能化粪土为春泥。这，就是德之厚。即，德不厚，自立都难；德厚，不仅能载物，还能化物。

所谓"与日月合其明"，就是明阴阳。日月有升有落，人生有甜有苦，懂简易之道，就是知道大道至简，常言道：是真佛所言皆俗事，能明道每论必家常。凡是神神乎乎的东西，不必追，也不必听。明阴阳，就是知道阳极必阴，阴极必阳，就是变易之道。天地万物虽时时刻刻不同，但万变不离其宗，所以又有"不易"之道。明白了这些，人也就从容淡定了。

所谓"与四时合其序"，就是要明春夏秋冬生长化收藏之道，不可急功近利。佛，讲因果；中医，讲始终；道，讲先天后天，都有个时间顺序，都有时空变化，都有过程。其实，做人、做事，过程最迷人，而不是结果。现代人做事的一个大弊病是急功近利，消灭了过程，往往是一个病名对应一种药，所以人们急于找到病名，然后直接找药，医不求了，药不问了，没了"求"和"问"的过程，没了疾病是人体自保功能启动的认识，人们宁愿用"钱"消灭过程，而不愿参与到对疾病的反省中，所以，没有治愈，只有症状的潜伏和转变。

所谓"与鬼神合其吉凶"，什么叫吉？就是对自己有利的；凶，就是对自己不利的。中国人忙的就是这四个字：趋吉避凶。而如何看待吉凶，就是人生格局。如果你把吉凶看成阴阳，你就坦然，没有绝对的好，也没有绝对的坏，能在好的时候知道韬光养晦，能在坏的时候积极奋进，就是明白阴阳的转化。人趋吉避凶靠什么？从五脏言，靠胆气。这个胆不是胆量，而是"中正之气"，因为胆为"中正之官"。你要趋吉避凶，就是看你守不守中正，唯有守中正，唯有正念、正行，人才能趋吉避凶。这就是古人所言：积善之家，必有余庆；积不善之家，必有余殃。

在中医之外另有中医，在思想之外另有思想，在我之外有我，在你之外有你。

世界，表面热闹的是政治和经济，但世界最终要靠哲学和文学来解读。

亚里士多德说，哲学应该从医学开始，医学最终要归于哲学。

依我说，一切都应从对生命的认知开始，而且一切当服务于生命。人身虽为渔筏，但无此，亦不可得度。

一个圣人，曾端坐在菩提树下；一个圣人，曾骑在青牛的背上；一个圣人，曾游走和被弃于荒野；一个圣人，曾被钉在十字架上……他们的光芒，穿越时空，不要求让你臣服，只是永恒地引领……

《庄子·知北游》曾指出："人之生，气之聚也。聚则为生，散则为死。……是其所美者为神奇，其所恶者为臭腐；臭腐复化为神奇，神奇复化为臭腐。故曰：'通天下一气耳。'"

《庄子·秋水》："何谓天？何谓人？"北海若曰："牛马四足，是谓天；落马首，穿牛鼻，是谓人。故曰：无以人灭天……"——自然是天，做作是人。

北宋林亿曾言："通天地人曰儒，通天地不通人曰技。斯医者虽曰方技，其实儒者之事乎。"

物唯求新，人唯求旧。世界再怎么变化，人，还是要情感的慰藉。只是现代人要么声嘶力竭地呼唤情感，要么是永恒无望地沉默。

肉身终有完结的一天，人生如果不明朗、不快乐，灵魂就下地狱，怎么跟天地终啊？快乐明朗的灵魂都是往上走，天活一天，你的灵魂就活一天，这才叫"与天地终"。

人类的思维惯性是事物一定是由简单到复杂、由低级到高级的运动变化趋势。但事实上，事物的发展并不一定如此，有膨胀的宇宙，就一定有坍塌的宇宙，人类甚至至今都无从揣摩世界形成之初的那种瑰丽壮观。而且值得深思的是，中国的圣人为什么都强调复古？比如，孔子要恢复周礼，老子要小国寡民，墨子要大禹时代……其实，世界的发展是有境界的，文化繁盛是一种境界，文化本真又是更高的境界，繁盛易，纯粹难。叶，再多还是叶；根，一根也是根。

我始终认为，《黄帝内经》是中国文化里最经典又最低调的。从医入道是掌握中华之道的大捷径，但又事关生死，自有不足为外人道之处。一般学习者能从中得生活之道已然了得，还望各位先读懂，先继承，批判之事，非吾辈之智慧所能担当。

有人说，《黄帝内经》是古代农业文明的产物，现在都虚拟时代了，岂可再读老经？！其实，千百年来，可能什么都变了，但人身体的进化微乎其微，甚至还有退化。《新科学家》在 2009 年纪念达尔文诞辰二百年时说：最近一万年，人类的进化加速了，但离完美还差得远——肥胖、近视、成瘾都证明我们不那么适应改变了的环境。与接近完美的病毒和细菌相比，人类只是一个粗陋的草稿。

凡有缺陷者，才讲究发展。《黄帝内经》如同佛学，从建立之初就圆满自足，谈何发展！故而，其特点就是不发展。再者，你何德何能，去发展以你的智慧所不能究竟的东西。

我始终坚持宗教、医学的原教旨主义，因为它强烈、真实。

我们所能做的，就是诵持、熏习和践行。

相对于生命的多样性和精致而言，医学都是低级的、粗糙的，它若不能上升到哲学和宗教的层面，将永远无法解决人的终极问题。

中医，是文化指导下的科技。这个文化的根基是气、阴阳、五行和中庸之道。丢弃了这些就不是中医。

西医是医，中医岂止是医？！

感恩中国有《黄帝内经》，感恩先哲之慈惠无穷！别急着否定，如果你还没看全这本书。人类将来会有那么一天，像重新发现天启，像重新找回生命真意，臣服、敬畏并感恩……无论有无轮回，它始终在那儿，静默地微笑，等待着我们的回归。

我何德何能

能在此生与你结缘

原本以为自己这一生就是去书写一部爱情

你如此苍老如此晦涩难懂

却无意间掀动了我的心灵

透过你，我终于看见远古的自己

一个巫

和一次肉身对酷烈太阳的献祭

我已经为你死过一次

还怕这一生再为你死去多次吗

第二章

◇

人体解读

人体，有天道之转机，地形之偏重，山水之钟灵，盛衰之变化，种性之不同，寒热之各异，不可不察，不可不知。

人类的一个重要使命就是——给万物"命名"，并以"命名"来占有这个事物，掌握这个事物。

"名"者，"命"也。事物之名相是它曾经存在的一个譬喻。每天早晨，当我们从睡梦中醒来时，想一想，我就是×××吗？那个名字是个多么诗意、简洁的存在，而我，重浊、混沌，过去不可知，未来不可知，当下……亦不可知。

名字，会固化一个变动的人，一个灵动的人。本相是活泼生动无常的，而名相却是固化有常。

凡有所相，皆是虚妄。

任何东西都是过程，比如生命、疾病、爱情……

疾病，也有自己的命运，有时，不让它走完自己的路程，非要半路拦截它、改变它，它也许会更深地报复你。

我们理解的世界是我们所能理解的世界，而不是真正的世界。

所以，这世界还可以戏论，可以模拟着去说。由此，"说故事"和"打比方"就很重要了。

能抓住一点就抓住些许吧，哪怕一切只是个故事。

无论如何，身体结构体现了造物者的崇高精神。

　　人类永远有了解肉身的渴望，尤其对病人而言。肉身不仅陌生，而且是个谜。

　　梅洛－庞蒂的《知觉现象学》说：我的存在即我的肉身。我这无比鲜活，真实又丰富的肉体，它是一切之源，是我要接受的宿命，它是大自然的一部分，是生命的土地、山岳、河流，拥抱它，承认它，面对它，再言其他。

一

从头到脚：望而得其神

◇

　　我们常常猜测外星人长得啥样，想来想去，还是有头有脸、有胳膊有腿的像个"人"。如此看来，大概不是人类缺少想象力，而是这个"人模样"一定有些讲究和来头，要不，人类干吗死皮赖脸地守着这形象，还死活都要"面子"？

　　所以，这躯干，这面皮，这模样，一定有点意义。虽说上帝只认领灵魂，但在人间这地界，没这副躯壳，还真行不通，这地界的"神"，只认这躯壳，不认别的。看人，先不论八字星象，看面皮身架就已知良多。

　　"望而知之谓之神"。望，是远望，是说人不可近瞧，望神、气也。神，不过闪电雷鸣，一瞬而已。大城之内，人有万千，既可以视而不见，也可以一望而得其神，得其气，一望则终生难忘，虽凭一己之起心动念，但也确实有因缘和合在其中。

　　扁鹊入虢之诊、望齐侯之色，是医家难以超越的两座高峰。如果没见到人，只看名字的话，你获得的信息并不多。当然，高手从笔画里也能获取些东西，但毕竟只是些共性的东西，对其人的个性、心地、人生目标以及疾病成因还是知之甚少。但只要看到了其人的面貌、骨架，好多东西会昭然若揭，可直窥其心地、病因和人生。

人有两眼平行，所以要平等看人；人有两耳，不可偏听偏信；人有两鼻孔，不可随人一个鼻孔出气；人有一舌，不可说两面话；人有一心分左右心室，所以做事不应只为自己，还要为别人打算；人有两腿，有进有退才能前行——由此看来，肉身亦是造化精品，行走坐卧皆是道，只不过这"道"，如盐入水，不咂摸、不实证，便不得真谛。

总之，人的面相就是人的平常道，就是做人的本分，本无须教化，只是人成天忙忙碌碌，不仅不思考活着的意义，连本分都忘了。

人体，有天道之转机，地形之偏重，山水之钟灵，盛衰之变化，种性之不同，寒热之各异，不可不察，不可不知。

看人先看头面，望诊亦如是。故人的身体，头面占七分，肢体占三分。头为"诸阳之会"，百脉聚集，眼耳鼻舌，为五脏之结晶外现，人无头则无生命。肢体乃枝叶，断手足，虽痛，但生命尚可保存。

听说人在失去手臂或大腿以后仍然会感到那虚无的手臂或大腿的疼痛。到底是什么在痛？是你的心在痛，还是那失去的在虚无中的找寻与回归教你……痛？

看人体第一要务——望神。孔子曰："君子坦荡荡，小人长戚戚。"

一切表达，都应该是感性的，生命的表达尤其如是，不可以苍白地将其数字化，而应该活泼泼跳跃、明耀如水银。

一身精神，具乎两目。一身骨相，具乎面部。

二

头：有为之始

◇

| **大脑** | 为"诸阳之会"，就是说大脑的阳气最足，有足够的固摄能力，所以不管地心引力多大，脑浆子也不会下流。

"脑"字本是一个"有毛的头"。天灵盖的坚固就如同"固执"，所以有时固执的不仅仅是"己见"，大脑的特性之一就是固执。头脑再灵活也不能超越极限。但还是有东西从这固执里生发了，那就是"毛发"，毛发犹如我们思想的杂草，是"固执"之下的烦恼和执拗，故又称"烦恼丝"。

剃秃的人要么要彰显自己的"圆融"，要么就是要坚持自己的"固执"。

人全身上下没有脉络的地方是指甲和头发，修之而不痛，剪之而无觉。此两处为真阴，气不容易通过，故藏密修行"虹化"后所剩为指甲和头发。头发像阳光一样飘散飞舞，因此象征原始的生命力。

一想改变自我，就想剪头发，所以，觉得释家剃度还是有些道理的，头发是烦恼丝啊。早晚有一天剃秃了就没啥念想了。

"剃度"表面意义是斩断人世烦恼，实际上是要你的臣服或牺牲。

对人体而言，大脑是"有为"，身体是"无为"；大脑是想当然，身体是循自己规律而行，常常"自救"和"自保"，所以人身往往有"不可思议"之处。比如大脑想"缺钙就补钙呗"，可不知身体有自身的消化吸收能力，所以不是想补就能补得进去的。

大脑和身体纠结时，人就得病，疾病一般会先表现在大脑与身体的连接处：咽喉部。二者要想协调、和合，无非是"放下"头脑的固执，"放松"身体的拧巴。

道教又把大脑誉为"泥丸夫人"，所谓"夫人"就是冷静娴静，"泥丸"又有点混沌的意味。大脑虽然阳气足，但"冷静"是其本性；人思维力求"清晰"，而"混沌"是其本性。

人生在世，混沌着点儿是"难得糊涂"，冷静着点儿是不"惹是生非"。有为也罢，无为也罢，大千世界会自动浮现……有时候，认命，也是一种觉悟；而不认命的，有时就是犯傻。

病例：今儿来了个脑胶质瘤的病人，分析其病因有四：一是性格"轴"，很自大，想事深，凡事都要按照他的意志来，而且事事求完美。脑子本来是"诸阳之会"，阳主散，胶质瘤却为寒邪凝聚，就是说此人从来都不肯顺遂而致寒凝。二是长期手机煲电话粥，辐射强，而且电话内容也以说服别人为主。三是内心常纠结矛盾，一方面要掌控一切，一方面又感到深深的内疚。四是长期作息混乱，经常彻夜不睡，不睡则脑不得其养。病人听了我的分析后大惊，苦笑称是。

像这种人这种病，你必须允许他先做手术，否则他总惶恐不安，更耗精气神。但要病不复发，必须改变性情和生活不良习惯。

目前，孤独症已经成为我国儿童常见的第二大疑难病症。让我们思考一下人为什么会患孤独症，人为什么会拒绝沟通、关闭自我并对世界漠然。孤独症一般分先天和后天，先天一定跟母亲孕期的环境有关：与精、卵环境，子宫环境，夫妇情感环境，家庭生活环境等有关。胎儿在母腹里是有感觉及灵性的，他在静静地聆听大千世界。所以在治疗孩子前，父母要先反省自己的生活。后天则可能跟出生状态有关，比如难产、摔伤，以及不恰当服药，等等。

孤独症患者往往有左脑障碍，他拒绝沟通，只生活在自己的世界里。

一个患孤独症的大男孩和他的妈妈来找我，谈话的时候那孩子几次把手放到妈妈的肚子上，我问他为什么这样做，他嗫嚅着："想回去……"那一瞬间，我的内心是悲怆的悸动。

也是在那一瞬间，我知晓了他疾患的根底。我问孩子的妈妈："你和你丈夫在怀他的时候是不是出了很大的问题？你们是否有过激烈的争吵？"他母亲的眼睛开始湿润……

母亲的子宫是他躲避一切痛苦的巢穴，他要回去，就这么简单，他用拒绝来对抗世界的冷。

如果父母亲没有从身心两方面准备好，请不要怀孕。胎儿是有灵性的，你们的怨毒会污染他的纯净……让他关闭自我。

关于孤独症儿童的某些超常能力可以这样看——神明自有其坚持，关闭了一些，一定有另外一些会打开，而且会比一般人强。比如左脑损伤的人更善于读懂各种表情，患失语症的人更容易辨别谎言。

有人说：发现一个人的长处和优势比知道一个人哪里残疾更有意义。此言甚妙。

举头三尺有神明，人在做，天在看。

| **脑出血** | 元气亏损，脑血管失去弹性而脆裂，导致出血，就是脑出血。而 20 岁的人，元气充足，血管弹性好，即便生再大的气，也不会出现脑出血。一般而言，情绪不定者易发脑出血。

轻微的脑出血急救法为十宣穴（指尖）、十二井穴、委中穴放血。指尖放血是泄洪法，是用下游的泄洪来舒缓上游（脑部）的压力；委中穴为足太阳膀胱经合穴，太阳一降，诸阳皆降。

治疗此病的根本方法如治水，在上游种树，则收敛，下游保持河道畅通，则不泛滥。对应人体，上游为元气生发之地，在肝肾，培元固本就如同种树；下游是末梢，在指尖、头皮，保持血管通畅就是要点。元气充足，血管弹性好，气血疏泄畅快，则不易发病。但人 40 岁以后，阳明脉衰，脾胃一弱，全身皆弱，所以诸难难免，还是提前养生吧。

| **脑血栓** | 人的元气不足，不能推动血液上升到脑部，导致血液流动缓慢甚至停止流动，致使血液凝固在脑部血管，形成血栓。现代医学疏通血管是治标；传统医学补充元气是治本。秋冬季节主"收敛、收藏"，气血收敛则血脉更容易堵，则秋冬犯病者多。

预防中风之方法：（1）节欲。病表现在上，而病根在下，节制欲望是根本。（2）节制欲望的根本是悟道，悟道的根本是读书和修炼。（3）少生气，情绪淡定可不发病。（4）常练手指功，可以通末梢（井穴）。

治疗：恢复脾、肾、肝的功能。脾足则能运化水谷精微；肾足则元气足，真阳推动精微（气血）上行；肝气足则筋的力量大，就能代谢掉垃圾。

| **头** | 头顶有百会穴，为天门，为诸阳之会。一般认为它与地户会阴穴相对，但不可忽视的是百会穴与咽喉的关系：咽喉是群阴之所聚，百会阳气生机不旺，咽喉就闭塞不通。医家治危症，多针灸百会穴以通气机，开咽喉。

| **偏头痛** | 中医讲"左肝右肺"，所以左边偏头痛是肝血虚，右边偏头痛属肺气不降。

| **睡眠问题** | 肝血虚则入睡难，睡眠浅；肺气不降则梦境连连，睡眠质量差。一般而言，睡不实的，属肝血不足，梦多纷扰，病在厥阴；老想睡但躺下还睡不着的（但欲寐），病在少阴；成天昏沉睡不醒、没精神的，病在太阴。对症下药便是了，关键要见到本人，通过望闻问切来确诊。

一般而言，"老人卧而不寐，少壮寐而不寤"，即老人的睡眠越来越差，白日昏沉，夜里不眠，年轻人则白天精力旺盛，夜里能黑甜一觉，归根结底是气血不足和有余的问题。年轻人气血盛、肌肉滑、气道通，自然不失常道。但现在的年轻人由于生活不规律，伤了气血，睡眠问题也越来越多，让生命回到正轨，即可自愈。

有人问：黑甜觉该如何形容，睡不成黑甜觉的人从生理和心理上讲是出了什么问题？

黑甜觉就是睡死的样子，第二天满血复活。从中医上讲，就是阳入于阴，魂魄交缠的样子。魂魄不交缠，人就多梦，易惊醒。这个既有生理问题，又有心理问题，心里有事就睡不实。小孩子心里没事，基本能睡黑甜觉。

睡不着觉怎么办？先别急着找医生，医术不高的人乱开药更祸害身体。先去车站、工地什么地方找个"扛大包"的活儿试试，干累了人睡得香。有人说我在家干活不行吗？不行，在家干活你觉得冤，容易委屈。那出去跑步锻炼行吗？也不行，锻炼过后更容易兴奋。为什么就"扛大包"行？因为那活儿真累，也真单调，累身不累心。身体累了就吃得香，吃得香，气血就足了。气血足，阴阳交换的能力就强了。好睡眠，就是阳气能入于阴，如此，就能睡他个昏天黑地，那叫一个"香"！

让睡眠修复我们、重整我们，使我们成长，并熨平我们白日的伤痛。

⊜

脸：
人体的表之表

◈

| 脸 |　也可以是面具。但遮掩久了，面部肌肉会扭曲紧绷，没有"生气"。有无生气是脸和面具的区别所在。

脸是人体的表之表，气血多，走的都是阳经，故不怕冷。人体更以阳明胃经为主，所以年龄一大，胃气就衰败，人脸就衰老。同时由于用脑多而气血消耗多，因为气血不精而易生斑。（气血不精就是气血不精粹的意思，人，一会儿欢畅，一会儿愁苦，气血就混沌了。）

据说人有五张面孔：（1）公众自我——走在大街上的你。（2）职业自我——你的履历和你愿意分享的部分。（3）个人自我——你只分享给朋友的部分，你的日程、健康状态。（4）隐私自我——你分享给密友和亲人的部分，比如你的婚姻、性或个人癖好等细节。（5）秘密自我——你从不示人的部分，你的各种幻想、难以启齿的往事或各种沉迷。

所以我们很难全面地认识一个人，尤其是后两项。这两项甚至是你身心苦痛的根源，有时候是自己都不敢、不愿窥视的部分。所以，一个好医生必须具备透视人性的能力，才能得到一切假面具后面的那个被种种现实、种种潜意识擦伤的真正的身心，才能做到唤醒、调整、抚慰和治愈。所以祛病易，救人难。

除此之外，还有两个本我。一个是后天本我——这是由受精卵而生成的那个我，容貌、身架、肤色、语言等等；一个是先天本我——灵魂的秘密、家族的秘密、命运以及为何生于此家而非他家等等。

| 面 |　　目下颊上为"面"，实指颧骨区域。

在颧骨上长小肠斑，也叫"蝴蝶斑"，跟心情忧闷焦虑有关。可以治疗。

雀斑跟久寒有关，所以有遗传的问题。不必治疗。

小肠斑是后天的，去掉坏心情和小肠寒就可以了。雀斑是先天寒，所以鼻翼上最多，因为鼻翼走的是胃经，长期吃冷饮就会伤胃，遗传给下一代，就成了美丽天赋吧，驱除它比较费劲。

| 三庭五岳 |　　指脸上的区划。三庭：眉毛至额头为上庭，主少年运；眉毛至鼻尖为中庭，主中年运势；鼻尖至下巴为下庭，主老年运。五岳指额头、鼻子、下巴和两颧，就像五座可爱的小山，鼓鼓翘翘的才好看。

古代中国有"相面术"，西方有"颅骨学"，都是从人体研究人性的"学术"。要说没用吧，可现在人事招聘还要讲个"面试"。为什么有的人你一见就烦，有的人你一见就欢喜？虽说不能"以貌取人"，但精气神和缘分还是要讲究的，天天跟喜欢的人在一起，做喜欢做的事，那可是大"养生"。

理解面部表情是我们右脑的专长。面部 43 块小肌肉能表达人类所有的情绪。人类 7 种基本情感的面部表达：生气、悲伤、害怕、惊奇、厌恶、轻视、快乐。久而久之，这些表情会在面部留下痕迹，有的人，你一看见他嘴边的细纹就知道他生活在怨毒中。

抬头纹分两种，一种是好奇喜乐抬头纹，一种是疲惫强打精神抬头纹。前者易于好奇花心，后者为生活所困。不要以为这与医学无关，各有各的生活问题，各有各的心理问题，各有各的身体问题，所以观察生活要细致，才能直指人心。

真挚的笑容：颧肌和眼轮匝肌都动，是眉开眼笑。

做作的笑容：只有颧肌、提上唇肌、笑肌动，因为它们可控。假笑调动的都是可控的肌肉。

人为什么要伪装自己？要么是对别人太在意，要么是对自己的"真我"不满意。

有一种表情叫"集体伪装"，比如在公共场合，尤其在狭小的空间，比如电梯和公交车里，人们都是"面具脸"，绝不让别人窥视自己的内心。

| 眉 |　"眉"字为"目上毛"，为"文采之官"。多情在眉，眉飞色（两眉间）舞。然后才是"眼"。

两眉似与肺气相关。肺为清轻之气，而司呼吸，故呼吸窘迫而眉张；肺气内主忧思，故思虑而眉蹙；肺又主皮毛，故忧思，在内伤肺，在外，两眉、皮毛憔悴，缭乱。

女人扬眉，表示惊异或好感；低眉，表示顺从。

| **颜** | 《说文解字》说指两眉之间。也是相书所说的中正、印堂。"笑逐颜开"这个成语就是在描绘欢笑时两眉之间和脸部肌肉的外展。

两眉之间的印堂部位中医称之为"阙"——帝王之通路也。所以此处宜宽敞明亮。若两眉相连，则似杂草阻碍通途，容易运途蹇涩。古语说：朝中无交眉之宰相。所谓宰相就是肚子大，心胸宽，能撑船。

阙之上为"华盖"。用电影镜头来描述，就像一个君王头顶华盖走在回王宫的途中。用医学的话讲，这里内应于心，心主神明，上有华盖护佑，则神明不散，君主归位，入主王宫，则五脏六腑皆安。如果此处见红烛闪烁，为心神将散；若黑云压顶，则属于肾水上犯，都非吉相。

所谓"收心"，当从此处收。故世上所有膜拜之手印，都有从此处逐一顺势而下的趋势。

阙之下，两目之间的鼻梁处叫"山根"，又叫"命宫"。山根有两意，一为"祖窍"，祖上之根基；一为本身之命根。此处青筋横露有横纹者，一是先天禀赋弱，易患腰酸骨痛之症，而且一生靠不上祖业，须自我奋斗，二是心包受惊，小孩多有此相，不必忧虑，长大精足就好了。

| **眼睛** | 是身体的光。是会暴露你灵魂的地方。你的能量，你的倾慕，你的脆弱，你的冷漠，你的厌恶……无法掩饰。

向上看和向下看会带来眼界的不同，然后是心境的不同。

五脏六腑之气皆与眼通，心性、情欲、思虑，皆从眼露。

瞳仁，有玄空，属心神。黑仁，为肾水，主先天。黄仁，为胃土，主后天。白眼为肺。目内眦为大肠，目外眦为小肠。

《黄帝阴符经》说：机在目。此三字大有玄机，五脏六腑之精气皆聚于目，所以从眼睛可以看五脏六腑之病症。而且人生一切变化也都从眼睛显，所以相人先相眼，先相神。

五脏眼神——心神不定，眼神飘忽。肝魂不定，睛转多梦。肺魄不定，目瞀生翳。肾志不定，目𥆨𥆨如无所见。脾意不定，目沉暗。五脏定则眼神定，神凝、气满，危机处，只有两眉微蹙，两目先抬后垂，不过计上心来。

五脏六腑之精气皆聚于目，故大怒及过分伤痛会造成失明，纵欲和劳累会使视网膜脱落。电脑最夺人神明，如果没日没夜地网游，必神明散乱，轻则伤身，重则死亡，慎之慎之！

一般，“东张西望”就是神明不定的表现，其内涵有三：（1）对对方谈话失去兴趣，不耐烦。（2）心浮气躁，找寻新的兴奋点，渴望吸引周边人的注意。（3）缺乏安全感，搜寻逃跑路线。而“气定神闲”也能从眼神看出，眼神稳定、悠远，在全看尽与不看之间，这样的人在人群中会很突出，以其静、闲、远而得其尊。

眼睛保健：（1）闭目养神——闭目，则心识内敛，神气内收，神魂意魄志皆归于本位。此乃养生大法。（2）少喝酒、少吃药。药、酒伤肝，伤肝就伤眼。（3）少玩手机。（4）不可大怒。怒伤肝。（5）不可熬夜。

| **眼神** |　俗话说，看人看眼神。人，精足，眼神就专注、稳定、内敛；精不足，则易走神、飘忽。

男女初识，男人是视觉动物，只相信他所能看见的，比如美貌；不相信他看不见的，比如心灵。但人与人处久了，男人会慢慢觉出女人性情好才是真好，最终看重的还是品性，才会觉得女人因可爱而美丽。年

轻的时候人没主意，容易受别人观念左右，年纪渐长，才觉出听自己内心的好。男人最终要的是柔情蜜意，女人最终要的是体贴呵护。

过去是媒妁之言，男女结婚前无缘相见，能了解的只是品性，而品性才是生活最重要的基础；现在程序颠倒了，先相亲，感觉不对绝不再见。其实，初次见面都端着、装着，有几个感觉对的？今人只求"来电"，可自己的电门安在哪儿都不清楚，触电也是瞎哆嗦，常常走着走着，就悔恨自己当初瞎了眼。

有时候，男女在一起，看，就是不看，就是不感兴趣；不看，倒是心里在看，在渴望对方。

男人暧昧的眼神常常会马上被女人捕捉，而女人暧昧的信息传递由于内容丰富复杂，大多数迟钝的男人对此无动于衷，所以女人常常会自我挫败。

长久的温和注视会激发亲密的情感。长久的凝视却令人畏惧，因为情感太过强烈了，让人瘆得慌。

人人都是灯下黑，眼睛可望远，但无法数清楚睫毛、眉毛有几根。在生活中，人更是习惯攀高附贵，而模糊了眼前的幸福。

| 睫毛 |　　睫毛虽挡不住雨水，但至少能遮蔽沙砾和微尘，并在心湖的周围形成荫翳，那扑朔的黛色迷离，告诉这个世界，今晚我所有的忧郁，都因为你。

"眼秀为发达之品，神安为宽宏之器。"总之，眼神不可太外泄，要涵着才好。

肝开窍于目，愤怒会影响眼睛；过度压抑、过度谦卑也会影响眼睛。

一般说来，喜好登高望远的人性格外向、勇敢，而且好幻想。总盯着眼前的人缜密、自保意识强。

现在的孩子几乎没几个眼睛好的，都早早戴上了眼镜，原因也许很多，但有一个原因是容易被忽视的，比如从小就喝的东西，以及服用的药或疫苗，有没有耗损肝的问题，这是值得深思的。肝经当令在夜里1—3点（丑时，牛反刍之时），也是孩子肝不舒服哭闹的时候，伤肝，必易怒、多动。

| **泪水** |　　是情绪的释放和宣泄，它之所以是"咸"的，是因为它源自我们生命最底层的负面和绝望。哭过之后，人有时会焕然一新。当然，有时人也会喜极而泣。

大人们真是奇怪，他们会呵斥男孩子不许哭，而纵容女孩子娇滴滴的哭泣。于是在男孩到男人的途中，他们累积了越来越多的愤怒在肝那里，然后还要用烈酒来浇灌它，点燃它，使自己脸憋得通红，最后轰然倒地，不再醒来。女人呢，小时候就掌握了这个软化世界的秘密武器，她哭，并不全因为脆弱，有时候是她的自娱自乐或精神上的洗礼。

对压抑太久的人而言，哭泣有时可以起到理疗的作用。

大人通常认为哭泣只是小孩子的特权，所以憋着自己，其实这样不好。哪怕笑出眼泪呢，至少不会泪管堵塞。

叔本华说：哭是以爱的能力、同情的能力和想象力为前提的。——是这样，往往痛苦不会让我们哭，但爱抚会让我们哭。为自己的命运我不会哭，但从中窥到了人类的命运我会哭。所以，我理解阮籍的穷途而哭，我视它为一种崇高的同情，可以洗涤心灵。

我一直纳闷的是从小到大我很少哭泣，相反的是，我总是用"笑"

来表达一切，紧张了会笑，害怕了也会笑，高兴就更肆无忌惮地大笑了。父母总替我提心吊胆，认为我的笑容不合时宜。但没办法，我天生眼泪少吧。（第一次上电视拍《黄帝内经·养生智慧》时的第一个镜头，我的笑容就是因紧张而笑，可很多人把它误读为了温柔。）

也不是没哭过。父亲去世时，我在太平间里抚着他的手臂像小孩那样独自哭泣，因为他给了我宝贵的生命，因为他几乎完美无瑕，只是偏于懦弱……当我擦干眼泪走出太平间时，我知道再没有什么可以牵绊我了。父亲走了，我不必再担心他为我担惊受怕，我自由了。

| **上眼皮** |　　能动，为阳。上眼皮又大又宽，则阳气运化的地方宽敞、明亮。这样的人性格也偏豪爽，不太拘小节，有爱心，但不细致。如两眉压眼，则此处狭窄，这样的人阴气有余，阳气不足，做事细致认真，但不够豪爽，不够主动，说话吞吞吐吐，顾虑太多。

| **下眼皮** |　　不动，为阴。它永远在等待上眼皮的拥吻和轻抚，所以要常闭眼哦。这也是安抚五脏六腑及心灵的一个有效的方法。

中医认为上眼皮属"脾"，上眼皮晨起肿胀为脾湿太过。道教医学认为上眼皮属肝，上眼皮跳属肝风动；认为下眼皮属"胃"，下眼皮黑为胃寒。如果有熊猫眼圈，就是脾胃都有寒，大人容易情绪低落，小孩子容易注意力不集中。（假想一下，有个乌黑眼圈的人冲你笑眯眯的，是不是有点不对劲？）

下眼皮如果有眼袋，就是三焦少阳火衰，导致水道不通，形成水湿淤阻。三焦火衰是真火衰，所以一般老人会有眼袋，没见过小孩有俩大眼袋的。还有人天生两眼下有两道纹，劳累后会很明显，那不是眼袋，那叫"阴骘纹"，有讲究哦。

想要祛脾湿、祛胃寒，那就运动吧，在阳光下快乐地做操吧。

| **耳朵** |　　关涉我们身心的平衡感。你可以听，也可以不听。接受和拒绝是它的两种能力。

失聪，是一种拒绝，不管是有意还是无意。

耳怕聒噪，当你的自我防范意识强烈时，当你厌倦纠缠时，你的听力也会下降。

耳朵的形状很有趣，从中可以看出人的很多秘密。隔壁奶奶说，耳朵柔软的人耳朵根子软，容易怕媳妇。——那哪儿是怕啊，那是爱啊。还说耳朵硬的人脾气倔，不听人劝。嘻！也是，都信息爆炸时代了，听谁的啊？！硬就硬点吧。还有人说耳朵的形状像胎儿在母腹里的相，并依据这个来做耳诊或治疗。

从中医上论，手太阳小肠经受寒加上心情抑郁会造成耳鸣耳聋，三焦不通也会造成耳鸣耳聋，胆经被憋、经常郁闷也会形成耳病，只有老人的耳病才是肾精大伤。但现在的医生看到耳病就只会从肾治，所以百无疗效。其实《黄帝内经》说"肾开窍于两耳"，又说"心开窍于耳"，所以耳病至少要看心和肾。

现代人压力大、焦虑、生活不规律、纵欲，常因过劳而出现耳病、脑病或脸部麻木僵硬。最重要的是现代人气性傲慢，脾气暴躁，很少有像过去那样"耳顺"的——一方面拒绝听，一方面又不得不听，就这么抗衡着、纠结着，小小的耳朵眼儿哪受得了啊？！所以患耳病的人会越来越多。

| **耳鸣耳聋** |　　伤阳基本上从胆、三焦、小肠治；伤阴从心肾胃治。

误服药物也伤耳。现代人有两个问题：一是我执重，听不进去；二是不专注，听得杂。这两个毛病都关系到耳内平衡感。

聋，是一下子万籁俱寂；耳鸣就不是了，耳鸣是一天二十四小时，无时不蝉鸣，或无时不轰隆，令人心烦意乱。蝉鸣为虚，轰隆为实，无论虚实，生活都变成一场折磨。这样的人现在越来越多，怎么办？先改变生活方式，然后给自己找个好医生，望闻问切，开一个方子，犹如画一幅画，把上焦的拥堵宣泄成溪流，或画一片草地，把蝉啊，轰隆啊……统统驱逐。

对于疾病，西医有通用药，无论你肚子痛，还是头痛、痛经，只要是疼痛，上止痛剂就行了，但这只是抑制了你对疼痛的感觉，并没有解决你疼痛的根源。殊不知，感觉的钝化是人生更可怕的隐痛！因为本来就是虚证，再继续用激素只会更虚。传统医学讲究辨证，必须找到原因才能下药。

比如，曾有一妇女因生一口大气而出现暴聋，同时月经也闭了。把脉辨证后服中药，耳窍内先是狂痒，是欲通未通之象，坚持服药至次月月经，血下，而后耳患愈。还有一男子，因为对某女子负疚沉重而暴聋，然不见其人何处寻因？还有一弱女子，因失恋而狂吃冰激凌引发暴聋……无论如何，精神上的苦会导致肉体的苦，肉体上的苦尚可用医药回春，但心灵上的苦，哪里寻明师醍醐灌顶？

一遇病大家就只问药，其实错误服药导致的耳患也不少。但现今传统医学也遭遇重创，医不精进，民生求救亦少门径。如果找不到良医，我倒建议，你只要在生活中把那些导致疾患的不正确的生活方式改掉就可去病大半。患病，其实也是上天的提醒，如果在生病时没得到点觉悟，这病也白得了。

| **颧骨** |　　颧骨高大者多才智。颧骨处走手太阳小肠经、手少阳三焦经。阳气充盈者，思维快速、活跃、强势。

颧骨上走小肠经、三焦经、胃经，都是阳经，所以颧骨与人是否精力旺盛有关。

颧，正色为黄而明润。颧红，虚阳外越。颧青，肝郁，有带下病。颧白，肺金克肝木，多便血、咯血。颧黑，肝阳不足，多失眠、腹胀。颧黄如败土，主脾病。

| **脸** |　　脸颊基本走胃经和任脉。少女的红润源自气血的密实。脸上病态颜色通常有五色：萎黄，脾胃病；阴青，被憋，或痛症；㿠白，肺心气虚；赭黑，肾水上泛；最后，还有虚阳外越的那一抹粉嫩红。

| **脸红** |　　据说人类是唯一会脸红的动物。因为脸红关乎自我意识、感觉困窘、羞腼害怕等。糟糕的是，本想掩饰内心的困窘却由于脸红而暴露了自己。但无论如何，那浮现在脸上羞腼的一抹红常常能减轻别人的敌意，引发别人的同情心。

| **鼻** |　　此字上"自"下"畀"，"自"就是鼻子的象形，"畀"为读音。鼻，在人的胚胎中最先成形，故有"鼻祖"之称。受精卵在母体中，因母亲血气灌溉刺激，感受腥气熏灼，与真如本性中嗅根相感，化生成鼻。

鼻子表面的两个功能是呼吸和嗅觉，一个是气，一个是味，都与记忆相关。其内有两窍上通于髓脑，髓脑跟记忆相关，又与心神相通，所以人关于气味的记忆会唤醒心识。气味记忆是人的原始记忆，所以人与

人的相互吸引，如果有原始记忆的印痕，那他们的相遇便是刻骨的、愉悦的、终生难忘的。

两鼻孔对外，左升右降，呼吸通畅也会使心情愉快。

鼻子为中岳，是面相上的定盘星，是理性与感性的连通器。所以古代相面术从此处看官运、财运、苦疾厄运。官运、财运好的人，一定在感性和理性的平衡方面做得不错。什么会打破这平衡呢？当呼吸太贪婪时，一定会冲昏上窍，过度地掠夺这个世界，导致恶果。

其实，呼吸对生命、对人与宇宙能量的交换都至关重要。正是通过呼吸，人们在共享、在交换。所以，人可以自私，但身体不能自私。

人下意识地去摸鼻子的动作，常常是因为内心的不安和焦虑造成了鼻腔血管膨胀，从而引发鼻子发痒和不舒服。西方人甚至发现当男人撒谎的时候，阴茎和鼻腔都会有血管膨胀的现象，所以他们撒谎时要么搔搔鼻子，要么扯扯裤子……

人常患有鼻炎，而鼻炎又可分一般鼻炎和过敏性鼻炎，二者很是不同。过去，得一般鼻炎的人多，而今得过敏性鼻炎的人多。鼻，上通于脑，故得一般鼻炎的人大多性格孤傲，由于与外在世界的抗衡受到阻挠，思虑深重而宣泄少，其呼吸（其实是思想意识）与外界无法协调，久而瘀滞形成炎症。而过敏性鼻炎却是个现代"时髦病"，与焦虑和不良生活习性有关，常因节气影响而发作。

| **过敏性鼻炎** | 西医认为它与基因有关。过敏性鼻炎患者，身体尚可的用激素还管用，身体差的会反复难愈。"市场医学"基本把难对付的问题归为以下几种：遗传、基因、免疫力低下。所以有这些问题的就不是

抗生素、激素等能解决的。中医呢？必须得见到本人，得六经辨证，得望闻问切，从来没有通行的药方。

肺开窍于鼻，胃土生肺金，如果从小就有暴饮暴食、乱服药物等不良生活习惯，损害了脾胃，土弱自然不生肺金，肺金不足，肺寒缠绵，不仅鼻部多患，且因肺主皮毛，皮肤疮疡、湿疹、皮炎等也会泛滥。胃土弱则不能为五脏行津液，筋骨酸软，肺主治节，关节疼痛等症也会越来越多。

| 息 | 上"自"下"心"，肺开窍于鼻，所以，"息"指心与肺的交通能力。

| 打喷嚏 | 先是轻微的酸楚，接着一股辛窜的气息扩张了你的鼻孔直冲脑门，然后是全身的微微战栗，所有的毛孔都兴奋地张开，并等待——阿嚏！体表之下的气血运行则是：肺被一股寒邪约束了，于是她可爱的儿子——肾，携带着能量，沿着脊柱攀缘而上，冲开了毛孔及鼻孔，将那些寒邪裹挟而出……

中医认为人呼吸的能力来源于肾。肾气足，呼吸就深长，且"绵绵若存"。鼻孔分左右，肾也分左右，肺与肾，如母子相依为命（肺金生肾水）。肺、肾气足而有寒邪的时候，人就能狂咳，如同在驱除身体里的垃圾。肺、肾气不足的时候，人就虚咳，并且小便次数多、尿量少——上面没劲，下面也收不住。

曾见过一个不育的男子，他每日虚咳，并口述行房后常有感冒症状。这是因为肺属金，金不生水，则肾精不足，故不育，肺不肃降，梦多，且睡眠少。但这种人一般情感丰富，因为虚，就收不住，总情意绵绵，易招女人爱怜。病在女子，则如林黛玉，肺不肃降，眼波流光；肺气表现在眉，双眉微蹙，肺寒则双颧潮红，故显得风情万种。

| 人中 | 任督二脉的交汇处，也是气与血的能量交汇处，而且承上启下，下有水星——嘴，上有土星——鼻，犹如大陆与海洋之交界。此处若繁华宽大通畅，则人丁兴旺，所以又称"子庭"，可以看后代是否繁盛。人中亦称"寿宫"，从气血看寿限……人中最好长、宽、深，犹如大江大河，源源不断。

| 口 | 俗称嘴巴，《说文》：人所以言、食也。君子慎言语，节饮食。

嘴巴有两个功用——说话和进食。一个是耗散，一个是补给。是接收现实的大门。如果你不能消化和吸收那现实，如果你不能完美表达或完美收纳，你就会受挫。总之，它跟情感的渴求有关，与我们身心的疾病更是息息相关。

有的人说个不停，其实，说的是孤独；有的人吃个不停，其实，吃的是寂寞。

紧闭双唇，或双唇微启，都是你内心的表达。一个是拒绝抵抗，一个是渴望。

嘴唇长包、溃烂，可能是拒绝亲吻吧。

亲吻和爱抚，哪个更能打动恋人呢？据说嘴唇的敏感度是手指的200倍，那应该是亲吻吧。而且亲吻还有一个重要的特点，就是它比爱抚有更多的分享和付出——唾为肾液，是人体真阳之雾化蒸腾，是提升免疫力和安抚灵魂的秘药，青年男女愿意流连在这魂灵的战栗中，付出，同时攫取……

　　亲吻额头，是圣洁的爱；亲吻脸颊，是亲密的爱；亲吻鼻头，是动物式的戏谑；亲吻嘴巴，轻触或深吻，是……关键要看闭不闭眼睛，以及是否袒露你脆弱的脖颈。总之，情欲会顺流而下，淹没你的脚趾。就这样，一个亲吻，只是"人中"之下、"承浆"之上的一个轻触，就掀动了你经脉的核心，一圈圈地弥漫开来，透彻、麻酥了全身……

　　所以，并不是只有"药"能够治病，爱情和情欲是比"药"更猛烈的东西，可以使人"死而复生"……但，也可以让你上瘾、不能自拔，甚至于死。

　　| **嘴唇** | 　与脾相关，过去的女人精血足，又单纯少思虑，故嘴唇"不点而赤"，红润饱满。女子以血为主，唇红者，血旺而有子。现在的女人忧思焦虑，脾气大伤，则唇不滋润、不饱满，故化妆业发达。脾胃既弱，血则不足，血不足则无法养育胎儿，故专治不孕不育业也由此而发达。

　　《灵枢·五阅五使》："口唇者，脾之官也"，脾病者唇黄。

　　| **口腔溃疡** | 　与压力、创伤、月经和大病后有关。主因是血虚和免疫力低下。在舌，心血虚；在唇，脾血虚。环唇内，肝血虚。血从脾胃运化来，要多吃主食，多运动。

　　嘴唇"地包天"，能干，但多口舌之变，所以说话前停一下，别逞能。"天包地"者，人中长，精足，好管闲事，女子易"轻慢丈夫"，但可以发挥自己的长处去当官。嘴唇合不上、露齿的人，单纯，口无遮拦，易得罪人，那就多笑少说，礼多人不怪。

| **口吃** |　　当表达受阻或疑虑过多时我们会结巴。口吃的人一般内心羞涩，或童年时被大人呵斥过多。父母的百般挑剔让小孩子不敢表达，由于自感卑怯，心血不能正常疏布而舌头不灵活。女孩天生伶牙俐齿，男孩一般木讷少言，故口吃者更多。

有些"我执"太重的人在说"我"时就憋住了，"我我我"的，再也打不过弯来，这时最好的办法就是帮他一下，大吼一声——"我们！"一般来说，他虽接着讲下去了，但心里会有些不快，因为在他的词汇表里，只有"我"，哪来的"们"？！

| **牙齿** |　　一排洁白的大栅栏，能过滤或排出。前排为齿，所以"唇齿相依"；后槽为牙，坚硬、有力、抵挡。咬紧牙齿代表拒绝和不耐烦。牙齿和指甲合称"爪牙"，象征人的动物性和力量，它们撕扯着世界，保护着自我，它们的衰颓，即是人力量的衰退，气血的衰颓。

前排的齿是用来切菜的；两边的犬齿（虎牙）是用来撕肉的；后面的槽牙是用来磨谷物的。数一数，各有多少颗，就知道谷物、蔬菜和肉食在你的饮食中应该各占的比例了。

这比例、那比例的，好像大脑比身体还明白似的，其实到肚子里都是一锅粥，它们自有安排，最终还是要看你自己的消化吸收能力。身体比大脑更聪明啊！老想当然地认为把阿胶补进血里了，把钙补进骨头里了，要真这么简单，世上就不死人了。

其实，肉身有自己的前世、今世和未来，可人就是要靠大脑再为人家忙乎忙乎，要不说"造化弄人"呢。都是自己瞎折腾，还白白地养了一大批所谓的专家。（我就怕人家叫我专家。记住，我是玩家。有时，我真快乐，真幸福；但有时，我真悲观，真绝望。）

原谅我。可有时，我真羡慕那些"愤青"，因为，他们可以痛痛快快地……骂人。

齿，于人出生后长，因齿为骨之余，其阴得后天之气交泰而生。故于母体中潜而弗露，既生之后，一岁周天运气静而不用，得阳之化，才能脱颖而出。牙齿为骨之余，属肾。水性，而又有坚硬的那一面。如果这么坚硬的东西都坏掉了，想想得有多少怨恨啊。大瓣的牙齿叫"马齿"，表示元气厚、底气足。细小的牙齿叫"米齿"，很可爱。多米齿的人，为人多聪敏灵秀，对下属好，对上司易起傲慢心。慎之慎之，尽管有的上司并不让人敬重。

| **牙痛** | 　由于对现实的无能为力而心火、胃火上攻。是一种反抗、厌恶和拒绝。

少阴肾火是真阳，少阴心火是阴火，此两火，是用来支撑生命活力的，虽用而不能过分彰显。阳明胃火是用来温曛运化食物的，火性本炎上，但以上诸火却都有下行的能力。当人体收敛的能力减弱时，或下焦寒邪过重时，它们就也收不住地往上蹿，就从正气的火变成邪火，人就会不舒服。所以，凡病都是正气虚，邪气盛。这一点要切记切记！

人们爱用"三黄片"降火，就是在用"灭火器"，灭邪气的同时也伤正气，久服必伤身体。

让自己正气强大的方式就是——规律生活，吃喝正常，精神愉悦，适当锻炼。

| **牙龈** | 　属土，体现脾的功能。牙龈能够包住牙，就叫作"土克

水"。牙龈萎缩、牙龈干瘪都是脾虚的象。人们常说牙龈病会导致心脏疾患，其实，脾土衰败，是"心火不生脾土"，是心火已败在先。脾土不生，心病为里，牙龈是脾病为表，故，爱护牙龈的前提是爱护心。

人们常说着急上火，这个火，可能是心火，也可能是胃火、大肠火，2013年年运是风火相煽，一般表现是牙龈肿、牙痛，更虚的则是口腔溃疡。更厉害的就攻到眼睛，表现为红眼病或眼角溃烂等。胃经入上齿中，故上齿痛与胃经有关，一般取足三里穴、内庭穴等；大肠经入下齿中，下齿痛与大肠经有关，一般取合谷穴。

有人问：老师，古人如何知道牙龈属土，牙齿属水的？前人是怎么找到这些规律的？为什么脾对应土，肺对应金等，五脏和五行的对应关系怎么找到的？

关于牙龈属土、牙齿属水的问题，在于肾主骨，而牙为骨之余，脾主肉，牙龈为肉。这是中医取象思维的结果，有了这种思维，自然看事物就能明白。而脾对应土、肺对应金这些也是这种思维的结果。把同象、同气的事物归类，就是取象思维的核心。

| 舌头 |　　舌为心之苗。心血不足舌头就僵硬。心慌意乱，人就口齿不清，语无伦次。心不在焉，人就口误，说莫名其妙的话。

舌，《说文》："在口，所以言也、别味也。"

《灵枢·五阅五使》："舌者，心之官也。"心病者则舌卷短。口齿不清，是心血虚；舌胖大，气虚；舌边齿痕重，脾虚；涎多，脾不运化。

《灵枢·九针论》："肝主语。"语言颠三倒四，是肝血不足。

反反复复叨咕一句话叫"谵语"，是阳明胃病。

《伤寒论》曰："实则谵语，虚则郑声。"即阳明实证为"谵语"，虚证为"郑声"。反反复复叨咕一句话叫"谵语"；哼哼唧唧，语调尖细飘忽为"郑声"。

声音与身体动作的关系如下："假令言出声卑者，为气虚；言出声高者，为气实；欲言手按胸中者，胸中满痛；欲言手按腹者，腹中满痛；欲言声不出者，咽中肿痛。"妙哉！

| **言语** | 自说为言，答述曰语。所以，"言"是自说，"语"是对话。《论语》说："食不语，寝不言。"指吃饭时别对话，以免冲突生气；睡觉时别自言自语，一开想，人就停不下了，尤其对于有虚火的人，失眠就成了痼疾。

语言的模糊性常常把我们带进我们所不知的世界，要么是巅峰的高尚，要么是庸俗的低谷。有时候，说着说着，我们就恍惚了，抑或清醒了。

舌头和牙齿，最软与最硬的搭配在一起，就是在启发我们的为人之道。一个是心之属，一个是肾之属，都是能量，都是我们最赖以生存和提升自我的东西。

舌抵牙龈也算是一种心肾相交吧。

舌薄而灵活者，善辩而多才。舌根僵硬不灵活是脾经病。舌头胖大、有齿痕是阳气不足，湿气重。

有些人得病就是源于多管闲事。没事就说这个胖啊那个瘦啊；没事儿就说这个矫情那个悲惨啊；没事儿就管人家结不结婚，生不生孩子……你烦不烦啊！讨了嫌了，遭了白眼了，自然心里不痛快，还觉得自己是好心。好什么心啊，就是一个无聊！自己还没活明白呢！长久下去，不生病才怪呢！咱相忘江湖好不？咱高高兴兴活自己好不？！

| 下巴 | 又称"地阁"，男子以方圆为好，代表肾气足，女子微翘而可爱，古人云：兜得住福。从西医生理学上讲，心脏的神经与舌咽神经相连，这就是我们一旦紧张、惊吓，就会牙齿打战，同时口干舌燥的原因。中医讲舌为心之苗，比如口误舌歪、舌抖等都是心精不足所致。脾经连舌本散舌下，由脾经导致的心下急痛应该是心脏重症，但常常被误诊为胃痛。

人喜欢托下巴转眼珠想心事，其实都是在调肝血和心精。端详下巴也能对人的心力做个评估。一般来讲大下巴和下巴上翘的人心跳有力，做事执着坚忍，喜操纵。而下巴小而内缩者心跳急促，做事易兴奋冲动，为人机敏。但不管哪类人，心精一旦受损，都有可能下巴抽搐抖动。

下巴上长痘痘，男子为相火动，女子为肾寒。男子相火（欲念）动为真阳动，宜多锻炼，少思虑。痘痘鲜活为新愁，痘痘暗紫为久寒。

青春期痘痘一般长在鼻翼两边和额头，走的是胃经，通常由胃寒引起。阳气足的后背也长痘，下巴上的痘痘是肾寒。长痘跟青春期郁闷和喝冷饮有关，足阳明胃经火气足的才能把寒逼出来，所以后背长疮和脸上长鲜活痘痘的人，阳气尚可，身体还行；长暗疮的人阳气弱。郁闷、喝冷饮而又不长痘痘的人，是胃火不足，肺气虚。

而肺气特虚的那种人不仅不长痘，而且皮肤滋润、白嫩，因为火攻不上来。这种人通常话痨，"人来疯"，一见人就精神，且声音清亮（就如同大钟，里面越空外面越响），人一走，他就像泄了气的皮球，顿时无精打采了。人体真奇妙啊。

四 喉咙：智慧的关卡

◆

| **喉咙** | 　　上面是胡思乱想的头，下面是自在自如的身体；上面是理性，下面是感性。喉咙作为头脑与身体的连接处，精神和本能在此处最为纠结。人与外界沟通出问题时，此处最容易患病。头脑特别聪明而又纠结的人，这个部位最容易患病。

　　聪明不等于智慧。聪明，会使人更纠结；智慧，是让人不纠结。说白了就是，一个不上道儿，一个上道儿。如果越聪明，越纠结，反而没能过好，那就叫聪明反被聪明误。而智慧，能让你无论好坏，都游刃有余、自在地、快乐地活着。由此，智慧一定有一些重要的前提，就是：不贪、不求、不怨、不悔、安静、稳定。

　　要想明白"咽喉"，就试试二字的发音，"咽"是关卡；"喉"是空腔。一定先是关卡失守，然后敌人才长驱直入。

| **喉咙疼痛** | 　　一种不情愿接受而又被强迫的状态。阴寒太过也会

引发此病，所以如果老吃阴寒药，喝凉茶，咽炎就反复发作。如得阳气温曛，咽喉方得清润。

| **喉咙病** |　　吞下食物是为了滋养身体，可有时候，我们也不得不吞下我们的言论和愤怒。当权势高于我们的人用眼神或吼叫让我们"闭嘴"时，我们的喉咙会因此而紧张、痉挛、肿胀……强行咽下人生的苦果，也会使人体这个重要的部位受伤。

中医有个病名叫"梅核气"，就是喉咙处有异物感，可到医院检查又什么都检查不出来。其实它就是隐藏在你意识里的那个纠结和痛苦所形成的气团，它阻碍了你的表达，同时你用疾病和不舒适感也向别人传达了一个你的痛苦。

| **咽喉嘶哑** |　　咽喉炎不仅是现在的常见病，而且未来会更严重地影响人类，因为世界越来越不驯服，而人类越来越急躁，这个连接理智与本能的要道正在承受人类的诸多困窘。原因大致有四：（1）我执太重。人们正在把说服别人的能力改成强迫别人，太急于让别人接受自己会引发咽喉的不适或痉挛。（2）过分敏感和不自信也会引发喉咙病。（3）多食阴寒、喉片及寒凉药。（4）说话太多，又纠结于"词不达意"，导致过度劳累。

咽喉，其顶部为"咽"，管部为"喉"，咽部大多与交流不畅的困境有关，而喉部则是不良情绪的深度隐匿处。咽喉毕竟离脑部太近，且许多重要经脉要么循喉咙，要么贯穿喉咙，错误的用药不仅不能治愈咽喉病，反而有可能引发其他病症：向上，影响脑、眼、鼻；向下，影响心肺。不可不慎，如无良医，还是休息为宜，等待自愈。

西医有甲状腺病，有这种病的人通常脾气都很暴躁、冲动、有创造力，而现实又是那么不如人愿。当现实的残酷和冷漠超出你的想象时，怎么办？要么彻底放弃或病倒；要么彻底改变自我，找到一种新的呼吸频率，一种新的对外交往方式。

说到这里，我深深地感到，平衡感和安全感对我们的人生多么重要！觉悟对我们的人生多么重要！总有人问我各类疾病的治疗方法，这令我很痛苦，因为我在诠释患病的根本原因时，就在告诉你诊治和预防的方法！如果你能改变，如果你愿意改变，一切都将不同……

好多人都明白"相由心生"，为什么就没人说"病也由心生"呢？！

不要再问这病怎么治，那病怎么治，或吃什么食疗方，等等。第一，中医看病要见到本人，望闻问切一项不能缺；第二，要辨证论治，同样症状的病可能会吃不同的方子；第三，要先解决心病，要先解决"人"的问题，然后才是"病"的问题。否则就是对别人不负责任！

更何况有时候，生病也是你对抗冷酷现实的方式，是你试图唤醒自我的方式，或是你打算放弃这个世界的方式……

| 颈部 |　　人体最脆弱的地方，一旦受伤害就有可能致命的地方。如果你对恋人袒露颈部，就意味着完全不设防。颈部也是抬头和低头时最有作为的地方——你是向现实低头，还是要始终高昂着头颅；是跌落尘埃还是仰望星空；是壁垒森严还是无限信赖；是自闭还是开放……总之，你颈部的姿态，就是你的精神状态。

而且颈部也与性格相关——低头的汉子（太沉得住气），仰脸的婆（太强势），都不好惹。找前者做丈夫，你得乖，尽管有时会很寂寞；找后者做老婆，你得有北京爷们儿的范儿——骨子里的优越感和大气，凡事无所谓，有点浑不吝，有点情趣，欺硬不欺软，嘴上老挂着"仗义"，最后

就只好仗义了。

过度谦卑会使人含胸，过度傲慢会使人讨厌。保持中正和不卑不亢，人才能得大自在。

| **颈部僵硬** |　是一种身心分离的状态，身与心各自守着自己的执着，没有能力达成共识。压力过大而引发痛苦。

颈部柔软的人一般都不会太固执，而且精神也比较放松。但现在这样的人不多。有颈椎疾患的人反而很多，这跟压力、受寒、固执、缺少活动等有关，严重的会造成手指麻木、记忆力衰退，以及耳疾等。

颈椎错位时就找个正骨的高手掰回来；受寒时用热毛巾焐焐；有压力时学会放下；固执是性格，能改就改，不能改的话，就只能得这个病了。

平时保健法：把手搓热，一手捂住颈部，起固定作用，头缓慢左右转。

五

胡须与乳房：
冲脉之实

◇

　　|　冲脉　|　　冲脉是人生之秘，与生命能量相关。青春期前，主秘藏；之后，主发动。男子化精，女子熟卵。余者上行，男子成须，女子有乳。精与卵为秘，胡须与乳房为显，精囊与卵巢为秘。显与秘皆为冲脉之实，如若显者已伤，秘者必衰。西医虽不如是思维，但安吉莉娜·朱莉切除乳房后已决定再去卵巢，这恰恰暗合中医之道。呜呼！

　　有人说看不懂，让写得更白话些，好吧：冲脉属于先天，主管女子乳房和卵巢，主管男子胡须和精囊。割了这疙瘩就得切那疙瘩，男子阉了胡须尽落，女子卵巢有病，乳房也会有隐患。现在有人一查基因，就说会有得某病的概率，其实有基因不见得发作，好比心有邪恶之念不见得真能做出来。但胡须多少与乳房大小并非如常人所想，吾《黄帝内经·养生智慧》有详叙，少安毋躁，容我慢慢道来。

　　|　胡须　|　　一种男人天生不长胡须，《黄帝内经》管这种人叫作"天宦"，也就是说他是天生的宦官，其实这种人跟宦官有很大的区别。为什么

这种男人不长胡须呢？一种原因是他先天气不足而血有余，冲脉上不来；还有一种原因是他先天阳气的收敛功能特别强，能憋住而不宣发出来，这种人性情比较复杂，有点"神龙见首不见尾"的意味，不太好惹。

古代的宦官被阉割了后就不长胡须了，这又是什么原因呢？由于冲脉起于会阴，对男性而言，至睾丸而分叉上行，阳气足而继续上行，在喉结一聚，然后冲关，上散为胡须。女子从卵巢处分，女子血多于气，故至胸而分生乳房。宦官既然睾丸被割除了，冲脉一伤，胡须渐渐消失，嗓音亦变尖厉。

六

手：生命能量的触手

◆

　　| 手 |　　你的掌控能力的体现，表现为拿起或放下。手能伸长到哪个程度，你掌控的世界就有多大。你借由它绘画、写字、爱抚、对抗……一旦它受了伤，我们全身都显出脆弱。

　　最重要的是，手，可以疗伤止痛，不仅是肉体的，而且包括心灵的伤痛。大法师的摩顶、父母的拥抱、情人的爱抚……那一瞬间，能量的潮水会掠过你、覆盖你、提升你……

　　| 手指 |　　手指、脚趾末端为十二条经脉的井穴，这里是阴阳的交通之所，阳气最盛，气血最薄，流速最快，因此也最容易感受疼痛，十指连心啊。而且井穴一动，全身皆动，所以活动手脚就是活动全身。

　　送别为什么会挥手？欢迎为什么会拍手？寂寞为什么会咬手？相爱为什么会"执子之手"？……因为手指不只是经脉的末端，以及和别的经脉的枢转点，更重要的是，它直接与五脏六腑相连——爱源于心，忧源于肺，恐源于肾，思源于脾，肝主筋。气血流畅，手就灵活、柔软；

情感被憋，手指就冰冷僵硬。所以手指会彰显我们内心的依恋与温柔，也会暴露我们内心的脆弱与焦灼。

古语说："望而知之谓之神，闻而知之谓之圣，问而知之谓之工，切而知之谓之巧。"此神圣工巧，得其一，就已然神不可测了。传统医学强调练自己的功夫，现代医学讲究的是仪器的功夫，以人知人，为妙；以物知人，不见得妙。

大拇指走肺经，与决断力有关，与能量和自我有关，与傲慢有关。

拇指对于人的意义相当重要，人的意志力、决断力、推理能力无不与此相关。一些严重的疾患，如中风、瘫痪等都会使拇指功能变弱或僵硬。

拇指一般是不戴戒指的，只有皇帝喜欢戴扳指。这，表示全面掌控和至尊。

食指走大肠经，与本能和情感有关，与欲望和自制有关。

食指是手指里最灵活、最有表现力的一个，缭乱的情感会通过它来表现。会有越来越多的女孩子在食指上佩戴饰物，这种女孩通常敏感、脆弱、有灵性，且自我压抑。

中指走心包经，与一切快乐或不快乐的情绪有关。

订婚戒指通常戴在中指上，它是更快乐的炫耀呢，还是被套牢的限制？

无名指走三焦经，与我们和外界的沟通有关，与我们跟外界的隔绝亦有关联。

结婚戒指所在的地方——无名指，因何无名？因太过复杂而无名？因太不灵活而无名？曾见过一个僧人燃无名指敬佛，惊异之，思忖之，敬畏之。斩断尘缘，斩断无明。

小指走心经和小肠经，与理性和现实压力有关。

小指又称兰花指，轻盈灵巧，但实际上，人们很少会用到它，更多的时候，它虚着，无用，或无所用。当它轻触两唇间时，是内心对安全感的渴求。

也曾见一男子因父母反对其婚姻而截断左手小指以明志，甚怜之。男人多情如此，执着如此，须绕他而行。

西方人用握手表示热情和欢迎，亲吻手表示敬慕和关怀。

古代中国人不握手，只抱拳，一种不卑不亢的态度，一种距离感。

人与人之间喜欢肢体语言的，偏本能，而且必是同类人，犹如动物之拥吻打闹。人与人之间没有肢体语言的，必不是同类，他们之间，心和身，都抗拒并疏远。

没办法，“缘分”这东西不可小觑。

看中西方人排队很有意思，西人排队一般很疏离，但情侣却紧紧地拥着，还不断地接吻。中国人一般一个紧挨一个，因为急躁，而且要防范有“加塞”的人。因为挨得太近，所以人与人的“场”就受到干扰，能量一摩擦，人就打架。

人打架，一般先是“眼神暴力”，然后是“语言暴力”，过去这个程序会进行很久，围观的人也多。现在则是在极短暂的“语言暴力”之后，人就开始了最后的“手脚暴力”，还没等围上来的人看明白，警察就已经把人带走了……现代生活，浮的都是神马云，还没聚，就散了，都是虚火，连回味的机会都没有。

| **手心过度出汗** | 神经质和优柔寡断，或对事物太过关注，以及渴望被关注的一种表现。

手心走心包经，心包主喜乐，一被憋，就潮乎乎的了。汗为心液，此举反过来又影响心。

| **手指冰凉** | 内心紧张，或被憋，或畏缩，加之气血的活力不够。女子手脚冰冷，子宫寒。

手指僵硬不灵活，手抽筋，手颤抖等皆与肝病相关，因为肝"在变动为握"（《黄帝内经》）。要么肝血不足，血不荣筋；要么肝风内动。

人出生紧握双拳，是肝气足；人死"撒手而去"，是肝气绝。

所以，拳头是生命能量，是生命即将爆发的准备；而摊开的手掌则意味着无奈和放弃。当你的两手被贪婪占据，你便无拳出击，你必败无疑。

| **手腕** | 灵活性与困顿性表现的地方。它可以优美，也可以僵硬。如果你圆融、机灵、处事游刃有余、有决断力，你就是个"有手腕"的人，有力量感的人。但中国人对这种人有点反感，因为手腕向外延展太长的话，会影响别人的利益。碰到更狠的家伙，就会斩断你的"魔爪"！

| **手臂** | 表达你热情和力量的东西。你能拥抱得更远更多吗？也可以表示抗拒和傲慢。当手臂在胸前环抱时，是在表示：我不想敞开心扉，我拒绝。过去见过一老师，只要有学生抱胸听课，他就把这学生轰出去。小时候老师要求我们背着手听课，就是让我们要无条件接受吧。

西方人喜欢炫耀他们粗壮有力的肱二头肌，中国的习武者则含蓄地笑着，因为他们明白搏击的要点在于灵活和出其不意。手臂的里侧是三条阴经，外侧是三条阳经。他们靠手臂里侧的柔绵，给外侧以爆发力。

他们用肩、肘、腕组成一个圆局，形成一个无形的场，把一切僵硬和笨拙化掉。

有时候，手臂如同一条长鞭，上部是鞭子的把儿，是鞭子力量的来源；肘下是甩出去的那部分，能够把一切想法变成现实。所以，人在干事前，都喜欢撸胳膊挽袖子，都希望不要被"掣肘"。

过去人袖子长，就是让人做事别冲动吧。要是把手藏在袖子里，那就是明摆着要"袖手旁观"了。喜欢七分袖的人，一般性子冲，做事干脆。

因为手臂内侧有心包经，所以手臂内侧有湿疹的人，心事重。而"肺主治节，肺主皮毛"，所以肘部及关节处有皮肤症状的人，一般很要强，做事求完美，易焦虑。

七
后背：
太阳界面

—◇—

| **肩膀** | 扛起或放下的功用，最能表达内心的冲突。现在的人要承担的情绪太多，所以肩背部疼痛僵硬是世界性的问题。紧张会让你肩膀高耸，内疚又会让你含胸，压力让你喘不上气来……其实，这影响的不仅仅是肩背，更重要的是心肺功能。

中医称脖子到肩膀这段区域为"太阳界面"，"太阳之上，寒气治之"。虽说此处阳气足，但也最容易受寒。"肩"字有"户"有"肉"，其实就是一"肉门轴"，所以要常活动，就是在打开"太阳伞"。此处一开，人就舒服。

打开"太阳伞"就是两臂自然下垂，两肩部先向后转动9次，然后再向前转动9次。

减缓肩背疼痛的三个方法：

开合膏肓的方法一——双肩旋转法

两手自然下垂，中指贴住大腿两侧的"风市穴"，以肩为轴，双肩一起往前转动 10 次，这就是在"开膏肓"；然后，仍旧以肩为轴，两肩往后转动 10 次，这就是在"合膏肓"。这个动作可以把膏肓活动开，充分放松肩背部，长期练习，能有效解决肩背痛的问题；而反复的前后拉伸又能使胸腔得到扩张，这也能有效防治心、肺疾病。

开合膏肓的方法二——反拳捶脊法

"反拳捶脊"也是一个开膏肓的好方法。

具体的做法是：把手放在背部，反拳沿着脊柱敲打。这样做可以把膏肓振开，又叫振髓法。久坐办公室的人可依此法经常敲打自己的背部，缓解肩背痛，疏通血脉。

开合膏肓的方法三——像扇子一样开合

这个动作很简单，坐在椅子上，手放在椅子的扶手上，后背像扇子一样向前打开，停一会儿，再慢慢挺胸，收紧后背，往后挤压脊柱。如此反复几遍。这个动作可打开和挤压膏肓，做完几次后，人会感觉周身清爽，肩背疼痛明显减轻。

女子性压抑之苦也表现于肩背疼痛。因为无法舒展，因为耻辱，因为负疚，因为痛恨……

西方人的耸肩动作代表无奈和放弃，中国人则习惯把东西扛起来。扛起来的仅仅是担子吗？恐怕，还有越来越绝望的心情。我始终觉得一个男人一前一后挑着两个孩子在夕阳的田垄上走是很中国的电影镜头，但愿他的七仙女正在他的茅草屋让炊烟飘起……

但，七仙女回到了天上。在男人和女人中间，永远隔着银河。

现在，女人对男人还抱有幻想。但男人对自己已不抱幻想。所以女人真可爱，男人真无奈。

八

胸：五脏所藏

◇

| **胸** | 可以用手臂保护的地方，很美丽，很脆弱，因为五脏就藏在其中。遇事敢挺胸而上的都是英雄。喜欢"爆乳"的女性更了不得，是拿最女性、最柔和绵软的东西跟冷冰冰的世界叫板，而且，她抓住了人性的弱点，知道人人都缺乏灵魂的滋润，缺乏安全感……看看小婴儿吃完母乳后满足的神态，就知道什么是身、心、灵具足圆满了。

| **乳房** | 胃经行其中线，走乳中，所以乳房气血从胃来。乳房，人之精血汇聚之所，肝肾两经多络于此。故精血虚，乳房内侧多病；多生气郁结，积久怨毒，乳房外侧多病。心高气傲、脾气急躁的女人多乳房病，性格内向、忍辱负重的多得子宫病。一会儿暴躁，一会儿沉郁的，两个病都容易得。

女子乳房之大小与先天冲脉有关。小且结实者，收敛大于生发；大而柔软者，生发有余，收敛不足。女人一生为血所主，乳房之精血无非

女子"血"之储备仓库。故女子月经前后气血的变化一定会影响乳房，寒郁者必胀痛。女子产后乳房下垂者，阳虚、脾虚。

现代人媚俗之一是"爆乳"，所用之法最快无非激素，直到日后罹患古怪病症方悟此戕害。当然其对冲脉先天元气的戕害更不在话下。另外硅胶填充更见女子虚荣之病态，唉！这世界喜假不喜真也可略见一斑。

乳汁即女人"血"的变现，故营养足，易消化，在中药里号称"蟠桃酒"，是天然之最佳营养品。但其性微寒，唯小儿纯阳之体可以受用。而且小儿秉性未定，故乳母之血性对其生长发育必有影响，所以古时对乳母性情、体魄的选择慎之又慎。

大人性情已定，凡事最终要靠觉悟。能从旧我中醒来，便得新我。

中医认为，血从中焦脾胃来，血虚气瘀则乳房胀痛，因为胃经走乳中。所以，好姑娘要好好吃饭、好好锻炼，精神愉悦，就会唇红齿白，多子多孙。

见过好多姑娘为了减肥把自己折腾得晕倒，妇科也一团糟。我总劝她们：无论如何，男人要娶的是健康人，他不会娶一个病人……可那快站不住的女孩神经错乱般地嗫嚅着：我不管，反正我就要瘦，就要瘦。

乳房有两个特性——滋养幼小的生命和安抚灵魂。凡对此处有隐秘热情的人，都似孩童，要么灵魂温柔、饥渴；要么灵魂空虚、贪婪。

每每看到古代青铜器上的乳突和城门上的门钉，就疑惑它们是乳房的象征，那一定出自远古男人们的集体无意识，他们需要安抚，需要滋润，想让自己的灵魂憩息在那里，种族之生命、自我之生命，都安全而甜美。要不那些匠人没必要如此烦劳，在一切平滑之上，平添如此烦琐之工艺。也正因此，他们由匠人而为艺术家。

中国画的仕女大都穿着严谨，用华丽繁芜的丝线掩饰内心的孤寂。外国画喜欢画女人的乳房、屁股和细腰。这是一种儿童的视角，乳房滋润了人类最初的精神与肉体，而屁股和腰是胎儿的舟船。

相比之下，西方人更单纯，中国画以遮掩和留白给人无限的想象空间。

男人女人都习惯把乳房当作女性特质的体现。所以所有女人都以有丰满的乳房为骄傲，而往往自卑也源于此。其实，女人的特质还在于温柔、友爱、慈悲和灵动，以及"犹抱琵琶半遮面"式的含蓄、蕴藉。

人间最美的情景大概就是蜷缩在母亲的胸膛上，像小胎儿那样，用母亲柔和、舒缓的心跳声把整个世界屏蔽在外……一切都安全、祥和。只有当我们对爱的需求得到满足时，我们才学会了爱，也才能感受到付出爱后的欢乐……所以人类最初的关于"爱"的教育就源于这一刻。

所以人们总是用拍打胸膛、张开怀抱来表达自己的热忱与激情。但也有人缩紧自己，把自己裹在一个硬壳里，因为从小就没有安全感，因为爱的缺乏，他没法打开自己，没法分享，他不是个坏人，他只是没法爱。

这个病是没有药可解的，只有一个方法——就是要有一个女人，她要像大地母亲那样美丽、沉默、慈悲、柔和。但，现在这个世上，就缺这样的女人。

乳腺疾患，说到底，就是缺少爱。并因此，而怨恨，而生气，而郁闷，而郁结。

美丽的乳房离心脏最近，它是情感的源泉。可当情感被剥夺、被遗忘，它便趋于萎缩、畏惧，而渐渐地变得自私和缺乏分享的能力。

土地已经沙漠化，贫瘠、困苦、孤独、寂寞，她自己都百病丛生，乳汁干涸，乳腺增生……她自己都没有平衡感和安全感了，她自己的一条腿都无奈地跨出了阳台……

对于女性而言，乳房受创远比子宫伤害带给人的痛苦大。曾看过很多被手术伤害了乳房的女性，内心怆痛。她们犹如断了翅膀的天使，神情落寞惊恐，那个时刻，你一定要轻轻握着她的手，对她说：我真的很爱你，看看你的脸，依旧姣美如花……

但愿这样能抚慰她，但愿这样能使她更勇敢，但愿这样大家就能一起走到老……

为什么有的人生就这样遭遇了恐吓？为什么伤痛如此轻易地就侵蚀了你，把你的灵魂打下天界？在这陌生的充满敌意的世界里，你，受伤的天使，去哪里能觅得香膏，来修复你残缺的身体？

九

肚子：六腑之地

◇

| 肚子 | 胸部在上，肚子在下，胸内是五脏所藏，腹部是六腑的地界。五脏为阴，隐而不显；六腑为阳，必须时时运化。五脏常实，六腑常空。对于生命而言，"空"比"实"重要，犹如"无中生有"，生命之树才能常青。

所以，常揉肚子，是养生之大法。好肚子，如婴儿之腹，温柔如棉。

揉肚子的方法：以肚脐为中心，先逆时针 36 下，后顺时针 36 下。要点是五指并拢，否则气就散了。

| 肚脐 | 中医名"神阙"，先后天连接处，内通肾络，外交任督。"神阙"有二解：一是"先天神明就此缺失"；二是"神明的宽大的通途"。脐带一剪，自己的后天就此启动，这条路径就此不通。从相上论，肚脐深大而有势者，主仁慈，能容万物；平满甚至凸突，一生劳苦。

肚子仅是酒囊饭袋、大肠小肠吗？非也。维纳斯的肚子、弥勒佛的

肚子都在暗示我们可能忽略了它，轻视了它。它如同精密的蚁巢，在密密麻麻忙碌的工蚁背后，蚁后在创造历史。人体肚子里的某个秘密的场所也在干同样的事情，也在创造我们肉身的历史。

所以，中国人很聪明地只鞭打屁股，而不打肚子。人在面临危险时，也是缩紧肚子，不让那里受伤；习武的、举重的都喜欢用宽宽的带子系紧那儿……人们到底要保护什么？而无论大人、小孩，最爱撒的谎也是"我肚子痛"，谎言背后的真实又是什么？

直觉源自肚腹和动物本能，喜自保，所以能趋吉避凶。理性源自头脑，爱想当然，喜牵强附会和自以为是，所以要么不知利害，冲撞伤害，要么畏缩不前。理性就是你去赴了不得不赴的鸿门宴，本能就是你能从鸿门宴上不辞而别。本能就是你爱了，理性就是让你明了这场爱是动物的角逐，还是深沉的依恋。

其实，肚腹关涉我们所有的本能和直觉，因为我们来源于这里，因为这里是我们最早的巢穴，因为这里有丹田，是创造的园地，是慧根所在之处，在这里，有亘古以来生命关于惨痛或骄傲的记忆，有自保或自弃……所以人们常说："我肚子里有数""别骗我，一切我都心知肚明"。

为什么常常自以为聪明的，会被骗得血本无归，而乐呵呵的大肚汉却每每巧渡难关？比如总吵嚷着要回家的猪八戒。因为，这里是不较劲的地方，是最自然地保持本性的地方，它安守在生命的下源，混混沌沌，若傻若愚。你问，我答，答非所问，答若禅机；你不问，我就该干吗干吗。妙哉，肚子里那个神！

到底是什么决定了我们对外界事物的判断？是眼、耳、鼻、舌吗？我们看到的都是真实的，而非圈套吗？

看看人类的思维惯性吧：我们把所看到的、所听到的，先"放到脑子里"判断、分析，绞尽脑汁，然后"放到心里"，揣摩、沉淀，呕心沥血。守前两者的都有可能伤透了脑筋和心血，大败而归。唯有"肚子"里的决定最靠谱，但不到生死关头、不到万不得已的时候，人是不会调动肚子里的本能和直觉的。

因为，"肚子"所代表的最大特性是：以生命为前提，躲避一切危险。所以，这里是"大自私"的根源。

但，这里又是"大无私"的出处——当生命的更高意义出现时，当我们对他人的爱超越了对自我的爱时，我们会不假思索，奋不顾身，以至于无身。

打坐，就是关闭眼，关闭耳，关闭有可能影响我们、迷惑我们的一切，关闭大脑，也关闭"心"，然后启动那里，启动那个"大无私"，以至于无。

从这个"无"中再生出的"新我"，纯粹，坚贞，明亮，犹如……金刚。

揉肚子揉的是后天，后天要的是舒服；大自私、大无私是先天，先天要的是开悟。

✚

脊柱：
生命之宰

◈

| **脊椎骨** | 环环相扣，人在胚胎期最先形成的东西，如游龙，神力无边。在西医，它是中枢神经系统和血液循环系统的"主轴"；在中医，它是督脉，是人体先天之气的根本。它支撑了人体走出动物的乐园，并由于它的强大，使人类最终解放了手脚，坐上了主宰世界命运的宝座。

而人类最初的伤感也来源于此，一切称之为人类病痛的也来源于此。人的大脑和心脏开始高高在上，开始加压，开始缺氧……丧失了对大地的匍匐，人类的安全感开始消失，虚空感和恐惧感会渐渐地呈现，直到死亡来临，人再一次地放倒自己，但它不会消亡，它顽强而孤零零地躺在地下，也许在期待重来……

在生活中，每当我们不安与焦灼时，我们都想找到某种内在平衡，而所谓人体的内在平衡，在很大程度上取决于脊柱的稳定和舒适。几乎人类所有的疾患都与脊椎骨相关。所以，在孩子受到惊吓后，父母亲一定要去安抚他的后背；当食物积滞在胃里时，也可以沿着脊椎骨上下按摩；当心胸憋闷时，先看看胸椎是否错位；当腰部疼痛时，先看看腰椎是否塌陷……总之，脊椎骨犹如二十四节气，轮转有序，掌握着我们生命的全部秘密。

跟腰部有关的经脉：

（1）督脉："行于腰背正中至尾骶部的长强穴，沿脊柱上行。"贯脊，属肾。患督脉病会出现：俯仰不便、脊柱强直、角弓反张、脊背疼痛、精神失常、小儿惊厥等。

（2）膀胱经：其直者，从巅入络脑，还出别下项，循肩髆内，夹脊抵腰中，入循膂，络肾属膀胱；其支者，从腰中下夹脊贯臀，入腘中。病症表现："冲头痛，目似脱，项似拔，脊痛，腰似折，髀不可以曲……项背腰尻腘腨脚皆痛，小指不用。"且膀胱是"主筋所生病"，故一切肢体筋脉僵硬和萎软都可能与膀胱经有关。

（3）肝主筋。肝经病：腰痛不可以俯仰（可以按摩"太冲穴"）。

奇妙的椎间盘：人体有 24 节椎骨与二十四节气相应。其间有 23 个椎间盘，是由骨胶原、软骨细胞等组成的软骨组织，奇妙的是它们不是直接通过血管来汲取能量，而主要通过软骨终板渗透吸收。想想这事的奇妙吧，没有管道也能吃到气血！凡人还通过吃饭吸取气血呢，而椎间盘就好比神人从旁边就把粮食的精华吸走了，这大概也是督脉为"奇经"的奇特之一吧。而且督脉主一身之气，是人之精气神的总源头。而椎间盘，作为脊柱上 23 个亮晶晶的小节点，不仅是使我们俯仰天地的转枢，更是气机的转枢，气使它饱满，血使它濡润，不仅人躯体的灵活源于它们，甚至头脑的灵活也源于它们啊。

现在有椎间盘疾患的病人很多，究其原因，不过是阳气衰微，阴血不足，椎间盘就不饱满了，人老化变矮了、变佝偻了也是这原因。久之，椎间盘还有可能脱出，长成软骨刺，压迫周边神经系统，人就会痛苦。修复它的要点在于恢复气血。

先要保养：

（1）阳气足——不损为上，寒凉（外寒为风湿，内寒为寒凉药物和精神郁闷）损阳；生气憋阳。

（2）血足——久视伤血，肝主筋。血不濡筋，肝病。养骨的秘密在于养血，养血的秘密在于养肝，养肝的秘密在于睡眠、吃饭和愉悦。所以养生不过寝食之间耳。

（3）锻炼和按摩膀胱经——膀胱经若有问题，脊背痛，腰似折，两胯不可以转动，连带着腿脚不利。

（4）站如钟，坐如松——养成日常好习惯：挺胸抬头。

修复椎间盘的最好方法：

（1）放松。躺着、趴着、侧卧和慢慢翻滚，使脊背放松。

（2）睡好。好的睡眠会使它们吸收更多的营养，会使椎间隙拉长。

（3）正确的锻炼，比如慢跑和仰泳。习练易筋经，是最有效的锻炼任督二脉的方法。此外，还有爬墙法。

（4）别受寒。后背为人体太阳界面，最怕寒凉。长晒后背。

（5）去掉大肚腩。（大肚腩会使腰部更累。）

（6）学猫弓背的动作。

（7）舒缓背部紧张。背部紧张，男人源于压力，女人源于情感的压抑，所以背部，还需要温暖的爱和爱抚。

肾主骨。补钙的最佳途径是晒太阳和适当地负重运动。但孕妈妈若过量地补钙和补维生素 D 反而会引起胎儿头部的骨骼过早闭合，造成难产。而儿童过分补钙会造成骨头的过早钙化。老子说"含德之厚，比于赤子，骨弱筋柔而握固"，所以，不必那么纠结于补钙，只要见风见雨晒太阳、多运动，好好吃正经饭，没有谁会那么缺钙。

有人问：肾的收藏能力差是什么原因造成的？如何加强？

答：肾的收藏能力差是日常损伤造成的，比如少年思淫、中年纵欲等等，等老时，已修复不起。可以通过练功加强肾的收藏能力，比如习练易筋经等。

有人问：关于撒尿的问题，淋漓，憋不住，尿失禁，没有尿，能否请老师详解这四种的病因？

答：尿淋漓：气化无力。尿憋不住：属于阳气固摄能力差。尿失禁：属于阳气固摄能力更差。没有尿：无气化。小便数而欠，属于肺气虚。

古代的养生家认为，通督脉是最难的，督脉的核心是一定要气机上提，气机上提即一定要过所谓的"三关"——尾闾关、夹脊关和玉枕关。《金丹大成集》说："脑后曰玉枕关，夹脊曰辘轳关，水火之际曰尾闾关。"

尾闾，一指海水所归之处；在人体，指尾骶骨的末节，又称长强穴。其形上宽下窄，上面承接腰脊诸骨，两旁各有四孔，叫"八髎"。要想气机上提，必须肛门紧缩上提，气机方能越过尾闾。人体气机从尾闾关到夹脊关运行缓慢，古人曾把它比喻为"羊车"，就像羊拉车那样，虽说慢，但要有羊那股倔劲和狠劲。

从夹脊关到玉枕关，相当于人体后背的中部和上部，这里人体气机运行快了起来，古人把它比喻为"鹿车"，就像小鹿那样轻盈快捷，又像小辘轳那样轻巧，所以又叫"辘轳关"。养生要多用此处，没事就找个哥们给你捋后背吧。

由玉枕关入脑（泥丸）则需力大，如同拉"牛车"，得使大力气。对修炼之人而言都相当困难，一般人就更甭说了。一旦这里的经脉淤阻，人体就要通过加压的方式宣通，并解决心、脑、肾对血液能量的需求问题。如果肝肾阴阳亏损，元精亏损，人就会血压高，所以所谓"血压高"属人体自保，是症状，而不是"病"。

有人提出：请老师讲讲先天奇经八脉和后天十二经脉的关系。

答：先天奇经八脉，重在奇。后天十二经脉，重在脏腑。奇经八脉、十二经脉都是气脉，前者养先天命，后者养后天命。人得病，基本上都是气先病，然后血病，然后脏器病。

奇经八脉是根本能量，不遇生死大事，不动、不用。十二经脉、情绪（比如爱与恨，恐惧与骄傲等）是日常波动的能量，情绪波动先伤十二经脉。好环境、坏环境也是能量，这里不仅仅是指风水，更大的环境是时代，这些都会给生命不同的方向。如何利用它们或如何拆卸它们，就属于人生智慧了。

中医治病用的是十二经脉及脏腑，没什么药可以入奇经八脉，但易筋经这些传统的锻炼方式可以调整奇经八脉。但这些需要天天做。按跷也对奇经八脉有效。

解决血压高的问题在于恢复元气和脏腑功能，不能单以恢复正常血压为主，否则就是舍本逐末。而压差值变小、低压高的现象则不单纯是经脉淤阻的问题了，而是人体已经开始调动老本——肾精和真阳来自保的表现了。

所谓"三关",无非都是对人体气机运行的比喻。人体元气生发也是如此——从下丹田开始生发到中丹田,再到上丹田,再由上丹田疏布全身,形成一个周天。生命就如同一幅图画,而这幅画的核心就是——圆。正是无数的"圆"成就了我们人生的幸福圆满。

| **脊柱强直** |　　　督脉病。与先天肾精不足、后天手淫过度有关。一般发作年龄在十七八岁。

休养脊柱的方法是躺下,蜷缩身体,或趴下。修正它的方法是按跷、抚摩和指压。锻炼它的方法是爬墙和倒立。当太阳暖暖地照在脊背上,我们放松的肌肉会松开对脊骨的缠绕纠扯,如同风中之树,我们的灵魂也开始轻荡、飘摇、昏睡。

| **后背** |　　　从颈部到两肩到女子胸衣下缘,为后背上部。这里是太阳界面,最易受寒,并与外来的压力和情绪焦虑关系重大;从胸衣下缘到腰带,为中部,为上下之枢纽,最易受累,但最不被人关注的地方;腰带以下为下部,与潜意识或前意识最为相关,这里是人灵感的源泉。

| **后背疼痛** |　　　皆是压力使然,有时也源于不得志、内疚和自卑。后背疼痛是世界性问题,既然是世界性难题,就有世界性的压力、不得志和内疚、自卑。

后背上部的疼痛与不能施与爱,或缺少爱有关,比如你不能或不愿展开双臂,当紧张、愤怒和冷漠交集的时候,我们缩紧肩背,以保护我们脆弱的心灵。

活动后背上部的关键在大椎穴和肩井穴,大椎穴是阳气汇聚之所,肩井穴是胆经的要穴。此两处第一不能受寒;第二,活动大椎穴可以用八段锦之"五劳七伤往后瞧"法；第三，活动肩井穴的方法见我的《从头到脚说健康2》第91页。

中背部由于是上下的枢纽，所以此处的伤痛一般与心力过劳有关，你想撑住，但你的心已经退缩，于是刺痛便会蔓延。而且女人总是用钢箍托胸，恰恰又人为地阻隔了上下的交通，所以从女性的养生角度看，古代的"胸兜"不仅风情，而且有益健康。

背部放松法：（1）温水泡澡。（2）按摩，宜轻柔，不宜过猛。（3）美好的性生活。（4）可偶尔拔罐，多了，伤气，且少儿不宜。（5）晒后背。晒透的那种犹如"天灸"，会使五脏六腑为之感动，由于暖了肝，你甚至会默默流泪。

十
一

腰：
气
之
要
穴

◇

| **腰** | "腰"的本字是要，像两手叉腰而立之形。人体上下之枢纽。下面是根，要稳；上面是枝杈，要舒展。此处为横盘，不倾斜、不重坠，稳定、灵活是其要点。活动腰时有两手固定更好，大拇指放在命门穴，此穴为降气开气之要穴。

如果你脊背痛，腰似折，两胯不可以转动，连带腿脚不利，等等，中医认为都是膀胱经出的问题。所以经常按摩膀胱经也是养生大法。

腰因精不足无法生发而为酸楚。回想一下我们在什么情况下会有"酸溜溜"的感觉？自己能量不足，而又看不起别人时，我们会"酸"。腰酸，就是肾中真阳不足以炼精化气，肾精不能气化，转变不成能量而继续支持我们。腰痛是实症，腰酸是虚症。

现在人腰膝酸软就服"地黄类"的药，认为这样可以"填精补髓"。想想看，就算真能把"精"补进去了，还补了好多，可"精"要是没有阳气的"烹炼"运化，也无法发挥支持人体的作用。这就好比，你吃了好多精品，又"化不掉"，也无法拿出来用，久而久之，这些东西就形成淤泥样的"寒邪"，而发生所谓的"久服地黄暴脱症"。

这样的病人现在很多，令人扼腕叹息。这世道，有迷信鬼神的，有迷信钱的，还有迷信吃药的，一天不吃药，心里就发慌。最后连自己怎么死的都不清楚。呜呼哀哉！

十二

骨：灵魂沃土

———◇———

| **盆骨** | 一个非常重要而完美的地方，对于胎儿来讲，它是一条稳定而安全的舟船，又是娩出时必经的通道，骨盆下口越大小孩越容易顺产，所以古代选媳妇要肥臀女。

盆骨是整个骨骼的中心，上到脊柱、下到两腿关节，都需要骨盆居中策应、调停，支持脊柱正直，管领两腿运动。对于成人而言，这是一个滋养灵魂沃土的花盆，盘旋上升，或向下沉溺，都取决于这个花盆是否完整而坚强。这里一旦倾倒、扭曲，痛苦的不仅是身体，不仅是不孕不育，还有心灵……

当我们自己"不小心"跌倒时，一定要想一下，我们是否正处于心灵最脆弱的时期？是什么使你失去了一贯的"小心"和缜密？

记得在中学时我曾摔倒过一回，但我以迅雷不及掩耳的速度爬起来了，甚至身边的同学都没有意识到发生了什么。人年轻时身体好，所以反应快，并能很快地找回平衡感。但那场景还是被我记住了，连同我迷乱、困惑的少年心……

盆骨还影响你两脚行动的方向。为什么人会有脚的内八和外八？为什么有的人走路会怪怪的？为什么有人会长短脚？请注意他的盆骨。而且，内八字、外八字的人一定在智力和才情上有很大的区别。

外八是沉稳的侵略，内八者对自己的地盘都让了又让。基本平行的是守时守位。

这一点，在京剧的表演艺术上表现得非常到位，比如，当官者都是外八字，脚跟先着地，一步一步晃着出来的，而丫鬟们的脚后跟都很少着地，都是小碎步嘚嘚嘚地快走。

中医讲"脾有邪，其气留于两髀"，因此如何转动两胯就不简单了。把两胯转好了，脾就健运，身体的很多问题就得到了解决。

⑬ 子宫：最初的家园

| **子宫** | 拳头大小的地界，很美，还有两个长长的小辫叫"输卵管"。其实，这里就是"下丹田"，这是一片血色充盈的肥沃土地，这里撒下种子就可以收获新的生命。这里还关涉女人的隐秘的欲望和能量，它可能因紧张和抗拒而挛缩，也可能因分享和温柔而荡漾。

子宫是一个有生命的但又空灵的秘密场所，因其空，而不容易满足，而又不容易驾驭。它关系到女性隐秘的直觉、哀婉的情绪、刻骨铭心的激情，或歇斯底里的愤怒……总之，它和大脑一起与整个肌体发生交感，它使女性成了全身布满不可思议的模糊通道，它的不适会引发呕吐、痛经、哭泣、抑郁、背痛或肌体挛缩，它使女人变弱或变得彪悍，它的存在使女人成为女人，并令人畏惧和不可捉摸。

让子宫这个小小的拳头大的空灵之地安静而温柔的，是温暖的爱，而且这个爱是善变的爱。在幼年时，人身体的各部位都是轻盈的、活跃的，但这里是沉默的、安静的，犹如黑暗里密闭的种子。在青年时，全身的机能都放缓时，它却蓬勃地开放了。由于它突然的绽放，使得年轻人猛然在对外界的探索中停下了脚步，开始对自我、对肉身的狂野探索，但所有的激情都得不到正确的安抚，于是变得狂躁或畏惧。美好的壮年使得人体这一核心的焦渴有诸多渠道得到满足——完美的性、安稳平衡的生活，或升华了的激情，等等。总之，人的一生，都多多少少在它的左右下，跌宕起伏。

曾见过子宫幼小症的女子，她的手是那么美丽，可她什么都抓不住，在一个黑夜里，她短信告诉我她已经是灵隐寺的居士，她的心灵已经康复。也许，对某些人来说，生命状态的异样也是一个觉悟的契机，但总是让人有点怅然。

子宫是人类最早的家园，最畏寒凉，最怕寂寞，而充满生气、丰厚、温暖、湿润的土地才能产出嘉谷。生命的最初阶段取决于子宫环境，它要舒适、温暖，有弹性，血脉充盈。所以女人要想怀孕和生出健康的宝宝，先要看子宫环境，看月经。

人类，似乎正在丧失最宝贵的创造力——生育孩子。子宫，原本肥沃的土地，如果长期不长嘉禾，就生杂草。缺少爱，就成戈壁或沼泽。一切毁灭，当从此处起；一切拯救，亦当从最原始的创造力开始。

西方人认为女人生三个孩子最好，可以延长女子之寿命。原因在于，女子的怀孕、生产是一次对母体气血的重新激发和唤醒。但流产不在此例，流产是瓜蔓生生剥离，对人体损伤甚大。所以古人对小产的重视程度超过了正常生产的"坐月子"。

子宫的功能属于中医"筋"的范畴，肝主筋，筋有弹性，女性如果有正常的性生活，就能保持子宫的伸缩性，则瘀血就不容易存留。而且元气足的一般性高潮快；元气虚损的性高潮慢或无。生气和寒邪都会使气血挛缩，就会伤"筋"、伤肝，再兼有"湿邪"，就容易得囊肿、肌瘤等症。

子宫有瘀血，人如果元气尚可的话，月经一般会提前去破瘀，一般会血量多，黑血块也多，而且腹部有刺痛。元气不足的，则精少，无力破瘀，腹部酸坠，月经拖后，而且容易淋漓，拖的时间久。

子宫没有瘀血而月经提前的，是元气太虚，不能发挥有力的统摄作用。

子宫没有瘀血而月经拖后的，是阳虚不能镇纳阴气，阴血上潜外越而不能下行。

经来淋漓不断或一月之内忽然来两次者，属于过度劳累（包括心灵创伤），或元气大虚，统摄失职。还有一种情况是子宫有瘀血或者肌瘤，人体试图破瘀而不得，反而导致淋漓，尤其是快绝经的妇女，遇到这种情形要到医院做彻底的检查，不要发展至贫血。

年轻女子或中年妇女，如果月经量大，而且色紫成块，有少腹痛，属于血瘀不通。温经即可，成药有艾附暖宫丸、温经汤等。如果月经量少而且颜色淡，属于阳气衰则化血少，这样的少女尤其不能减肥，要多吃饭、多运动，身体强壮了，就一切正常了。

在《无效的医疗》一书中读到：加州有将近一半的妇女过世时没有子宫，德国妇女则有三分之一在有生之年会割除子宫。不禁恍惚了，中国的情形如何不可而知，但也不在少数吧。这真的令人悲伤，在有生之年告别温暖的小巢，告别那些晶莹的生命之卵，生命会走向空荡吧，心灵也会随之暗淡飘摇。女人，要好好爱自己啊。

对于生命细胞，无论善恶，从不存在剔除干净一说；有的，只是自清、自净。所以，与其杀伐，不如对话；与其对话，不如不理它。心识变，情志变；情志变，肉身变。至于共业，除承担外，别无他法。

| **月经** | 　女人和自然默契的结果。与月亮（太阴）有关，故女子经期又称"月经"。既与月亮有关，其正确时间应是 28 天为一周期。提前错后两三天都不是病。一般来说，月有三种时象，"月始生""月廓满""月廓空"，人体经脉气血盛衰的月节律是——月满时血气实，月空时血气虚。

现代一些研究认为，月球引力、月球磁场和月光强度的影响是造成这一同步的原因，但用传统医学的观点来看，人体气血运行的动力本于阳气，故朔望之时地面接受日光辐射多少的差别，才是导致气血盛衰的真正原因。在中医中，日为阳，月为阴；男为阳，女为阴。中医认为朔望月对人体气血有很大影响，尤其对女子经期有影响。女子与月虽为阴，但她们的动力却来自阳，朔月时，月亮对太阳光辐射的屏蔽面积最大，影响到人体，气血运行则比较缓慢，故女子月经来潮和在潮的人数较少。望月时（阴历十五），月亮不仅对太阳毫无屏蔽，并且把部分日光反射到地球上来，对应到人体，则气血运行逐渐充沛起来，月经来潮和在潮的人数逐渐多了起来。据统计，这一时期的妇女月经在潮人数处于高潮。

| **肉身记忆** | 　来月经时不可生气，此时子宫正开，生气则寒邪内包，人体就要产生更多的热去破寒，这样就属于"热入血室"。一旦经期"感冒""发热"，生命就好像有了某种记忆，下次月经时还会不舒服。

| 痛经 |　少女的痛经有时是因为她还没有能力接受身体的巨大变化，或因为不够强壮，而又曾在冰冷的雨水中嬉戏的缘故。更多的人，会因为生气、郁闷，因为缺少体贴，缺少活力，缺少爱……而瘀血，而痛。

不通则痛，阳能破瘀——明白原理，治疗可以大道至简。年轻时不懂医药，痛经时就听摇滚，听迈克尔·杰克逊，身体也随之摇晃和扭动，居然也能止痛。因为摇滚里有种深沉的哀伤，有种纯真的激情，它可与年轻的生命韵律相合，能唤醒你生命深处的热能，能化那些冰川为春天的溪流……

| 闭经 |　原因通常有二，或因气血不足而自救（所谓自救，就是先活下去，可以牺牲一些生理功能，这是身体的智慧），或因寒凝而不动（生气、寒凉等原因）。前者以补气血为主，后者以温化为用。

| 妇科炎症 |　遇累就犯，生气必发，难于启齿，又缠绵不去。再加上西医名之为"炎症"，所以屡屡"消炎"而损正气。其实，因为这里是"至阴"之地，其性为"腐"，内阳不足，就不能化腐朽为神奇，故免疫力下降；劳累伤精；郁闷更"腐"，少人关爱，幽怨自生。久而久之，不免自暴自弃，成腰酸背痛之"黄脸婆"。

| 更年期提前 |　更年期综合征一般指女子四十九岁前后出现潮热汗出、绝经等现象。现在的人由于生活条件好、注意保养，更年期应该拖后才是，可令人不安的是，经常见到更年期提前的妇女，这可能跟社会压力大、情志不遂、乱减肥有关吧。

　　| 卵子和精子 |　　雄性的性细胞比雌性性细胞小，且数量多。卵子大是因为它要提供给胚胎以足够的营养，也因为大，它便成了被动受限的一方。雌性必须怀胎十月，必须哺乳，必须养育保护婴儿……雌性因此而成为被剥削者（假如那个雄性不承担责任的话）。而精子小且活跃，可以四处溢情，并逃避责任。世上的事情就是这样，谁付出的越多，谁就越被捆绑。贵重的卵子要求雌性要有挑剔的眼光、诚实的品德和耐心；小而多的精子却成就了雄性的不忠。从另外一个意义上说，雌性是建造者，而雄性则是浪费者，他精疲力竭地奔走，不仅浪费自己的体力，也浪费着自然的资源。由此，有人说：人类中的雄性为了消除对女性子宫创造生命的潜在嫉妒，而更加关注自己的事业。

　　| 卵巢 |　　女性生命的宝藏，一个个晶莹的卵泡在这里静静地等待出发，如果生命中的"那一个"能够在恰当的时候出现在恰当的地点，他们就会闪电般地结合，并绽放出光华……但很多的时候，她们孤独地漫游，然后死亡。

　　女婴在母腹的时候，卵泡们就存在了，用漫长的时光等待被激活。必须血脉充盈，必须阳气充足，必须道路通畅，她们才能从秘密的巢穴中按秩序出来……是否有谁真正地抱怨过：为什么不是我？……无论如何，她们中的大多数就这样结束了使命，为她准备好的"婚床"就会愤怒哭泣，而流血……

　　对于中国人来说，也许只能有一个卵泡走出生命的绝境，并完整地走完人生的轨迹，这概率，比中奖还难，犹如人生，大多数人默默无闻，而且孤独。有时候有好卵子，没有好精子；有时候有好精子，而卵泡尚未发育成熟；有时候多次的刮宫又把土壤变薄……所以多不容易啊，你，我，能有此生、能看到这美好的五月天，能感受这习习凉风。

有人说：活着，就是中了人生第一大奖。

有人说：所以，人的努力更多的是不被认可；更多的种子是不能发芽，更多的千里马是殁在荒郊野外；有幸来到这世上，有幸有了表现的舞台，不鸣就有枉此生。

曲曰：唉！有时认命也是一种觉悟。

| **卵巢囊肿** |　　在中医属于湿邪，她们如同沼泽地里的泡泡，浑浑然，毫无动力，而又纠缠着生命。生命的动力源于"阳气"，其物质基础是"血"，所以，气血足，生命的机遇随处可见；气血不足，百病丛生。

此病（卵巢囊肿）可以用中医六经辨证彻底治愈，千万不可活血化瘀。而且要严格按医生的要求去做，要有耐心，时间可能会长，一年左右。因为要作用到生命的根底，要创造一个新世界是艰难而痛苦的。但一个新世界，也是活活泼泼阳光灿烂的。

有人问：老师，常食枸杞子，会致不孕吗？枸杞对女生不是好东西吗？

我回答说：凡拿药当食疗者，必受其祸。

中医讲究的是"方子"，不是"药"。"方"乃正也，是用药之阴阳五行排兵布阵，重建生命之良序，所以开"方子"就是给生命开出个正确的方向。都说黄芪补气，当归补血，所以有人乱用以致害，月经错乱，神情恍惚或亢奋。一句话——凡拿药当食疗者，必受其祸。

网友说：吾辈当记，每方每药，皆系性命，一针一剂，全关生死，故业医者不可不精。

| **输卵管** | 知道女性为什么总渴望飞翔吗？因为在她生命的根部有两个隐性翅膀——输卵管。她的两翼被压抑在生命的底部，所以，迷失、伤感、怨怼、屈服和不屈服、无休止的渴望……是她的主题，男人对她而言，是方向的引领，是确定，是忍耐，是给她一个结果，一个孩子。

而她，必须自我提升，否则她的依赖性会使她堕落。

| **输卵管堵塞** | 盆骨受伤倾斜、生气郁闷、劳累、炎症、错误的治疗、不当的减肥，以及一些不必要的膏方……总之，很多问题都会打乱我们生命的原本秩序，使生命延续的通路肿胀、僵硬、变形、堵塞。女人，就这样，慢慢失去了与自然的神秘联系，不再婉约如诗，不再与情郎约会在迂曲、曼妙的回廊。

| **不孕症** | 如同没有回声的呼唤，如同出征的千军万马误入了死谷。有时候，那秘藏的卵泡坚守着幼稚，不肯成熟发育，不肯走出原始的巢穴，就像"啃老"的孩子，面对那唯一的再生道路犹豫、踟蹰……生命的赞歌由于缺乏阳气的鼓荡，血液也稀薄如雾，再加上土地的不丰厚，于是，那些想投胎的精灵们就无处栖落，只好继续着他们无奈的飞翔……

| **胎停育** | 原本以为那美丽的小天使已经如约而至，可是没想到生命在胚芽阶段就莫名其妙地终止了发育。越来越多的女孩因此而绝望哭泣。但生活中的一切从来不是突然发生的，总会有一些因果早早地蛰伏在那里。

想一想先前有过多少次流产（曾见过一个女孩一年流产了六次），想一想先前是否因为害怕肥胖而不敢吃东西（血不足则不能养育胚胎），

想一想先前没完没了的生活工作压力和终日不见阳光的空调房里的奋斗……气血早就飘忽不定了，子宫早就伤痕累累了，小小的生命种子早就被荼毒得疲疲沓沓了……如同两个已经被生活折腾够了的人偶然相遇了，结合了，但诸多隐痛还在，随时都有可能"伤逝"。

| **子宫肌瘤** | 子宫在至阴之地，其性为"腐"，阳气不足，则瘀、腐。积久郁闷，则生寒，久寒为凝聚，成"癥瘕"。若男女不和谐、男子萎软早泄、男子惧内，女子总是"欲而受阻""欲而不得"，则每每有悲怆生出。所以唯有女子之温柔能助长男子之阳刚，男子不阳刚，女子受其害。若每日上面对丈夫怨恨冷脸，自己的下面就是广寒宫啦！关键是，这广寒长夜现已无玉兔捣药……呜呼哀哉！切记切记，爱别人就是爱自己啊。

本来，随着人体的老化，雌激素分泌的减少，子宫肌瘤会停止生长或萎缩，但这种正常、良好的自然过程会被药商推广的激素补充疗法中断。雌激素的持续供应会使肌瘤继续生长，继而影响邻近组织，使切除子宫手术在所难免。通常，推销商只说服用这些会使女人变年轻，而从不告之那些潜在的危险和黑暗。其实，变老并不可怕，可怕的是无知。

大凡惧内的男子一旦进了夜总会，就很容易沉溺，因为那里的女人目的明确，只为钱财，所以能曲意逢迎，极尽温柔，可以大长男子之虚荣、之自傲，如果能大把撒钱就会更得意，以致一瞬间有帝王般的感受……而女人却在家上孝公婆，下育幼子，有委屈自然也只有对丈夫发。男人又内疚又害怕，自然无所作为。女人更惨：上吞苦果，赔了丈夫又折钱；下长肌瘤，失去的恐怕还有子宫。

知道女子为什么贞专、男子为什么滥情吗？女子的卵子是个定数，大且少，成熟后一月排一个或两个；男子的精子小而多，一次有几亿个。大的东西一般启动慢，有些被动；小的东西精力旺盛，东奔西跑，异常主动。少的东西"物以稀为贵"，所以金贵、矜持；多的东西不浪费点都显得不大气。所以，唉，就这样吧……

而且，漫长的孕期也使女人需要稳定的环境和心情，十个月，一个小小的蛰伏的生命，会把女人甜蜜地套牢，而忽略了外面的春夏秋冬。而男人，则对那个不可知的骨血感到不安和轻微的恐慌——他原本只想沉溺于情欲，只想探索一切未知的领域，却没想到他原始的生命喜欢造化，并乐于生根发芽……

在得到一个温暖的女人后，还附带得到了一串孩子，这对男人，是上天的恩宠，还是惩罚？是消费了，还是被消费了？

|　**坐月子**　|　生孩子时，并不只是盆骨开合，而是全身的骨节都张开了，全身的毛孔也都张开了，是女人一次痛苦到极致的绽放。所以，中国有"坐月子"的良俗，是一种对妇女的体贴和爱护。在产后的一个月里，女人的身心正在缓慢地复原，在复原的时候，要防止一切不良刺激，比如潮湿、冷风、情绪的大波动等等。

|　**月子病**　|　月子里容易落下的病症有：（1）寒气钻了头骨，头疼；（2）洗刷太过，而又心里委屈，手指等小关节疼痛；（3）生气郁闷，烦躁好哭，属产后抑郁，此症现在居多，黄褐斑猛增；（4）脚部受寒，足跟痛；（5）收摄不住，虚汗腾腾，等等。一般来说，"月子里的病月子里治"，因为任何药物都难以达到生孩子筋骨腠理大开而使邪气外散的那种状态。

| **性冷淡** |　　冷是冰冷，淡是无味。冷淡是一种态度——没激情、没动力、没意思、没反应等等。有一种是心冷大于身冷，有一种是身冷大于心冷。前者源于生命情感的重创，后者源于肉身阳气的绝望。前者治心，后者治身。治心的要点在于重建人生目标；治身的要点在于修复阴阳的平衡。

天地尚有四季冷暖，可身体这东西古怪得很，有一种桃花叫"致命桃花"——肉身与肉身的认领强烈到化不开；有一种桃花叫"命犯孤独"——只允许精神上的认领，而永远遗忘肉体。

越来越深刻地认识到：生活中一定要有一个不变的东西，才能成为一切变化的参照物，否则你会跟随变化随波逐流，从而迷失自我……正因为对某一事物的坚守，我才获取了这虚幻世界中的某种相续性，我才得以把过去、当下和未来连缀成线。

十四

女子·男子：阴户·阳物

◇

　　人的性别意识到底是源于大脑，还是生殖系统，还是别的什么，始终是一个深刻而有趣的问题。越来越多的同性恋似乎告诉我们，真正的性别意识可能跟你拥有什么样的生殖系统关系不大，你觉得你是男人，还是你觉得你是女人，才是问题的实质，于是西方有人说激素才是决定你性别的决定性因素。男人女人思维方式不同，价值观也不同，对于性，男人只要性，女人要的是心灵伴侣的性。

　　一个好的爱，就是两份孤独喜相逢。一份好的性，是打开了从本能到心灵的路。

　　| **生殖器** |　　西方人称之为"生殖器"，把这灵性的感悟天地、创造万物的东西给糟蹋了、贬低了。瞧瞧古人的称谓——女子为阴户，男子为阳物。五行属水，五脏属肝肾，子女之根源，人类之关键。外用为喜乐，内用为"造化"。外阴内阳、能收能放为好女子；外阳内阴、能屈

能伸为大丈夫。

男女之差异：男子说事，事情要看得长远；女子重情，感情一般只顾眼前。男子喜给予，爱搂、爱抱；女子喜受纳，渴望被搂、被抱。男子无肝经之输泄，力量大且性情粗暴。

女人有每个月的月经排泄，肝气顺畅，故女性性情柔顺。男子之精小而充满活力，女子之卵大而安静贞专。男子精子多不值钱，故而兴趣广泛，喜广种；女子卵子少，孕期长，情感专注绵长。总之，男人为阳，阳的德行就是自强不息，就是终日运化创造。女人为阴，阴的德行就是厚德载物，就是温顺受纳坚忍。总之，肉身总是那么强大，以其特质和局限成为我们无法对抗、必须接受的一部分。

为什么印度瑜伽和中国的道教都非常强调性能量的修炼？因为这里涉及许多重要的内涵：一是你有无与别人合二为一的能力；二是你能否瓦解自我固执的自私，而具有分享爱的能力；三是你有无能力将一种低级的、物质的东西转化成高级的、精神的东西；四是你有无创造和再生的能力……

每当事物面临转化和超越的阶段时，对我们的人性都是一种考验。

古语说"精满不思淫"，就是说当人体的阴精特别足，阳气也特别盛大时，它们可以自行交媾而化，从而"炼精化气"、升华，所以这样的人也显得清醇、纯粹。精不满、阳气不足者，则收敛不住虚火，虚火扰头则胡思乱想，而且越来越虚，以至于不能自拔。

所以，有一种亢进叫虚火，有一种沉静叫内足。

手淫和房事的区别在于，一个是空对空，一个是人对人。空对空越来越空，所得是孤独寂寞；人对人则有两情相悦，所得是身心的满足。色声香味触觉是人之所大欲，孤寡之人，病最难医。

当今社会充满了廉价的色情服务，男人不必再像过去那样靠征服世界来征服妇女，这，会导致以下几个问题：（1）削减了男子气概。买东西和抢东西不一样，一个需要钱，一个需要力气和勇气。（2）不花气力得到的东西不会珍惜。因为根基不牢，人们对长期生活在一起越来越没有耐心。（3）会产生更深的孤独感和虚无感，并因此产生越来越多的罪恶和疾病。

反之，女人在这个对男人打开的世界面前，越来越迷惘、焦虑，最后不得不走向强大。因为她遇到一个好婚姻的概率越来越小，男人越来越难以承担好女人的好，而面对坏女人，男人因为不存在负责的压力而更不在乎责任。

曾看到一个因为手淫过度、重度抑郁而被父亲用电棍电击，几年来辗转于各大医院的精神恍惚的孩子，心伤痛之。他的身子已经空了，脑子已经空了，你要从何处下手，来解除他人生的痛？这已经不是医的事，也不是药的事了啊！身子，可医；而那可恶的生活，漫漫无绝期！

大伙真可爱，都为如何治愈这孩子出招儿。招儿我不缺，在这方面相当有经验。给大家讲个故事吧：曾有一女子患狂躁病，发病时就痛打丈夫，她丈夫人很好，每每忍耐。服两个月中药痊愈后，那女子哭着来了，说："我好了，可我丈夫说受够了，要离婚了……我求您，您把我再治回去吧！"所以我痛苦的不是治愈疾病，而是治愈人性和生活！一句话，现代人，治病易，度人难！

要想治疗这种病人，一用道理、用读书、用交友解其空虚寂寞，二用事情占住他的手，三用锻炼强健他的腿和腰，四用潜阳药收敛他的虚火，用粮食和药壮他的精，五要教育他的父母，给他们讲讲因果。

最不靠谱的是让他吃所谓的壮阳药，那会彻底摧毁他。

情动则肾动，肾动则精动。小孩子在"情"上不执着，所以叫"天真"，而且长得快；青春期情窦一开，人就生长迟缓了。"不动情"虽是养生的大秘法，但不动情的人，多么无趣。在动情与不动情之间找到均衡的人，就是"君子"吧。

金庸说："情深不寿，强极则辱；谦谦君子，温润如玉。"

《中庸》曰："喜怒哀乐发而皆中节，谓之和。"

寡欲不是无欲，而是知道哪些事可做，哪些事不可做，哪些事做不做两可。真明白"世道"的，才能够"恬淡虚无"。

| **遗精** | 肾精亏损，则心气上越而下部失去制约。

男人，尿与精走一条道，可以这样说，这一生殖构造的特点对男人而言，更要求意志力，因为他总得"扳道岔"，总有意志和本能的博弈，他必须要弄清楚自己要干什么。而女人则不必"扳道岔"，她只是有些经期烦恼。小男孩是混沌一片，精门不开，所以没这个问题；男人则缓慢而痛苦地用神经系统调控着自己。

对男人而言，元气较充足时，尿窍容易开而精窍不易启，尿窍开时精窍必不能开，精窍开时尿窍必不能开。这是正常人。病人则是元气虚弱，尿窍更易开，而精窍也易启，于是，尿频、遗尿和遗精、白浊一般就会同时出现。

肾的神明叫作"志",其功能为"藏",为定力。肾"志"白天略生发，寄于心；夜间"志"寄于肾，主收敛。所以子时以前遗精的，属收敛失常，病在于肾；子时以后遗精的，属生发失常，病在于心。

| **不孕不育** |　　中医认为男子不育有以下几个原因：（1）精子质量不好，活力不足，基本属于原地打转型。（2）数量不足。以前一次性行为的精子量是3亿左右，现在骤减至3000万左右。（3）湿重。烟酒过度使得精子半脓半血，质量不高。

原先有位老者说，上天要想毁灭哪个种族，一定是先让这个种族生育能力整体无能。现如今，不孕不育现象极为普遍，不孕、胎停育、流产等现象特别多，其中有气血问题、情志问题、污染问题、饮食添加剂问题、生活压力问题等等。

传统医学有这样的说法：三妇无子和三男无子。

三妇无子：（1）子宫虚寒的女人不易怀孕。胚胎就像一颗种子，喜欢温暖之地，子宫在下焦，易寒易腐，常致种子无法成活，或不发育。（2）夫妇不合、好生气的女人不易怀孕。生气必伤乳腺和子宫，两情相悦才得敦厚之子。（3）性情偏淫荡的女人不易怀孕。性生活过早，多次流产，造孽即多，必有报复。

三男无子：（1）精少、精冷、精滑者不易有子。精少是缺兵少将；冷则动力不足；滑是痰湿重，阳不足无法收摄。（2）多淫疲惫者不易有子。好色的男人易动肾阳，多耗则精不足。（3）临敌畏缩不易有子。"敌"指匹敌，指配偶。老婆终日聒噪发飙，丈夫厌倦惊恐，恐伤肾，阳不举，精惶恐，不知所往。

| **前列腺炎** | 由于隐忍，由于"久坐"，由于惧内，由于长期郁闷……归根到底，由于人太好，太在意别人的感受，而委屈了自己。怎么办呢？什么时候能够"宁做快乐小人，不做受难君子"时，人就可以解脱一下，就可以略微地放纵一下吧。

其实，做人与祛病密切相关。要想"祛病"，当先"革命"，重新做人，最为关键。

我见过的最小的前列腺炎患者 24 岁。他很早就去了日本，由于始终在享乐与罪恶感之间徘徊、踌躇而罹患此症，后来又因恐慌而乱治，反复难愈。治愈后仍有点恐惧，直至找到一善解人意的女友才算彻底平复。

| **阳痿** | 男人根本驱动力的丧失。与自然的关联突然掉了链子，隐秘的灾难从天而降，人，惊惶不安，失控的，除了身体，还有心灵。一方面是内疚和罪恶感，一方面会怨怼对方的索取无度……若视它为生命之自保，人也许会稍稍卸掉重负，但暗中还会去探究真谛，以恢复自信的重建。

男人，真的与女人不同——相对于女人那假想出的翅膀，男人更在乎自己的权杖，他们把目标的重点放在地盘的占有，而女人，却总幻想着飞翔……

底下弱了的男子有时会表现出一点虐待狂的特质，因为要掩盖深处的绝望。曾见过一个男老师使劲折磨女学生、讨厌并打压男学生，他的强硬令人畏惧，但了解他的人会觉得他可怜。

　　最糟的是，他的女学生们婚姻都不顺，男学生要么被他击垮，成为女人的奴隶，要么成了比他还过分的暴君。

　　教育是个大问题，教育者和被教育者之间一定有人性的熏染或冲突，这在个人成长史上不容忽视。

十五

臀：江山之固

◇

| **臀部** | 坐江山的部位，挨打的部位。不可瘦削，否则江山坐不大，挨打没反弹。

臀部是一个常常被忽略的大枢纽和身体上下接合部。由于气血足，所以人老后，人脸易憔悴，屁股不易老。

臀部下的坐骑很有意思：老子骑青牛，牛隐忍而坚定，适宜修行。张果老骑驴，驴倔强顽强，且内收，有此特性可以炼丹。四大菩萨也各有坐骑——观世音菩萨骑"鳌鱼"，强调鱼龙之变化能力；文殊菩萨骑"青狮子"，作智慧狮子吼，振聋发聩；普贤菩萨骑"白象"，仁慈广惠；北方地藏菩萨有"谛听"，在秘藏中知万象。所以坐骑是各自江山事业之用，之手段，之象征。

现代人也强调坐骑：奔驰宝马是高调的沉稳，是身份，是能力；奥迪捷豹是低调的尊严；跑车是炫耀和速度……总之，"坐骑"是臀部的放大，是地盘的放大，也是自由的放大。没有坐骑的人是在"御风而行"，比如你，我。

　　| **肛门** |　　能收放自如、能宣泄掉身体里的沉渣腐气，会带给精神一种会意的放松、洁净和愉悦。在五谷轮回道场，自己和自己达成的秘密约定如果得到顺利的实施，也是一种自我肯定啊。

　　所以，脑啡肽实际上源自肠啡肽，上面的快乐源自下面。

　　网友说：难怪我每次吃了好吃的，吃饱饱的，都很 HAPPY。

　　有两种天然脑啡肽存在于脑、脊髓和肠。有专家打了个比方：人体内有一个"奖励系统"，这个系统的物质基础叫"脑啡肽"，又被称为"脑内吗啡"，是一种神经递质，在短时间内令人高度兴奋。毒品就是通过这个系统提高人体"脑啡肽"的分泌，破坏人体平衡系统。网络也是通过消耗"脑啡肽"，扰乱人的平衡系统，造成网迷不断寻找提高体内"脑啡肽"的成分，以致于成瘾，形成迷恋网络的现象。

　　| **便秘** |　　不仅仅是肉体的痛苦，还有精神上的无力感和失控感。所以有时候，人等待的不全是"占有"的幸福和快乐，也会期盼"失去"的快乐和幸福。

　　如果人有压力、焦虑，就会调气血上头，下面就会因虚弱而肿胀、下坠。中医称"肺与大肠相表里"，肺气虚就无力推动排泄；"心与小肠相表里"，心情不爽，小肠就不能合理地吸收营养，气血不精，脸上有淤叫"蝴蝶"，肠里有淤叫"毒素"。肺与大肠相表里，蝴蝶与毒素是表兄妹。

　　| **痔疮** |　　一定是有什么要憋回去、要掩盖，而内部的愤怒和诉求

又喷薄欲出，燥火之郁结就是痔疮。有时候，人脸上虽然堆着笑容，但底下早就不耐烦了，这种矛盾复杂的情绪久了，一定会带来身体的痛苦。

曾见过一年轻女子患痔疮重症，始发于三年前。一般女子因怀孕胎儿压迫直肠，孕后易患痔疮，此女子尚在读书，且行为端庄，不应有如此症状。我断定此女三年前或更早时一定有生活上的重大遭遇，她垂下眼睛说：没有。我们默默良久（有时候人要耐心等待），然后她开始哭泣，说三年前父母离婚了，但外人一律不知……事实是，她大脑也抑制了这个信息，但她的痛苦沉底了。

这就是中医问诊的大问题所在，任何疾病反应，不过是生命被伤害的印痕，或记忆，或有意无意要承受深藏的愤怒和耻辱……如果不见到本人，不了解其人的性格、遭际，单凭一个西医病名就妄下虎狼之剂，是不可能谈得上治愈的。

所以，要看好一个病，一要看医生有无直指人心人性的能力，二要看病人对生命的认知程度，如果不求医，只求药，是没有用的。有时，如果求对了医，也许不必用药，也许一句话就能救了你，至少你不必再沉溺于某些妄念或妄行了，而毛病也会消失于"无何有之乡"。

肛门括约肌在中医属肝"筋"的功能，气虚、血虚和压迫会造成痔疮或脱肛。长期的痴坐以及长期的坐卧不安都会导致肛门括约肌出问题。女子怀孕时子宫对直肠的压迫也是一个问题，但如果肝血足，筋柔的话，就不会出问题。

练习法就是提肛法，每天坚持做 100 次，锻炼肾和脾。

十六

腿：肾之两邪

———◇———

腿脚距离大脑甚远，长期的进化使我们可以熟练地驾驭面部表情，即表情可以装，但却无法掩饰腿脚的动作。腿脚常常会暴露我们隐秘的内心感受，比如我们脚的方向，我们腿的合拢或分离，或轻微颤抖，都可能在述说着我们的渴望或出逃的心情……

| 腿 | 是带你走向远方，或使你盘桓、困顿的东西。没有腿的舞蹈是空灵的意识之舞。

人的直立使腿的进化很突出，狩猎的时代，它粗壮有力、果敢、灵活、顽强。但现在，由于各种交通工具的发达，它越来越退化，不能久立为骨萎，肌肉无力为脾病。

腿疼，不过是你被困住的表现，身体在提醒你：慢一点，慢一点，让灵魂跟上来……

为什么人老腿先老：人之衰老，实际是人体阳气的衰败。出生时，阳气聚集在脚，随着年龄的增长，阳气动能一步步向上。二十在腿，三十在股，四十在腰，五十在背……如此这般，年老时，肺气衰弱，肃降无力，便不能主一身之气。心力衰弱，血脉也不能荣于末梢。由此，人体下部一派阴寒衰痹之象。

睡眠时，腿部最好摆出一个局、一个阵势，让身体各部保持"势差"，让血脉在这个完美的局中静静地沿着河床流淌……

仰卧为尸睡。尸，指"势差"消失，气血凝滞不动。

| **风湿痛** | 先是关节的酸酸楚楚，然后是绵绵的隐痛，然后是身体的变形。

| **痛风** | 西医认为：痛风是一种嘌呤代谢失调的疾病，临床特点是血尿酸升高。身体过量的尿酸，会结成晶体，沉积在关节内，引起剧痛。最常发病的是大脚趾，发热红肿，动一下即疼痛无比，活动困难。再严重时会影响膝、腕及踝关节，造成关节畸形僵硬。慢性痛风可导致肾结石、痛风性肾病等。

痛风患者饮食须注意：第一，坚决不吃含高嘌呤的食物，如啤酒、海鲜、动物内脏等；第二，可放心吃低嘌呤食物如蔬菜、水果等，鸡蛋、牛奶（酸奶除外）嘌呤含量少，是痛风人群蛋白质优良来源，可放心吃；第三，可适当吃鸡、鸭、鱼、肉，但不喝汤，吃肉时最好先用开水焯一下以减少嘌呤类成分。

从中医的角度看，痛风应与脾、肝、肾、肺相关。首先，不通则痛，常发于大脚趾（脾经起始点），则与脾经相关。思伤脾，得此病者大多思虑太过，且决断力出了问题，首鼠两端，不敢决断，一般公司的高级管理人员更容易罹患此症。其发热红肿不过是内有寒邪，人体自保功能发挥作用，欲攻寒邪于外而显出炎症。此时如找对医生，用药助邪外散即可。发展至膝、腕及踝关节时，说明已伤及肺肾，下肢为阴，寒邪、阴邪过盛之时，须大剂阳药急挽狂澜。

此等寒邪由何而来？（1）思虑太过而不化，即生寒邪。（2）多食啤酒、鱼虾蟹等寒性食物。古人食这类食物时，一般要喝烫过的黄酒，并食姜以驱寒。即便如此，《黄帝内经》还言东方海滨之人多食鱼虾而多生疮，须以砭石疗之。但今人贪啤酒之凉爽、鱼虾蟹之鲜，且内有忧患焦虑，所以，比古人之症要严重和复杂。（3）少睡伤肝，肝不足，则代谢力量弱。

养生方法：（1）去思虑，人生苦短，要率真地表达自己。（2）不食寒凉及太高营养的物质。化不掉，更调元气和伤阳。（3）生活规律些，脾肾肺肝强大了，自然化万物。

| **膝盖** |　　人体之大枢纽。屈服和倔强都通过它体现，下跪时屈服的不仅仅是膝盖，还有心。而倔强又会使膝盖僵硬和别扭。所以，膝盖的弹性是我们生活现状是否舒服惬意的体现。

修道者总是盘膝而坐，那是为了锁住下焦的气血，使我们身体的上部——那靠近灵性的部分，更健壮、活跃。

中国的武功都强调膝盖的"虚"——灵活性和圆融，而"实"，则是固执己见。

某公司两位老总都膝盖受伤了，一个左腿，一个右腿，这真令人担忧。其实，这世上并没有偶然。因为膝盖是人体大枢纽，屈服和倔强都通过它体现，在人体器官中，心是绝对的统帅，它的倔强会使膝盖僵硬和别扭。受伤表明了他们强烈的分歧，而且这种反抗也正在伤害他们，唯有步伐一致的前行才能建立新的平衡。

　　《黄帝内经》曰："肾有邪，其气留于两腘（委中）。"就是说腰肾不舒服，其邪气会凝聚在两腘窝处，久之，在委中穴就会形成"筋结"。解决办法是针刺或按摩委中穴。

　　膝盖，在中医循行的是胃经，所以老人胃气虚和胃寒都会导致膝盖疼痛。双膝无力，蹲下去起不来，属胃气大伤。再有，下山时腿脚对膝盖的不当冲击也会造成膝盖损伤。对膝盖最有益的是抻拉胃经，而抻拉胃经最有效的方法是古时候的跪坐。跪坐，会使膝盖局部充血，血则荣筋，久之，双腿有力，健步如飞。

十七

脚：圆融方正

◆

| **脚踝** | 你的方向性及灵活性的体现。做人做事，首先方向要对，然后才是线路的问题。目光决定方向，脚踝决定路线，协调二者的是"胆"的威猛与决断。

有些疾病只是心理创伤的身体记忆。反过来，潜意识里的恐惧或畏惧，有时也会让我们以身体的意外受伤而体面地退场（一般来讲，运动员在比赛场上最容易受伤的就是脚踝，这跟他内心的犹疑有关。这不是故意行为，而是深层心理问题，就生命而言，属于自保）。前者，是对自己不能原谅；后者，是给自己提供借口。

从传统医学上论，脚内踝走"阴跷脉"，外踝走"阳跷脉"及胆经。阴跷、阳跷都与人的运动能力有关，而且又都与人眼睛的开合有关。这非常有趣，人的眼睛、目光和人的运动能力是一根线的两极而已。眼睛合上时，脚踝一定也要放松，人才能得到彻底的休息。

对大多数人而言，只有躺下才能得以彻底休息。因为躺下后，人的身体就很难较劲了。站立，腿脚必须较劲，骨架也难以放松。反过来，四肢和骨架的放松会导致呼吸的放松。人体很多疾病都源于直立，直立开放了人的视野，而平卧则使人回收了自己，眼睛一闭，自身就变成了宇宙星辰的一部分，与之同呼吸共命运了。

| **脚** | 脚指头圆像天，脚掌方像地。圆乃圆融，方乃方正。守圆融方正，是你对你的"地盘"的确认和掌控。足为根，脚趾为根须，生长在肥厚的土地上就根深叶茂，长在沙砾中，就痛苦坚强如灌木。

人之双脚能够"脚踏实地"是一种幸福。脚下的土地是我们的力量和坚定的真正的根源。一位海员曾跟我描述过，当他们经过漫长的海上生活回到大陆的时候，双脚和腿会有无力感，并由此产生内心的虚空。他说：人，不能不接地气啊。

关于"地气"——我发现种在地上花园里的树木不用浇水，也会生长得茂盛；而屋顶花园里的树木因为与土地绝缘，而无法接收大地深层那源源不断的能量，所以容易枯萎或死亡。

脚面：从里向外分别走脾经、肝经、胃经、胆经、膀胱经。

大趾为土，走脾经。思虑犹豫过多，则痛；气血到不了末梢，则麻。另外胃经、肝经也络于拇指上面。

二趾为木，走肝经、胃经，生气郁闷对它影响大，在足背上有太冲穴，可解郁。

三趾走胃经。

四趾为胆经所巡行。

小趾走膀胱经，下络肾经。

| **足跟痛** | 　脚底痛，是对脚下环境的不确定。感觉无作为时，前脚掌会痛。感觉无定力时，足跟会痛。足跟走肾经、膀胱经，更年期妇女肾精不足，阳气虚空时会足跟痛。脚心大烧症：真阳不藏。

手脚冷是表，身体内部的表现就是子宫有瘀血。

十八 骨骼：精神之年轮

◇

| **骨骼** | 犹如支架，犹如树干，上面螺旋式地印刻着我们的年轮，在死后的地下，也唯有它，顽强地表示着曾经的存在。我们精神的全部能量都曾蕴藏在它密闭的核中，在我们 20 岁之前，它因我们的欢悦和奔跑，而疯狂成长；然后是神秘地停滞，慢慢地萎缩，只是把我们意志的核不断犁深。

在母腹里，骨骼如龙，最先表达出形成人身的欲望。在常识里，骨骼只是钙质和精髓的合成；在传统医学里，它属于肾的秘藏。无论是钙质还是秘藏，都渴望依赖的是阳光，没有光的合成，它就是黑暗和碎片，有了阳光，它就是白色的坚强。

在古老的占骨术中，胸骨表示爱情，你是敞开如翼，还是关闭如锁，决定着你爱的深度与广度。翼骨表示旅行，它的形态决定你有没有能力保持平衡和有无冲击与上升的力量；头骨表示拒绝，或思想的开放；手骨表示抓取，或施与；关节代表变化，或坚持。——总之，生命如诗，他的双重性表达无所不在。

| **关节** | 　人体之枢纽。周身三百六十五节，都是神气周行之所。大关节，为两肘、两腋、两髀、两腘，皆机关之室，尤为紧要。肺心有病，在两肘；肝有病，在两腋；脾有病，在两髀；肾有病，在两腘。站桩的关键就在这四要八节，具体详解见我的《从头到脚说健康2》。

元气难积而易散，关节易闭而难开。

| **筋** | 　连缀四肢百骸，使关节能舒缓地表达自己的韧性，血不荣筋，则筋的弹性不够，关节则不灵活。所以，养骨的秘密在于养血，养血的秘密在于养肝，养肝的秘密在于睡眠、吃饭和愉悦。所以养生不过寝食之间耳。

| **关节疼痛** | 　肾主骨，所以骨痛在肾，肾精不足则骨质疏松；肝肾同源，肝不足，则血不能濡养筋骨，也代谢不了人体垃圾，酸性物质多，骨也痛。此外，寒邪也刺骨。

肺主治节，关节处疼痛与肺气也有关，尤其是逢节气就犯的病症。再，冷饮、寒气也伤肺，所以就伤关节。还有，忧伤伤肺，故怨气大，忧伤多，关节也会痛。呜呼，谁说疾病只是身体的事？

十九 皮肤：美丽『玄府』

| **皮肤** | 你暴露给外界的全面的、有弹性的本能。从头到脚，每一个毛孔，每时每刻，都必须在接受和拒绝、敞开和关闭之间找寻平衡，而且还得和二十四节气合拍。太贪婪或太懈怠，都可能造成皮肤的病患，先是在节气枢转的关节处，然后是全身……

气门，玄府也。所以发泄经脉营卫之气，故谓之气门。

中医称毛孔为"玄府"，玄乃深奥、深远、玄妙之意，府为"空"，所以皮肤之毛孔是"玄妙的空"，一呼一吸，全都落在"空"上，无从捉摸，但无此"空"轮转，生命便是虚话。修炼者也是从此处下手，唯有打开和充分发挥此"空"的效验，才得所谓"辟谷"和唏嘘天地之气。

| **皮肤瘙痒** | 可以从三方面考虑：（1）肺主皮毛；（2）肝血虚；（3）诸痛疮疡，皆属于心。有趣的是，西医也曾认为痒感与痛觉的神经传导路径是一样的，但有些瘙痒比疼痛让人难以忍受。西医在瘙痒方面常常

感到棘手。其实，传统医学在这方面真的很擅长，如果肝血虚，当归四逆汤就是一服良剂。其中，桂枝通心阳，调营卫，妙不可言。而孕期贫血造成的瘙痒，小建中也是良方。

人类的毛一般都长在阴面，阳气生发足且血足的地方（眉毛，阴毛，胸毛，腿毛），后背阳气足为什么不长毛呢？因为卫气还有固摄的作用且气多血少。

《素问·举痛论》说："寒则腠理闭"，"炅（热）则腠理开"。寒则毛孔收缩，腠理闭，气不流通且气内收，表寒则人肚子易胀；脏腑寒，人会生出内热攻寒，寒热交集，则肚子绞痛，得屁后而舒服。

江南多湿热，人体腠理多疏松；北方多燥寒，人体腠理多致密。疏松者多耗气血，宜多食汤水而补液、暖胃；致密者内热多，多欢歌笑语而宣通。所以，南方休闲方式是喝早茶，北方休闲方式是二人转。

北方人想得多，多思则心有所存，神有所归，正气留而不行，因此容易"气结"。南方热则腠理易开，营卫通，汗大泄，故气泄。汗为心液，心液耗散后，人若受到惊恐则心神无所归倚，心神散乱则思虑不定，犹豫惶恐，人的气就乱了。

再有，劳（劳累、房劳）则喘息汗出，喘息使内气外越，大汗淋漓使气血又从体表泄掉，如此气血大耗，所以大病初愈者最忌房劳。反之，身体强壮的人行房后身心舒泰，内外交通，促进新陈代谢，对身体又是大补。所以，凡事都有两面，学医重在圆融，最怕一根筋。

年轻人的青春痘源于胃寒和郁闷，中年人的痤疮源于营养过剩和焦虑。人一旦焦虑，人体的气机就会受阻，而肺主一身之气，同时主皮毛，所以肺气如果瘀滞，就会造成一些很严重的皮肤病。而且胃主血，脾主肌肉，脾胃有病则血肉得不到濡养，所以也会在皮肤、唇口处有所反应。

如何养皮肤呢？首先要知道：（1）肺主皮毛，皮肤毛孔称玄府，是人体隐秘的呼吸系统，忧伤肺，忧虑则伤皮毛之开合，舒缓呼吸则养之。（2）脾主肌肉，脾虚则面黄肌瘦，或面庞然浮肿，没有弹性。（3）面部主要是胃经巡行，胃生气生血，胃不好则脸不润泽。（4）小肠经过颧，心与小肠相表里，心情不好则颧生斑。故养皮肤在于养心、肺、脾、胃。心情愉悦，呼吸舒缓，好好吃饭，适当运动，则唇红齿白，明眸异彩。

《素问·移精变气论》说"动作以避寒，阴居以避暑"，翻译过来就是"用运动来躲避寒冷，居住在阴凉地而避酷暑"。人之栖息之室，必常洁雅，夏天要虚敞，冬天要温密。夏天该出汗时出汗，不能吹空调；冬天该冬藏，少洗澡，少行房。

肺主皮毛，动物与人一样，紧张多虑先损皮毛，故动物之撩搔、人之嬉戏打闹，皆有解玄府肌肤紧痛之妙，肺心舒缓，则皮毛舒缓，通体舒缓则心生宽容，宽容则生和谐，和谐久之易生恩爱，恩爱久之则生美丽。若恩爱已绝，可互赠"痒痒挠"一枚，各搔各的痒，各解各的忧。

"夏不近扇"——扇风都影响皮肤开合，都影响气机，况空调乎？"冬不近炉"——冬天皮肤密闭而御寒，近炉则玄府妄开，气机外散，不利于养生。

皮肤病和节气相关，跟肺相关，肺的病变源于忧思和焦虑；肺又跟肝肾相关（金克木、金生水），肝肾又关涉到元气和免疫力，所以，皮肤病的总根源是焦虑、乱服药和免疫力低下。如果病都长在皮肤上了，那身体里面一定有点虚，虚则很难凝聚成"癌"。皮肤病要想治愈，只需按六经辨证培补里面的正气就可以了。

习医之初，撞上的多是此类病，基本用仲景方治愈。先培补元气，元气足时，此类病会大发作，此时坚守《黄帝内经》原理"正行勿问"——坚信《黄帝内经》原理，坚守脉象，和六经辨证原理，而不为外表所迷惑。也由此感谢病者之信任和坚持，最终得以与病者同觉悟、同欢喜。

后在河北一山间庙宇旁意外发现一供奉"疮疡神"之破败小庙，急忙进去礼拜——这不是迷信的心，而是感恩的心，因为凡有所成就，都是天地之恩德、慈悲、眷顾……事后，我常常想，上天就是用这些病在历练我、考验我吧，就是让我由此而坚信，由此而坚守，由此而感受那些经典之慈惠无穷吧……

皮肤病有几个特点：（1）一般冬天症状重，因为人体气机重自保，冬天气血内收，管得了里面就顾及不到外面。（2）夏天症状轻，因为天热气血外浮，体表得养则症状轻。而湿疹类的病症却因阳气的外引而夏天容易重。（3）容易在节气前后发作，因为"肺主治节"，这也是皮肤病是肺病的一个佐证。（4）皮肤病多在关节处表现重，难愈合。原理也是"肺主治节"。"节"既指节气，也指关节。（5）情绪不稳定，压力大时最容易出现皮肤症状，因为"忧伤肺"。（6）"肺主一身之气"，所以忧思焦虑在头，则是落发或斑秃；在经脉，则表现在手指尤其是虎口处湿疹斑驳；在后背，则是玫瑰糠疹等，而且一般对称长。

所谓"银屑病"（俗称"牛皮癣"）、"白癜风"等除以上原因外还有先天血液的问题和性格原因。先天血液问题指祖辈基因的杂驳或近亲，比如西方的纯种贵族通常有皮肤问题。性格原因则是这类人特别要强，对自己要求几近完美，头脑聪颖而又内心羞怯，加之体能先天虚损，就容易遍体鳞伤。

未来皮肤病会越来越多，因为焦虑，因为滥服药伤肺，因为各种不当添加剂等对人呼吸系统的干扰和破坏。总之，人的肺不堪其扰，发在人体表的是粉刺、湿疹、荨麻疹、烂疮、银屑病等等，更深的疮疡还会表现在胃里、肠子里，一旦入里，则久治难愈。而西医的激素疗法治表不治里，一般停药即发。

焦虑会先表现在皮肤上，比如各类疮疹。我在《生命沉思录》里给焦虑下定义为：对未来一切不确定而产生的煎熬感。解决焦虑不能奢谈"放下"，好多人手里还啥也没有呢，放什么？咋放？！要先明白"太阳底下无新鲜事"。一切不过缘于自己的无明、无知而已。先要学习，知命了，明白了，就不焦虑了。

所以在《生命沉思录》里我不谈"放下"，我谈"明白"。人活明白了，就无所谓放下不放下了，也不会老为"拿着"焦虑了。明白什么是情感、什么是夫妻之道，明白爱情跟婚姻没大关系，明白人生不过知天命尽人事而已……人就不唧唧歪歪了，就不以爱的名义勒索爱了。总之，对当下而言，明白比放下重要。

如何从焦虑中出来：太阳底下无新鲜事，一切不过过眼云烟。世界往前看看不清楚时，可以往回看，喝着酒，在淅淅沥沥雨夜里，听着音乐，看历史，读史使人明鉴。

丘吉尔说过：你能看多远的过去，就能看多远的未来。

要想病愈，一定要先知道前面所讲之"因"，一切都是因果而已，能去掉那些"因"，病已好大半。切记切记！

中医界有言曰"名医不治喘，名医不治癣"。其实二者都是肺肾病，"肺为娇脏"，在五脏中最易受伤；肾为生命之元气根本。金生水，所以二者又是母子关系（肺为肾之母）。肺伤则肾弱，肾伤则母亡……所以能治愈此二病，方见大医手眼。其实懂得了二者的关系，就知道治疗当先从元气入手，而不是在皮肤上做文章啦。

所以凡看见用这个皮那个皮，加外用西药激素涂抹的大方子，就内心悲怆。如今良医难求，不如退而自守，强壮身体才是根本。如能看明白我上面所言，去掉诸多致病因素，再加上注意饮食、睡眠、锻炼，至少病情不会加重，有的还会自愈。

也曾看过几个少年湿疹遍布全身，但在彻底治愈此病之前，先要他们戒掉手淫的恶习、冷饮的恶习、网瘾……还要嘱咐他们的父母每天带他们运动，重新规划他们的饮食，等等，所以，未来的治疗学一定是个更复杂、更人性的系统，而传统医学，正体现在对一个人的全方位的关怀。

常有人网上求方药，不胜烦恼。凡是未见本人、不把脉，一听皮肤病就拿所谓一号方、二号方的纯属糊弄。记住：西医有通用药，中医没有。（1）中医强调个体差异性，必须综合望、闻、问、切而直指其疾患的根底，并且所重在证，不在病名。凡按西医病名开药者定有后患。证在厥阴，开当归四逆方；证在太阳，有桂枝汤。此乃同病异治一说。更有痛经、头痛、失眠、胃痛等病虽不同，而证在太阴者，可一并开理中汤而愈，此乃为异病同治。（2）既然已病，且误治多年，气血大伤者，非养生方能解，不必一味求食疗方等。有病要么求明医好好治疗，要么不治。与其让庸医乱治，不如靠自愈力来得快。（3）如无良医，当下良方即是：停止乱服药，停止涂抹各类激素！饮食睡眠加锻炼！如此，一定会比先前要好。

二十

汗：大汗必伤『心』

◈

| 汗 |　　汗为心液，大汗必伤"心"。有一种人只是头汗多，如雨下（中医称"但头汗出，至颈而还"），头为诸阳之会，阳气不足，则不能固摄，应以扶阳为主。

还有，饮酒食肉而马上出汗者，属于胃热，精不能深藏，神气不能内敛，而气容易外越，此种人不用服药，但主潦倒一生。

网友说：精气神乃运气之根，精不深藏，故云"潦倒"。此解甚妙。

凡出汗，以全身微微出汗为最佳。凡上半身汗多，下半身无汗者，属于气机上下不交通。手心脚心微微出汗，心肝没病。手心出汗多者一般情绪不稳定，属于心包经不能发挥收敛作用。

民间有"出虚汗"之说，是说有些人不活动时也汗腾腾的，而且说话声小，气喘。这样的人是小时候大人没带好，或生病时有过误治。

| 盗汗 |　　指夜间睡眠时汗出不止。有阴虚盗汗，属于阴虚火旺，平日有精神，喜欢饮冷，夜里元气下藏，因血亏不能收敛阳气，故汗出。

应以养血为主。有阳虚盗汗者，凡阳虚者，平日无神，喜欢热饮，阴气盛把阳气格拒在外，阳浮于体表，表现为汗出。应以扶阳为主。凡盗汗者，都是内脏之伤，皆须小心，及时救治。

小孩子睡觉时出汗不是病，是因为身体小，代谢快，一般在子时（夜里 11 点左右）就不出了。

网友说：小孩盗汗，晚上不能及时安睡等都要特别注意。有很多都是中气不足、肾水寒。其多半由于营养过剩不好消化、过食生冷寒凉、打吊瓶过多等所致。

曲曰：此人所言极是。现在这种情况很普遍，正常的变蒸若予过多抗生素、激素治疗，恐会导致小朋友身体疲软，一有风吹草动他就生病。

学生贤定曰：变蒸学说是什么呢？大白话就是过段时间小朋友就要发点烧，但是活动饮食睡觉不受什么影响，是他生长发育的正常阶段，蒸够了，小朋友就长成大人了。

二
一

肌
肉
：
多
思
蚀
肌
肉

◇

| **肌肉** | 肌为肌腱，肉为膏脂。膏脂即是"精"。肉是肌的内在支持，肌是肉的外在表现。中医说"脾主肌肉"。思虑过多会销蚀肉，"精"销蚀了，肌也无力。

关于脂肪，目前的说法不一，有人认为它是致命杀手，是人类富裕时代诸多疾病的来源；有人又认为它是救命的膏脂，是人类艰苦时期的能量储存器。无论如何，人们会慢慢发现，脂肪所处的位置都是极为重要的。而且，大腿、肚皮和内脏周围的脂肪沉积各有其完全不同的生化特性，说它们统统有害未免太过极端。

而且，男性和女性会因为生存需求的不同而产生不同的脂肪需求。女人分布在胸部、大腿和臀部的脂质据说有益于孕育，而男性肚皮附近的脂肪对应急激素非常灵敏，可以快速释放出脂肪酸，供肌肉和心脏迅速取用。可现在，男人的大肚子为什么却是很多疾病的潜在危险因素呢？可不可以这样看，过去的男人在狩猎或骑马时有着麋鹿一样的速度和奔牛一样的勇猛，而现在的男子则缺乏这种锻炼，他们的应急反应通常是缓慢的，或因焦虑而断断续续，脂肪细胞无以气化，而成为脂肪酸充斥在血液里，在没能及时供肌肉使用之前就直接进入了肝脏（肝主藏血），由肝木克脾土而导致胰岛素分泌的混乱，最终导致糖尿病，甚至心脏病。反而大腿和臀部堆积的脂肪对五脏的影响就不大，因此患心脏病的风险要小些。

腹部赘肉对人体的伤害是最大的。积极锻炼是消除腹部脂肪的良方。

关于减肥，吃减肥药恐怕是最危险的，因为它最终损伤的是我们最重要的一些器官，这也是为什么好多吃减肥药的女子突然得怪病、暴病、暴死。那么，我们该如何保持一个健康的体重呢？一年四季，冬天动物都要储备脂肪以御寒，那么冬天不能减肥。冬春之际和秋冬之际又是节气大转换的时节，瘟疫易于流行，这时没有好的体力也不行。而夏天，炎热的天气又是销铄我们气血的时候，而且这个时节我们的脾胃又处于最虚弱的时节，所以，老天给了我们一个天然的减肥时节，就是盛夏。平时最最重要的减肥方法就是快乐生活和规律锻炼了。

分析天下的胖子，通常有两种，一种是窒闷的孤独寂寞的胖子，一种是乐呵呵的胖子。人的满足感首先是肠胃的满足感，人灵魂的空虚感也会靠吃来得到满足。所以会吃、喜欢吃的胖人知道如何自娱自乐。胖人很少有思想家的精神极度紧张和体质柔弱之苦，也无实干家的好动与灵活，他安享智力与体力的惬意，乐呵呵地做着首领的事：指使或赞助思想家和实干家的精神和活力，并从他们的努力中获利。一般来说，胖子领导比瘦子领导多。瘦子上司爱折腾，胖子上司更爱放手。

| **肌肉萎软** |　脾病。曾见过一个"肌无力"的病人，第一次是丈

夫背着来的，两腿肌肉无力，情绪抑郁不稳定，一会儿哭，一会儿怨，平时很少出汗，做会计时总坐在空调出风口下……按医理脉象从脾调理月余，便能自己坐火车来京了。

《素问·太阴阳明论》云："脾病而四支不用，何也？岐伯曰：四支皆禀气于胃，而不得至经，必因于脾，乃得禀也。今脾病不能为胃行其津液，四支不得禀水谷气，气日以衰，脉道不利，筋骨肌肉皆无气以生，故不用焉。"——意思是，脾运化无力，不能向四肢疏布水谷精微，肌肉便一天天地缺气少血，久之，筋骨无力，肌肉萎软。所以，此病以健脾为第一要务。

还见过一个双腿肌肉萎缩的病人，此人智商极高，做检察院的工作，谨慎异常。平日多思多虑，必然伤"脾"，且说话滴水不漏，但你能感觉出他每句话都是拐了好几道弯才出口的，如此又大耗心神。发病先从大脚趾"隐白穴"有刺痛开始，经中西医反复误治后，来时已拄双拐。所以说性格和行事风格一定会影响身体。

二二

空间：人体之外延

◇

　　地盘、领地这些对动物极为重要，它们甚至随时在确认自我领地的安全，尤其防范同类。其实，这些对人类同样重要，我们把它称为个人空间。古代把这一领域的最小单位命名为"寻常"，一寻为两臂之距，"常"为"寻"之一倍。这个长方空间便是自己的领地，一旦被侵，人会产生不舒服的感觉。实际上，个人空间越狭小的地方，人就越紧张，比如在飞机上或电影院里，人会为座椅扶手而暗中对抗，甚至会为之浴血奋战。

　　道教文化把这个空间称为人体"法脉"，现代人称之为"气场"或"磁场"。它是"孤独"这个情感语词的物质体现。标示自我空间的方法或把他者赶出去的方法，动物靠大小便的气味，人类对自我法脉的捍卫靠气味、靠推搡、靠竖栅栏、靠眼神胁迫、靠协商、靠忍耐、靠道德、靠逃离……什么叫亲密？亲密就是共享，就是愿意让对方占据自我的私密空间，不仅二人相安无事，而且非常享受这份紧密。因此，身体的距离即是心灵的距离。相比而言，女人为阴，喜收敛，相互之间喜紧密；男人为阳，喜宣散，相互之间距离要大一些。

人为了保卫自己的私密空间，会像蚕那样为自己造个茧，自己的座位、自己的汽车、自己的房子、自己的床铺……久而久之，人和自我空间会形成一体，风格、气味、癖好等等完全一致，哪怕在最黑暗时，人也能自如地穿越。所以，私密空间并不只是个地方，而是我们保持安全感和心灵静谧的源泉。

个人空间被挤压会造成压力及情绪的不稳定。而这些都会影响生长、繁殖和免疫力，要么造成暴力泛滥，要么形成抑郁，甚至死亡。所以，人的安全感和心灵深处的渴望，是有自己的一席之地，在那里人可以有自由的呼吸，可以宽袍大袖，可以不修边幅，可以赤身裸体。其实，人更多的需求是——一种放肆的自由。

动物的私密空间大多是防范同类的，因为伤害往往来自同类。人，一般只允许医生、按摩师、理发师及宠物进入自己的私密空间，我们有时甚至不能接受父母随便窥探我们的秘密，但我们会允许医生和按摩师碰触我们的身体，允许理发师抚弄我们的头发、胡须和脸颊。但那时我们的心灵是关闭的，人与人之间横亘着职业操守。一旦心灵打开，理发就成了剃度，按摩就成了共舞，疗愈才能真正地开始……

房屋是人体的外延，古代没有构木为巢时也是天当被、地当床的，后来依天地之象盖房，天圆地方，再往后，依人体而修造房屋，门如嘴，窗如眼，两旁有耳房……起初，房屋西南向为多采阳，后东南向而多采和风，因而房屋的一切作用都沿着于人体有利的方向建造。而房屋之缺陷亦对人体有不良影响。

古语说"室大多阴，台高多阳"。中医认为"多阴则厥"，厥指四肢厥逆症，就是阴气太盛手脚冰凉。"多阳则痿"，痿指四肢无力症，即四肢酸软。故先王不处大室、不为高台。厥症痿症最好的解决方法是不要奢侈、不要耽于享受，适当运动，手脚温润，有劲，能出点汗，至少心肝没病。

在古代，房屋的大小是有讲究的。客厅人多可以大，但卧室不可，如果卧室太大，就会耗人的气，人就休息不好。故宫里皇上的卧室也很小。古代的标准是，阳光从窗户照进来后，光线正好打在床沿的前边，整个房间呈阴阳对半，即在房间里形成一个太极之象，阴阳正好各守一半，最好。

前后左右加上下为六合，上有天，下有地；前有望，后有靠；左有山，右有水，人生便有格局，便有快乐。北和西主收，南和东主散，晞以朝阳，眠以东床，好睡好起，便是与天地共呼吸。

结语

生命之道：朝闻夕死

——◇——

生命具有双重性，这一点，在生命之初就形成了，卵子受精，使得一个混沌的生命开始裂变。这种双重性又表现为精神和肉体的纠结——嘴巴的进食与感情的宣泄；鼻孔的"气味人生"……如何在这其中保持平衡，就是"道"。

而把生命从外部事物解放出来的过程，就是"修炼"——在神火和精水中再生。

有人问："无漏境"，人主要是因为什么而漏？为什么会有漏呢？

答：不漏不死啊。老天会让人不死吗？！所以，漏，是天命，无解。网上总有人说再坚持那么几年，人类就研发出长生不死药了。唉，人类现在应对癌症尚无万全之策呢，可以指望长寿，但不要指望不死。真那样的话，人会厌倦无比的，如果没有紧迫感，漫长地活着没什么意义。所以，漏，就是活着的压力，总有一天，生命会完结，并以另一种形式再重新开始。

生命几大容易被忽略的要素：

1. 自保

人体有自保功能，自保功能源于五脏六腑的生克制化，任何脏器功能的突出和疯狂都会得到它的天敌的制约和杀伐，外在的任何干扰最好都要等到它们自身发挥作用后，审时度势，帮忙可以，不可过度干扰。而人在脏腑失衡之下最好的应对举措是放平自我，休养生息，等待，而不是急于把自己交给别人，等待生命自我的战场偃旗息鼓，让残局也有个消化时间，然后，重归故乡。

人体有排异反应，这个反应也属于人体自保。很多疾病的表现不过是排异反应，如：嗓子有异物，人会狂咳；人体内部有寒邪，身体好的人就要用发烧等方式将它排出；妇女如有子宫肌瘤，就有可能经期淋漓不尽；妇女阴道有大量杀精物质，也属于排异式自保……同时，治疗也常常利用这一反应，比如针刺穴位，虽说以气血为大药，但原理还是借助人体排异反应，拆东墙补西墙，气血因排异（针）而汇聚，无形中增加了这一经脉的运化而发生作用。这也是为什么《黄帝内经》常言"不盛不虚，以经取之"，虚证如过度针刺，不仅无作用，且伤气血。针刺高手取穴少且精当，病去即止。

刮痧亦如是，皮肤刮出青紫瘀血，人体则会发挥排瘀功能，调气血上来消肿，故不必上药而肿胀自消，背部气血充盈了自然感觉轻松，但虚者不可过度，否则大耗，人会疲软以自救，这也是为什么人在针刺或刮痧后有极强的困倦感。且秋冬以气血内敛为自保，宜少用汗法和刮痧法。

固本首要在于先不糟蹋，在于自爱、自保。至于食物，中国人都懂，但求随缘，唯有肝功能强大，才能解毒排毒；唯有脾功能强大，才能运化万物。所以，无论世事如何，还须求之于己，才能化浊升清，意气风发。

吃营养品也有同样的问题。营养品大多营养丰富，中药膏方也多为滋阴黏滞药，更有一种人在方中加金属类药物，这些均属于重调元气法，初期服用会觉得精神气爽，原因在于这些药物直入下焦，且难以消化吸收，必调元精来化之，故人显得有精神；而且它们药性为重镇安神，故睡眠好。但久之，属于重调老本，一旦停用便显委顿。过去服用膏方必在秋冬，因气血内敛，可化之。春夏气血外宣，里不足不能化之，但现在人利欲熏心，无时不用，服者可悲，用者可恨。

2. 自觉

人之得病在于贪、嗔、痴。多思伤脾，多忧伤肺，多恐伤肾，多欲伤精——凡事求多，则是贪，欲而不得，则五脏俱焚。怨天怨地怨命运就是嗔，嗔怒不止，气血凝滞。妄想妄念、情欲不去就是痴，痴则情深不寿，乱结孽缘，恩怨绵绵。人生苦短，怎禁得起这般胡缠？不如三杯两盏，轻歌曼舞天地间。

人死于疾病者，色欲居其半，气郁居其半。纵色欲，则亏肝血，肝血不足则肝木上亢而克脾土。犯气郁者，先伤脾胃后凝肾水。故色欲、气郁皆是人生大忌。色欲源于对人生的恐惧和贪婪，气郁源于命运的不平，所以，唯有宗教意义上的虔敬可以平息二者，而用药不过解决一时而已。但人总是明白一时、糊涂一时，故，虽可怜，但不可救药。

业障由因果、修行管——知道因果就是内明。

命境由天管——医生治得了病，救不了命。

病由医生管——所以医生不能解决病人的全部，而仅是部分的问题。

导致疾病的原因大致可以分为三项：业障、命境、环境和坏习性。业障是你往世的积累，你看不清，但"出来混，总是要还的"。命境也是玄学，比如八字，比如中医之"五运六气"，出生时九窍俱开，你的这一生与天地自然的交换便是一种秘密的存在，也许会在某一瞬间开始，或在某一瞬间戛然而止。只有那看得见的生活习性和环境所导致的一些疾病，才是医生勉强能解决的，而解决的好与坏、对与错，还要看这医生的悟性和本领。

现在人对病因的分析多归结为外因，比如，咽炎是空气污染，白血病是装修污染，肺癌是吸烟……但农村家里没装修的孩子也有患白血病的，大量肺癌病人是一根烟没吸过的，真的就是污染原因吗？如此归咎于外因，就是对生命的误读！为什么不想下我们滥用抗生素对血液的影响？为什么不思考一下痛苦焦虑的人生对人心肺的影响？为什么不想一下一切的错误观念，如药物减肥对我们生命的过度干预？

这种对生命的误读，推诿了医者的责任，放任了病者的恶习，蒙蔽了人的心灵。如果天空澄净，空气清澈，无烟无尘，土地、食物、水统统没有污染，就没人得病了吗？！吾之有大患，为吾有身。只要人未得自由，只要还活在无明和尘埃里，只要这世界还以利益为追求，人，就无法超越命运而存在。

人的局限性：（1）源于有肉身，不知眼耳鼻舌身意是假。（2）源于有情，不知无常是真。（3）源于性别缺憾，不知阴阳和合是真。

所谓得道——（1）去"有"。（2）得"真"。去"有"得先"有"。得"真"先知"假"。圣人四十才不惑，该折腾还得折腾。六十方耳顺，到老才明白些许。这人生，急也没用，既然来了，谁也没想活着回去。

唯有自觉，才能自净；唯有自净，方能自安；唯有自安，才得自尊。自尊就是先尊重生命的存在，继而完善这生命，别用贪嗔痴玷污她、累赘她，因为死后你的所贪、所嗔、所痴都毫无意义，因为肉身必化为尘烟，唯有轻灵的灵魂继续流转……

3. 自愈

在远古，医者的先驱们曾提到"天然的治愈力"，即伤后的修复和病后的康复，在相当程度上不依赖医生的治疗而得以进行。中医里也讲"有病不治，常得中医"，讲的是与其让庸医诊治，不如等待身体自愈，反而更符合医理。对"天然的治愈力"的现代解释则是，人体内部有独特的自我修复机制，人体器官如心脏、横膈等拥有的潜在能量十分丰富，远远超过了正常生命活动的需要。躯体在很大程度上能保护自己并且有自愈的能力。

于是，一种新的治疗学产生了。病人自己同医生一起介入到治疗活动中，医生熟知躯体的自我调节及自我修复的可能性与局限性，并给病人以指导和勇气上的鼓励，而病人自身应该认识到自己身体内部潜藏着巨大的能量。当我们想到那些时刻准备着为机体利益而工作的、能使我们机体得以康复的力量就在我们机体自身中时，我们就可以丢掉为管理我们肉体而操心的枷锁，并从奴隶状态下解放出来，去充分享受世界的美好与珍奇。健康便不再是一种追求，而是我们生存的实在。

4. 自养

大病用功，小病在养。此言甚妙。小病，在休息和治疗；大病，在休息、治疗之外，还要剔除"贪、嗔、痴"。

生命不可过用，所以上帝在造人后的第七日安排了安息日，就是要人类懂得人每七天都要拿出一天来享受和天地自然的和平共处，从《圣经》的角度言，如果说劳作是在救赎原罪，那么安息日则是神圣的，是在让大地休眠、让人类自由……

世界每天都有早晨，所以不必那么急匆匆。周末，如果想睡就再睡会儿，没必要内疚。内疚比睡懒觉还伤身。

有人问何为良药，答曰：你在他身边欢笑，就是良药；你把他带进阳光，就是良药；你蜷在他腋下安眠，就是良药；你给他读书读经，就是良药。良药，都不是化学的，但它起到的化学反应，是脑啡肽的绵绵。良药，不全是苦的，是喉咙间咕噜一声甜蜜的轻叹；良药，是在梦里笑出声来，第二天再比画着讲给他听。

有些病人的病不是用药就可以治愈的。药是有形的，只能治疗有形的病，但现代人的病大多从无形上得，所以，如不从无形处下手，还是无能为力。贪则提心吊胆，则积；嗔则心怨肝硬，则结；痴则痴心妄想，则执；如此积、结、执，都使经脉凝滞郁积，神明昏乱，最后百病缠身。所以，能破妄念者方为上医。

越来越感慨，沉静地对待生命是一种非常重要的品质。有病时，先想想生活出了什么问题、情感出了什么问题……把这些绳扣解开了，生命的大药系统也就开始启动并发挥作用了。从某种意义上说，生命的本质在于和解，而不是对抗。不要急于消病，而是要消除病因。如果能找出病因中隐藏着的生命焦渴、委屈、愤怒、恐惧和不平，届时病症都不再有意义，治病的最大意义应该在于重新唤醒和拯救我们的人生。

作为一个医生，如果没有对生命的真正悲悯和同情，是很难做到这一点的。于是，病不仅缠绵难去，最后连医生和病人都成仇人了。

谈养生，不如谈谈情、跳跳舞、唱唱歌、写写诗……肝不瘀滞了，还能把身体里的毒、心里瘀滞的毒代谢得快点，也别太累了，劳累伤肝啊。挣点钱就去晒晒太阳，吸收了宇宙能量，还能少吃点垃圾。别老为后人担忧，别老想着为他们积累财富，他们也是带着自己的口粮来的，各有各的时代和命。

周国平说：有人问我的养生之道，我说是抽烟、喝酒、熬夜。虽是半开玩笑，说的却是事实。我始终认为，身受心支配，心态好是最好的养生。把注意力全部集中在养生上，养生几乎成为人生的全部目的和意义，这么一种紧张兮兮的心态，能把生养好吗？一个人太在乎自己的身体，这个身体一定会出毛病。

我强烈同意。养生不是目的，活出春之温润、夏之热烈、秋之缤纷、冬之静谧，活出真痛、真乐，才是生命之真谛。

5. 自救

在西方，病人会先求救于医生，然后是心理医生，然后是牧师，实在没办法了就让你去见上帝。在中国，传统医学一开始就涉及全方位的拯救及关怀。但现在，这种集医生、心理医生、牧师和上帝于一身的大哲大贤已寥寥无几，所以，悲怆之余，唯有自救。

张仲景说学医"上以疗君亲之疾，下以救贫贱之厄，中以保身长全，以养其生"。——与其天天在网上问这病问那病，与其在医院看别人的冷脸，与其让冰冷的仪器扫描自己的身体，与其大把大把地吃自己弄不明白的药……不如自己略习医术，略知阴阳四季养生大法，防微杜渐。这，才是真正的爱家人、爱自己。

关于学医，我主张从经典入手，不盲从，不入派别，拜师一事从来婉拒，不求一招二式，而要扎扎实实地亲历亲证。最好也不要以医为谋生手段，那样也会被利益挟持。最好只关乎热爱、慈悲和杀敌除魔的品性，这样才能出高境。人之一生，只有心性的成长和富足是最重要的。其余的，有，就感恩；没有，也不要。

自救的根底在于自学。有人会问为什么不信赖学院教育，天哪，现在哪个教育能让你从内心生出信念？哪个教育在培养你勇敢的心？哪个教育在唤醒你自由的精神？！呜呼哀哉！又有哪个学院造就了张仲景？哪个学院创造了传世的经典？……

中国的学问全是向内求的学问，比如：佛学为内明、道学称内景内丹、医学为内经、儒学称内业、武学倡内功。这些学问全要求我们要有悟性。这跟出身、所学专业、职称等等没有关系，一个大字不识的人也有可能因根性和机缘而开悟，比如六祖惠能。人人皆有佛性，若被无明熏染遮蔽，神也无能为力。

如果你没有老师，你就以经典为师吧；如果你没有临床，你就以自己的身体为临床吧！古代神农如此，黄帝如此，你、我，也要如此。

有人看我的微博是想学养生，对我整天写天地之美、诗情画意感到不解。殊不知热爱和欢乐乃是正能量，诗意与情思乃是正能量所应拥有的品质。给你祛病大道你不要，非求你肝肾已代谢不掉的药！如今这世上，天天喝的水都靠不住了，病也必然除不尽，能天天阳光正向地活着，呼吸天地之大美，感受情性之慈悲，已然了得。

之所以现在很少谈养生也不论"毒胶囊""皮革奶"，是因为我们的生存环境堪忧，谈吃什么喝什么已然没有意义。去年一年我苦口婆心谈"自救"，所以才写了《生命沉思录》，它关涉我们对过去生活的反思和对未来生活的遐想。未来，只有靠自性的解放，才能走出人生的困境；只有靠人类共同的担当，才能走向远方。

网络上的很多资讯是靠不住的，变化太快，真假莫辨。总之，当利益成为唯一的追逐时，有的人就没有了道德底线，肆无忌惮地放弃良知——谷物已不是先前的谷物，蔬菜已不是先前的蔬菜，水果已不是先前的水果，农民也不是先前的农民，医生也不是先前的医生，一切都蒙上了金钱的龌龊……已经没人爱你，已经没人为你负责。所以大伙儿能做的只有：第一，相信自然。第二，学会自救。事实上，自然已经安排得很完美了。天算的事就交给天吧，你左右不了的。人算的事要依赖常识和法规，自己小心就是了。

是活在愁眉苦脸的病人堆里，还是活在打着鼓唱着歌的欢乐人群中，其结果肯定不一样，我愿我所在的群是后者。长寿短寿不重要，肥了瘦了不重要，天生蚂蚁，也生大象。不就是想活明白吗？不就是想用眼耳鼻舌身意把这天地人情享尽吗？佛还示疾呢，不照样璀璨，为我们漫长的黑暗敲响了永生之鼓？合十赞叹，奋起直追吧！

　　大环境是道。人的命和运都要依存于道，而且，更有大的宇宙法则在等着我们，不用急，不用怨，刍狗而已。

　　唯有心灵的苏醒和净化是人最后的依傍。

　　朝闻道，夕死可矣。这，就是中国人，就是有传承、有历史、有文化的中国精神。

第三章

◇

中西对话

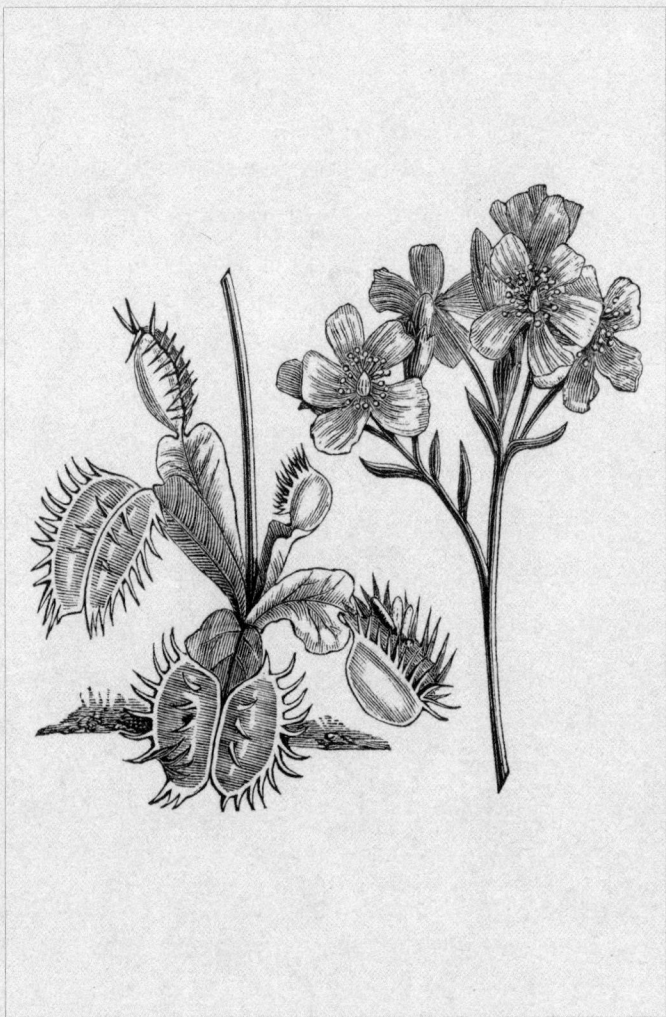

其实，一切甜蜜的感觉都源于安全美好和友爱。

从文化的角度说，保持中西文化的差异性比追求它们的共性更有意义。医学，也当如是。

中医、西医，不是不能对话，而是看怎么对话，在哪个层面上对话。当把身体能量提升到心智能量上来时，对话便得以开始。

当这种对话成熟时，人类的新时代便来临了。命运不再是一个盲目的内容清单，而是一个有意义的、充满觉悟的实在。东方的玄学思想和体验对西方的科学精神是一种另类的冲击，或许能够帮助他们对宇宙人生重新理解和重构。

西医的几大腺体（内分泌系统）对应人体三脉七轮，是人体的精神能量中心。

松果体，脑下垂体，甲状腺，胸腺，胰腺，肾上腺，生殖腺（卵巢、睾丸），这七大腺体可以对应藏传佛教的三脉七轮，也可以对应中医的冲脉，道医的小周天。

一

松果体：
上行为神，下行为人

松果体位于中脑，与心智相关，笛卡儿称它是"人类灵魂的坐椅"。心智稳定快乐时，它晶莹剔透；心智混乱低下时，它晦暗或消失。

松果体分泌的褪黑素是大脑与心智的转换中介。中医说：心之官为思。从心到大脑思维的转换中介，中医称之为"神"。"神"向上走贴近"泥丸夫人"，二者交合而产生智慧；向下走，则与本能结合而生出凡人。

褪黑素受体在脾、肾上腺、甲状腺、胸腺、心与肺中均有分布，而它们都关涉我们的感知、我们的觉醒和顿悟。褪黑素把松果体对光和外界现象的知觉转换成我们心识的概念，而且当松果体活跃时，我们的性腺便受到了抑制，即人的灵性活跃激昂时，下面的本能就受到了抑制。人类走上三路时，就不走下三路——人们把这称为"升华"。

　　总之，人类的生命无非是能量的流动——积攒、闭锁、由势差而冲击或释放，在中医经脉表现是"井荥输经合"，比如，井穴是能量的发源地，一般在肢体末梢。合穴则是气血能量聚集地，一般在大关节处。当我们关闭了一些出口时，另一些出口的能量就会加强。而禁欲、打坐和双盘等等，就是在锁闭下焦的通途，从而增强我们向上的心智觉悟的能量。

　　现代医学还认为褪黑素与人的睡眠关系重大，而古代中医把养睡眠放在养生之首，尤其提倡那种"黑甜觉"。睡眠可以保存和长养我们的"阴"，"阴"即能量，而"阳"是动能，是对"阴"的使用。

　　觉，是一觉醒来；悟，是心灵感知。所以"觉悟"一词就是在谈人的睡眠与心智的关系。

　　有人会说：练功的人睡眠很少啊。是的，他们是练功的人，他们是掌握了人体能量秘密的人，他们的打坐修炼比我们常人的睡眠更能保存和提升人体能量。

二
脑下垂体：世俗适应与觉醒

脑下垂体位于大脑，在眼睛的后方，是人体发育的幕后操纵者，尤其操纵身高和生殖发育。如果说松果体涉及灵魂，那么脑下垂体便涉及我们对世俗的适应和觉醒。我们肉身成长过程中的一切痛苦与快乐都源于它的能量振动频率。

现在所谓的"生长激素"对脑下垂体是一种人为干预，会影响孩子的发育，使用不当，就有可能造成月经、排卵、孩子青春期的混乱和未来怀孕的困难。所以，还是慎之又慎才好。

人体，无时无刻不在告知我们"上"与"下"的关联性，比如脑下垂休和生殖，告知我们生命能量链条的不可干预性，可现在的人，都想当一下上帝的那只手。咄嗟呜呼！

一直好奇男女差异，一直在琢磨男女差异是在脑，还是在性。

　　西方研究指出：性激素的差异导致了男女脑部的性别差异。性激素"从子宫开始而持续终生，对脑部与脊髓有很大影响"。睾丸素的不正常分泌使得男孩子易出现阅读障碍、精神分裂症、自闭症等精神疾患，而女孩子则倾向于患焦虑症、忧郁症和饮食疾患。

　　正是差异，给这个沉闷的世界带来了惊喜。相较于"求同存异"，我认为"求异存同"更有意义。承认男人女人的根本差异，比一味地追求他们的共同点要有趣得多。我们女人喜欢有感情、有温度的东西，没什么不对和不好。所谓"无分别心"，应该是指心、灵的无分别，而不指肉身及情感的无分别，这好比"慈"与"悲"的不同，一个是女性特质，一个是男性特质。

　　从眼耳鼻舌身意上论男女差异，简直有趣极了。

　　眼——据说女性视网膜比男人有更多的视锥细胞和视杆细胞，所以女人的视野是散漫的，能够接受大量的信息，甚至超过了她所看到的。男人的视野是管状的，所以男人更专注，能更好地理解空间。而女人对人的脸、人的表情更感兴趣，女性的视觉记忆也比男人强。

　　耳——女性的听力更细腻。她们更容易察觉人们说话时音调的变化和语音后面表达出的"语气"或"口气"。而男人则对细微声音不敏感，而且患耳鸣、耳聋的也比女性多。

　　鼻——女性的嗅觉更细腻和丰富，她有时会靠嗅觉、体味来辨析男人。女性的味觉也相较男人丰富，对苦味、甜味极度敏感。

　　舌——女人的语言天赋是不言而喻的，而且伶俐少有口吃。相较于男人式的本质性的话语，她更能建立起创造性的交往。而且，孩子的说话能力就是在与母亲的交谈中发展的。

身——女人对痛觉、触觉敏感，且是全身性的，而且忍耐疼痛的能力也比男人强。

而以上这些，也是女性更信任直觉的原因。她捕捉看似毫无关联的信息的能力堪比超人，一个飘忽的眼神被她发现，她往往就在心底起了涟漪，而且能跟几个月前的某件事或某句话瞬间关联，可怕的是，她通常不会错。女性装假的能力也是非凡的，但她不太信赖理性判断，理性判断对她们而言，会消减情感的丰富性，而让事物索然无味。

女性不是天使，但她比天使厉害。这，也可能是在长期的男权文明中练就的自我保护吧。为了家族和孩子，她必须有狐狸的狡猾、母老虎的凶猛、猴子般的察言观色，以及猫的柔媚与孤傲。只有直觉好的女人，才能在这个残忍的世界游刃有余地、不屈辱地快乐生活。

以上可以对应道医所说的"上丹田"，在两眼的后部，是"黄庭"和"光宅"——这里"纯想即飞，纯情即堕"（《楞严经》）。此处是人体心智和体能的一个核心所在，是空灵和实在的核心所在。人如果内守这里，便能认识真理，得大觉悟、大自在和大喜乐，以及混沌般的平静。

三

甲状腺：心智与现实的联结

甲状腺和副甲状腺位于颈部，是维持新陈代谢和呼吸频率的重要器官。颈部是头部与身体的桥梁与通路，是理性与本能冲突的纠结处，它顺畅、温润与否直接影响我们心智与现实的沟通。

人的心智求觉醒、求开悟、求平静；人的现实重执着、重认同、重成功。所求，难得；所重，亦难得。心智与现实的沟通本身就扭曲、就疯狂、就荒诞。可是，人——这个了不起的生物，就是生生要找寻这二者的平衡。平衡不了的人，就愤怒，就狂吃而又拒绝吸收，弄得自己骨毁形销！

甲状腺的窘迫源于我们内心的压力和对外界的焦虑，当我们无法说服自己也无法说服他者时，甲状腺的分泌就会失衡，从而使自我的沟通能力、自我与外界的沟通能力都出现问题。因此，传统医学和道学都强调放缓呼吸的重要性——让呼吸像潮汐，缓缓而来，又缓缓而退，心智会由此而平静，现实也由此而静静地浮现它本来的面貌。

《黄帝内经》认为入喉咙的阴经有肝经、肾经、脾经和心经，它们的病变都会造成喉咙疼痛。而循喉咙的阳经有三焦经、小肠经、胃经和督脉，它们的病变会造成喉咙的闭锁或肿胀。阳经从头下行至喉咙，主气，主温曛；阴经从下上行到喉咙，主血，主凝聚。二者在咽喉交接，如不能和平共处，流利交通，此处就肿、就痹、就痛。

四

胸腺：造物者的迷局

◇

　　胸腺靠近心脏，其实就相当于中医心包经之膻中穴。西医说胸腺培育 T 细胞——攸关身体免疫系统是否健全，可以破坏癌细胞和病菌，以及一切有害物质。人体在胎儿期胸腺较大，它是胎儿的保护神。再者，膻中者，喜乐出焉，所以，它也是快乐的源泉。

　　但不幸的是，性成熟期后，胸腺就快速萎缩，这是造物给人类设下的迷局吗？还是不管人是否觉悟人生是"苦"，上帝之手都不管不顾地在人的肉身与灵魂上写就了"苦"字？总之，一切不快的情绪，一切不满足感都会使这个免疫系统变弱，而快乐、幸福感会增强我们的自保能力。

　　再者，睡眠质量差的最根本原因是人体无法"心肾相交"，而胎儿大部分时间都在安眠，这也是胸腺，抑或膻中的作用。（而过度的所谓胎教就是在干扰胎儿的成长。）

　　总之，人的快乐来于此，人的痛苦也来于此。快乐，免疫力就高；

痛苦，免疫力就低。

提升免疫力的方法：

（1）心情愉快且稳定，气定神闲。

（2）锻炼，提高人体气化的能力。

（3）好好吃饭可以使精足。

（4）天天"黑甜觉"可神足。

（5）美好而稳定的性生活通全身法脉。

破坏免疫力的做法：

（1）精神焦虑饥渴，郁郁寡欢，多嗔怨。

（2）乱服药和吃所谓的营养品。

（3）长时间在密闭的环境下工作，很少户外运动。

（4）生活作息无规律，吃速食品，盲目减肥和晚睡。

（5）孤男、寡女，阴阳不调。

五

胰腺：在理智与本能的中间

目前西医对胰腺的认识是分泌胰岛素从而维持血糖水平。西医认为葡萄糖是我们生命活力的来源。血糖浓度的过高或过低，犹如过度施舍与吝啬，人的自控能力一旦出现问题，就意味着身体能量平衡的失调。

中医把脾脏和胰脏都归属于脾的功能，它犹如连接"上焦"与"下焦"的连通器，负责能量的转化、传递、运输、巡查。如果说"上焦"代表理智，"下焦"代表本能，那么脾和胰就处在理智与本能的中间，在神火与精水之间，吸收与消化都在这里完成，并支持着我们各种情绪的发酵……

脾胃可以说是我们的第二张脸，任何过度的情绪在这里的显现都要比在我们面容上的显现强烈得多，久而久之，这些隐性的、纠结的情绪和恶念一定会摧毁我们，使我们百病缠身。

所以，说糖尿病是一种情志病，也未尝不可。在糖尿病患者的人生中，曾经有过怎样的人生伤痛、怎样的"欲而不得",而又无从对外人言……一切负面的情绪都在影响着我们的气血,干扰着五脏六腑的运转和能量传递。

古代中医里没有"糖尿病"这个词,而是有描述其症状的"上消、中消、下消"的消渴症,上消者,口渴不止;中消者,食入即饥;下消者,饮一溲二,尿多。喝得多、吃得多不仅没有让生命受益,甚至还裹挟着生命原本的膏蜜,令其无可奈何地大量流失……生命开始颓然无力。到底发生了什么,使我们的身体成了一场快速的徒劳?元精走掉了,元阳也衰颓了,贪婪不仅没有改善生活,而且打乱了原有的平衡,使你再也抓不住……生活。

身体真是奇妙,能量居然是"甜"的。其实,一切甜蜜的感觉都源于安全美好和友爱,难道身体里也有那么个要命的机关,统辖着我们肉身的安全、美好和友爱?好吧,让我们找回那平衡,重新学习如何控制自己。慢慢摇动我们身体的中轴,让能量从脚下缓缓升起,让那个神秘的机关微醺、归位,从而拯救自我。

以上可以对应道医的中丹田。这里涉及人的个体发展,而不是像下丹田那样纠结在肉欲与感官的痛苦中,它更多的是人际关系的纠结。一方面它向外伸展,表达同情或爱意,如同胎儿的胎盘,愿意奉献自己,并从中得到快乐;另一方面,它又质疑自己,很容易回到吝啬与自私。

（六）

肾上腺：「肾精」能否被合理利用

肾上腺跟人体的应激相关，肾上腺素会刺激我们在面临紧急情况时的行动反应。要么应战，要么逃避。中医说，肾的作用在于出技巧和出力气，我们在任何紧急状态下的反应都是"肾精"能否被合理利用的表现。

在西医看来，肾上腺素还是维持血糖和血压的大功臣。中医在涉及这两方面问题时，也把它们归结为脾、肾病，而多忧愁、思虑和恐慌、畏惧等负面情绪最伤脾、肾二脏，当人体的运化能力变弱，收藏能力也不足时，这些问题就出现了。

七 生殖腺：是生门，也是死门

生殖腺是区分男女的要点，是人生的起始点，也是终止点。是生门，也是死门，看看《黄帝内经》第一篇就能明白许多。

在道医那儿，这里是下丹田，是创造生命的福田，涉及延续与再生。

在中医，它是下焦，是生命的根底，是真阴真阳的媾和之所。

在西方，它涉及与他人分享自己的概念，是我与他者、精神与肉体的关联。

它关涉人的基本欲望和原始恐惧，如同天使般的野兽。在这里，人性和兽性的冲突无所不在，所以它在自我压抑中始终追寻着上升。人，并不只是为了食物、情欲、生育、财物和占有而活；人，一定渴望被更大的精神能量俘获，一定渴望从掠夺者变成施予者……

人体能量的运行是向上，还是向下？——先天（胎儿期）应该是从混沌的自我到他人，后天（出生后）应该是从他人到自我。而修行的人则试图冲破自我的屏障，而到宇宙的大我（天人合一）。

一个人毕其一生的努力就是在整合他自童年起甚至从胎儿期就已形成的性格。所以，想不通的时候，不一定非得努着往前走，也许回下头，就能恍然大悟。

有些根本纠结源于子宫。比如，有些妇女强烈地想生育男孩或女孩，她的意识和潜意识会干扰气血的平衡，使得那些已经定性的胎儿拧巴地生长，这样我们就会发现在姐妹当中总有假小子般的女孩，而那些怀孕期间强烈地渴望生女孩的妇女，会生出女性般柔和的男孩。神识入胎后，胎儿完全知道爸爸妈妈的心念和行为，一旦胎儿记录下爸妈并不欢迎期待他的信息，出生后亲子关系难免扭曲，性情后天也难纠正。无论如何那种说不出的拧巴和别扭也许会跟随孩子一生，他们要么害怕自己不能让别人如愿，而终生隐忍怯懦；要么从这种自责中生出叛逆，超乎想象地肆意放纵自己。

八
脉轮说：气脉有三脉七轮

◇

对应以上西医腺体之说，在密宗气脉的理论中，人体有三脉七轮之说，中医有"三焦"和"三关"说。

密宗气脉的理论认为，人体主要的气脉有三脉七轮。三脉是中脉、左脉和右脉。中脉是最重要的一条脉，蓝色，在脊髓中间，由海底至头顶。海底即肛门前的一片三角形地带，相当于中医之"会阴穴"，又称为"生法宫"。如果是女性的话，海底就是子宫。

在中脉的两边，有左脉和右脉，与中脉平行，距离极近。左脉为红色，右脉为白色。男性左脉下通右睾丸，右脉下通左睾丸，女性的左右脉则通子宫。因为气脉是交叉的，它的路线与西医之神经有关，所以右边病时则左边痛，左边病时右边痛。三脉是肉眼看不见的，只有在静定时，气脉通了，有些人才会看见它们。

| **七轮** | 是海底轮、生殖轮、脐轮、心轮、喉轮、眉间轮和顶轮。此外还有一个梵穴。

| **海底轮** | 在脊柱下之基处，肛门二指之上，所在地约四指宽，相当于男性"会阴穴"、女性子宫口，又名基础轮。因其余之轮皆在此轮之上，所以，此轮为所有轮之力量与精神的供应处，其形有四叶。印度古瑜伽认为，有灵蛇（又称拙火、灵力、灵热、军荼利）以三蜷半之形，其头向下垂落，在此中睡眠。此轮对应人体机能，与性腺、肾脏有关。

在情志上，此处是生与死、恐惧、不安全感、疼痛、混乱和忠诚的交集。当此处受冲击时，人会极度不安，有对生命根基的恐惧和对上天恩宠的渴望。

中医的命门与天癸之说与此相类。属先天本能部分，在人类快速生长的童年阶段，它如密闭之月光宝盒，绝不轻易地启动。

| **生殖轮** | 在生殖器根处，其形有六叶，主管性腺、卵巢、睾丸、前列腺等。在情志上，此处跟欲望——占有欲与被占有欲、创造欲、激情、任性、罪恶感及禁欲有关。它常常被人的二元性所操控，既狂放又拘谨，首鼠两端。

| **脐轮** | 在肚脐处，其形有十叶，乃一极重要的中心点，相当于道家的下丹田部位，主管脾、肝、胰和肾上腺等。在情志上，跟意志与平衡感有关。是人勇气或懦弱的来源，藏着掖着，优柔寡断，在愤怒、贪婪、耻辱、失望等中纠结徘徊。

| **心轮** | 位于心窝处，有十二叶，主管胸腺、心脏、肺脏等。相当于道家中丹田。其良性反应涉及慈悲、慷慨、宽恕、服务、爱。其负面则是悲伤、执着、与环境隔绝、脆弱、依赖他人的爱和情感、害怕被拒绝、过分热心或铁石心肠。

| **喉轮** | 位于喉根处，有十六叶，主管甲状腺、扁桃体和唾腺等。涉及交流的困境与流畅。羞怯、敏感和畏惧会使得此处出问题。而自信的人则会利用健康的自我表达和互动，来传达神的意志或魔鬼的意志。

| **眉间轮** | 位于眉心处，有二叶，主管脑下垂体，相当于道家祖窍。跟洞察力、视力和理解力有关。与先天的关注点有关，属于自我启蒙的地方，它只幻想和专注于自己感兴趣的东西，同时容易困惑、沮丧、过分智力化。

| **顶轮** | 位于头顶内，形如千叶莲花，即喻有一千气脉由此轮发出，相当于道家"泥丸穴"。

海底轮之灵蛇醒觉，经各轮上升到此轮，便与明点（又称大自在）会合，修持者可享无上之大安乐，故又名大乐轮，主管松果体。这里是灵魂的基地，和最高自我的连接，与觉悟、结合、提升和未知领域有密切关系，承担着人类的悲伤、与存在分离的感觉、负担，以及对死亡的恐惧和神秘的忧郁。

| **梵穴** | 位于两颅顶骨与后头骨之间，即初生婴儿顶门跳动极软之处；另一说法是，在顶轮四指外上方，离开头顶。在这里人体放出光芒，中脉以此为出口。

身密修气脉之法，主要是唤醒在海底轮沉睡之灵蛇（性能），逐轮上升，最后到达顶轮，与明点相会合，进入三摩地（入定），流下甘露（又名圣酒、醍醐），滋润全身，得大安乐境，借以治病、强身、延年、产生人体的超能力。

道医论人体，前有三焦，后有三关。

| **焦** | 上为隹，小鸟之形，下四点为"火"。"焦"乃是用小火

烤炙小鸟。中医之"三焦"是指生命的一种状态——用温温的小火来熏蒸生命气血之河流，来通条水利。三焦火大，则干涸；火太弱，则水湿凝结，都是病。

前有三焦：通常的说法是，上焦心肺，中焦脾胃，下焦肝肾。上焦的根在中焦，中焦的根在下焦。上焦如雾，运化最快；中焦如沤，腐熟万物；下焦如渎，交通阴阳。

上焦运化最快，如日子，每天都转，365 天一天不闲。呼吸一刻不断，心跳片刻不止，怕憋怕堵；中焦运化略缓，如月，一月转一回，共 12 月，易湿易缠绵；下焦运化最慢，如地球一年之转，比如一年转一回，怕郁畏寒。

后有三关：会阴到命门，尾闾关，为封藏之本；命门到膈中，为夹脊关；大椎往上至脑，为玉枕关（前面有论述）。

"反者道之动"，人体的健康就表现在心火不上行而下行，去温暖肾水；而肾水不下行而上行，形成心肾相交泰之势。

所谓"上火"，不过是心火上炎而不下行，或肾精收敛不住相火而外延。火，藏在肾水里才是真火，才是正气，守不住时跑到上面则为邪气。邪气不过是正气的变现，不可简单地以寒凉灭火，而是增强肾精的收敛能力，或破除肾寒，以引火归元，如此方为根治"上火"的道理妙法。

万物生长靠太阳，人之生命，全在这点"真阳""真火"。反复用寒凉灭火当然也能灭，但一定消损了正气，而且反复难愈。生命之道，全在"明理"，虽大道至简，但也要遇到有大悟之人，如所遇非人，不明正气邪气之理，不如不治，歇息为上，待生命自愈能力启动，自有佳音。

　　无论是中医还是西医，都在试图完成对"人"的解密，有时有角度的问题，有世界观的问题，有工具与技术的问题，但哪一个更接近真理、更明澈、更完整……并不是现在就可以轻易评判的，评判者应深谙二者，并高于二者，超越二者，且本着慈悲的情怀和科学研究的精神，来护佑人类，来完成关于"人"的解读……

　　不偏不倚，对于我们，是非常难的，因为我们不是圣人。但这并不是说，我们可以随意地媚俗、把一切混为一谈和轻易地屈服。

第四章

◇

五脏六腑

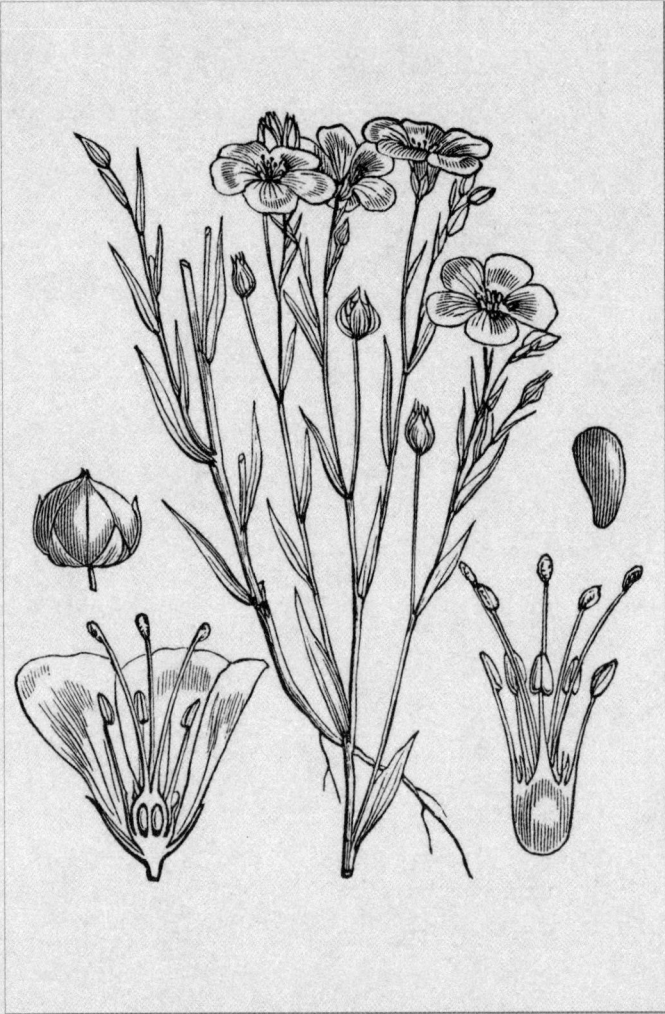

五脏常"实"，六腑常"空"，空，则能运转、消化、吸收，而后供养五脏。

讲中医养生，其实就是讲自救。要讲自救，第一要明天性，即天之五运六气和四时之序；第二要明自性，知脏腑规律等；第三要明人性。

五脏在两胁、两肋之里，为实、为阴、为妻；六腑在腹部，为空、为阳、为夫。阴在上，阳在下，形成泰卦之势，阴为阳之动力，阳为阴之补给。妻要坚守，收藏；夫要刚健，运化。夫不运化，则妻无以藏精。犹如夫不工作，妻无以养家。夫（腑）病，妻（脏）就病，妻（脏）病，精败，五脏所藏之神明就涣散，人，就恍惚软弱。妻（脏）病，藏精无力，夫（腑）也无力运化，久之，代谢亡。

五脏守神，六腑运化。

五脏犹如仓库，主藏；六腑是仓库外的道路，有进有出，忙碌异常，主运化。

五脏为阴，阴性为收敛收藏，说白了，为贪，为自私。

六腑为阳，阳性为自强不息，为散为运化，说白了，六腑不可以有丝毫的自私，必须无私。因此，自私和无私都是我们本性的一部分，都是我们要终其一生去完善的能量。不自私，五脏就没有源源不断的后续力量；不无私，六腑就不能得化有为无之妙境，就会生病。

五脏六腑，皆有神明。人在这世上，要是没了敬畏，就是没了心肝。

一

五脏如是观：常实

中医之"五脏"非西医之实体、血肉的五脏。比如中医谈到"肝"时，一定会涉及"胆"，涉及眼睛、"筋""藏血"、指甲、手的灵活性等许多概念，还会涉及"春""木""魂""怒""酸""臊"等在西医看来毫无关联的东西。你说这是中医的整体观也好，说是中医的意象思维也好，总之，它就是这么特立独行又妙不可言。这就像西方人界定一棵树时爱说它是××科，而我们描述一棵树会说它婀娜如少女，沧桑如老翁……

所谓"五脏"者，心、肝、脾、肺、肾也，又非西医所言心肝脾肺肾也。其特性是：藏精气而不泻，故满而不能实——收藏人体精华而不随意泄泻、耗散，虽充盈、圆满而不能僵硬、被憋。

● 心

| **心** | 是君火，是离火，离火之中有"真阴"。在修炼者那里是纯贞的姹女——如火焰般美丽的少女。是人体能量的推动力，她毫不吝惜地燃烧自己，但当她永恒的新郎（肾）——真阳不再护佑她时，她便坚决而果断地结束自己的使命。

心是离火，其"真阴"是精神的光的坚持；肾是坎水，其"真阳"是爱欲的黑的深渊。

心是姹女，肾是婴儿，二者都有纯粹的一面。从本性上看，一个神足，一个精足，一般不容易得病，一旦得病，就是大病，因为都是从"欲"上得。《楞严经》：纯想即飞，纯情即堕。纯想，是心之所能；纯情，是肾之所能。心之欲念是人类精神向上之渴求，肾之欲念是人类肉身之大满足，当欲念太大，肉身神明无法担当时，就是人之大崩溃的根源。

心：一种火的形象，因欲望而烧灼。欲望小则火小，易长寿；欲望大则火盛，易短寿。

心，《说文解字·心部》："人心，土藏，在身之中。象形。"段玉裁注："土藏者，古文尚书说；火藏者，今文家说。"关于心属土还是属火的问题，在汉代是有争议的。因为"心为君主之官"，所以它的五行属性问题可以上升为国家政治问题。

《释名》：心，纤也，所识纤微无不贯也。

| **思（恖）** | 上为囟门，下为心。囟门在脑，出入者为灵魂；心，指人的感知能力。所谓"思"就是由心的感知到头脑的思辨过程，因此思

维的根底在于"心"的感知。所以不是"我思故我在",而是"我感故我在"。

| **思想** | 中国人认为思想从心来,而不是从大脑来,所以这些字都从心字旁。我思故我心在。

发出来的都是情,所以都是竖心旁,比如"悦、愉、快";凡从"心"部的,都想得深,比如"愁、虑、思"。而"慕"和"恭"则多了一个心,意味着在"心"之外还要用"心"。

人生在世,不要有傲慢心、冷酷心、怨恨心,但在生命的深处,要时时刻刻有出离心、畏惧心、慈悲心。

出离心就是不贪恋、不纠缠、不伪善,和这个世界保持心境上的距离。畏惧心就是知道不是所有的事都能做,不是所有的病都能治,还有上天呢,还有天意哪。慈悲心就是虽已洞悉宇宙、人性,但依然以深度的同情和爱来救济众生、让众生觉悟。所以,出离心是保持距离,畏惧心是保持底线,慈悲心是保持高度。

由此,心不再仅仅是一个泵,中医讲"心为君,为火",它的尊严与热情同样是支持生命体存活下去的必要性。它还是爱和勇气的象征,当强大的破坏性因素出现时,心可以通过自身激发出一种活力去抵消或修复这种破坏性。

如果"心"放弃或厌倦了这王者之威,那么生命内部自我调整装置就会松懈瓦解,甚至导致身体的毁灭。

古代君王自称孤、寡、不穀,这些词都是百姓所害怕的。因为君王要"尊",尊乃独尊;百姓要"朴"、要"福",不敢要"尊"。有尊严的,哪怕是流浪者,也自有非凡气势。

疾病也由心的无明所导致。反之,"心清净故,血则清净,血清净故，颜色清净"。《灵枢·口问》："心者，五藏六府之主也……故悲哀愁忧则心动，心动则五藏六府皆摇。"——外物都由心感知，所以伤心岂止伤"心"，五脏六腑都会乱啊。

脉，为阳中之太阳，通于夏气。夏季养心在于：（1）心静，不烦不怒不躁；（2）中午小憩，哪怕片刻；（3）多食面食，面，大补心气；（4）养肺，因为火熔金（见下文有关肺的描述）。

《黄帝内经》说：忧思伤心，过喜伤心。心血不足，人思维的东西就不着边际，就是空想，而且缺乏行动的能力。心窍不开，则善忘，则断想，则恍惚。

养心有两途：从肉身言，先天保养元气，后天护佑脾胃。脾胃为生气生血之所，生气郁闷先伤脾胃，后耗元精元气，戒之戒之；暴饮暴食或胡乱减肥也是先伤脾胃再伤元精。从心灵上言，养心莫善于寡欲（孟子），荀子则强调"定心"。寡欲在于"知止"，弱水三千只取一瓢饮；定心在于正心，大千世界念念相随，善护念，行于荆棘中。

"欲心炽而不遂……久而为劳。"凡大病都与情志不遂有关，都是"欲而不得，久而为劳"。呜呼！

西方人认为人类欲望可以推进社会进步，所以鼓励欲望。但中国人认为欲望弊大于利，强调约束欲望，因而把克制欲望放在人生修为的首位。又认为欲望人人都有，但人不能被欲望奴役。而且，克制欲望比纵欲需要人更大的能量。如此这般，中国人，就这样骄傲地生存在痛苦中。

人之一生，有诸多欲——有物欲，有认知欲，有被肯定欲，有长生欲，有爱欲、性欲、占有欲……凡欲念，都苦，要么身痛，要么心痛。挣扎的人，要么醉酒，要么放歌。解脱的人，从索要变给予，从忧苦变悲悯，从人变神。

叔本华说：幸福不过是欲望的暂时停止。

曲曰：痛苦源于欲望的永无止歇。痛苦有多深，那幸福的窒息就有多要命。

● 肝

| 肝 | 肝字从"干"，犹如树干，是支撑生命的理性的主干。其枝杈是手爪，肝气足，则手爪坚韧灵活。因为生气，就有树瘤；因为代谢不掉人类那么多的贪婪和愤怒，就只好生癌。

肝主藏血，是人体养分的储藏室，也是愤怒和毒素的过滤器。看看我们有多少情绪毒素吧：怨恨、憎恶、挫败感、嫉妒、贪婪、患得患失……我们把它们积累在血脉里，让"肝藏"不堪重负。而更多的时候，我们靠吃垃圾食物、毒品、药品、酒精等等来遮蔽和释放自我，让另一种"瘾"来遮盖我们脆弱的内心，使得"肝"这个落难的将军死在自己厚厚的盔甲里……

两种情绪会伤肝——生气、郁闷。郁闷比生气更糟，因为压抑生机。

肝病原因：（1）怒伤肝（长期的憋闷最压抑生机）；（2）喝酒（酒是用来怡性的、品味的，微醺最好，而现在的人用来应酬和逃避现实，滥饮无度）；（3）熬夜（人卧则血归于肝，长期晚睡则使肝得不到修复）；（4）惊吓（肝主惊）；（5）纵欲（肝主筋）；（6）滥用药物和食品添加剂（增加了肝代谢的负担）。

劝人不生气没用。（1）活明白，知道生气没用，生气要能解决问题你就生。（2）喜怒不留于意，夫妻闹别扭通常没道理可讲，气了白气。（3）止怒莫若诗，尽量诗意幽默地活着。（4）去忧莫若乐，生活就像音乐，高低起伏，时间会改变一切。（5）别逞强，恬淡虚无真气从之，先爱好自己，有余力再去爱别人。

丹道医学认为肝为"木母"，肺为"金公"。二者如同夫妻，居家，则木母为主妇，要主持家务，且厚德载物；金公为夫，在外为大丈夫，在家是沉着的定盘星。从身体上论，肝肺是生命稳定及延续之主持，用阴阳之气的升降养育婞女和婴儿，阴阳失掉和谐，则会生出疾病，心肾就不得安宁。

所以传统医学治病用肝肺之升降。从某种意义上说，心肾为体，如果不动、保持天真为妙；肝肺为用，升降开合最妙。而能轮转肝肺的，就是中土之黄婆——脾。

这种譬喻多么有趣，身体如家，有黄婆（脾），有夫妇（肝肺），有儿女（心肾），黄婆主协调夫妇之和谐、儿女之快乐，所以为生命的大主持。所以中国的生命之书要么是《黄帝内经》，要么是《黄庭经》。

● 脾

| 脾 | 她好像更年期后的老婆子，能呼风唤雨，环顾四方。又像小丫鬟，忙上忙下，一旦病了，身体这个宅门就会蛛网乱生，水湿泛滥了。

脾神为"意"，所谓"心猿意马"之"意马"就是指脾神之"意"，犹如马之健运、传递、枢转，从而完成生命的从无到有。脾为后天之本，

其德为土，有脾有土才能感应而生万物，心、肝、肺、肾都要通过脾来完成，犹如先天之数一、二、三、四、五，有了五才能接上后天之数六、七、八、九、十。因此，脾在生命，又为先天。故，中医讲生命的书叫作《黄帝内经》，黄帝为中央之神，也是土德；道教经典叫《黄庭经》，黄庭是生命之中央，生命就在这高贵的明堂处运化而生。

丹道医学称脾为"黄婆"，她主持的地盘为"黄庭"，若这庭上的女君王忧思难忘，苦寻真意不得，则百病丛生。中医把她唤作"谏议之官"，犹如现在的监察机构，周围的事没她不知道的。

营养物质吃多了，有阳气运化就成"精"。精多了，阴气不足则不能"藏"；阳气不足，不能及时运化就成"湿"，如沼泽，无太阳照射升腾，则久而凝聚而成"痰"。

中国人为什么说人易怒为"脾气大"？

一般都说"肝主怒"，故易怒当为肝火旺。但肝脾的关系是"木克土"，土德不好，自然长不出良木，脾土不好，运化能力差，精就无法正常疏布，这是一。再者，土克水，脾土对肾精也有影响，肾精不足则不能涵养肝木，故肝火旺。中国文化就是弯弯绕，什么都有前两步后两步，什么都有个因果。所以，脾气不好才是肝火旺的根底。

人在痛苦时为什么喊"天哪"？

曲曰：疼叫妈，苦叫天。因为脾主肌肉，人是妈身上掉下来的肉，所以肉体之痛叫妈；心灵之痛源于对命运的怨怼和天意的不公，所以心苦喊天。世间万般苦，何时是尽头？

● 肺

| **肺** | 位置很高，一人之下，万人之上，如同宰相。但怎么样呢？又要强又焦虑，君王不好惹，百姓不好管，鞠躬尽瘁身先死吧，一了百了。宰相并不是什么事都管，而是要有管理智慧。

故事：某春，一宰相出游，见众人当街打群架，没管。继续前行，见河边卧一牛，汗水淋漓，停轿前去问讯。下人不满亦不解，认为其不关心百姓。相曰：人性贪嗔，打架常事，村主任管管即可。春天牛汗，预示年旱，有可能颗粒无收。

肺为娇脏。五脏之中，肺最为娇嫩、脆弱。因为胎儿在母腹中以脐带与母亲同呼吸、共命运。脐带一断，小儿必须开始自行呼吸，并与天地之气开始交换，肺音为哭，一声啼哭则意味着小儿自主生命的开始……如若顺产，阴道的挤压可以锻炼其肺部，也可帮助排出呼吸道中的黏液，如若剖宫产，则小儿的肺部就缺乏最初的锻炼。

再兼自然之寒暑交错，人之肺从小就被百般荼毒。这还没完，小儿一旦肺部感染发热，医药便又开始新一轮围攻……随着长大，旧药之副作用未除，新仇旧恨、忧伤悲愤又开始作用于肺。如此这般，反复戕害，肺之神明早已昏聩厌倦，自然百病丛生。在皮毛为银屑、湿疹等，在脏器为结核、肿瘤等。

呜呼哀哉，西医把诸多肺病归咎于烟草、空气污染，人们避之而其祸不断，于是又归咎于基因……其实，对于人类而言，病多源于自身。比如自身之焦虑忧伤，情志不遂（忧伤肺）；比如自身之沉郁性格与性情；比如自身之困顿而无前途的生活……要想治愈疾病，必先求其得病之因。

"因"找错了，"果"必不了，所以常常"按下葫芦起了瓢"，此病未去，又添新病；"因"找对了，"果"必了了。如果得了病，还没从中觉悟点什么，那这病算是白得了。

中西文化之不同点在于，西人凡事皆外求，中人凡事喜内求。外求则言杀、言抗，世界之大，杀之不尽；内求则重修，重养，世界之大，收于一心。一心清净，身体清净；一心清净，宇宙清净。

肺病缘由：（1）忧伤肺，焦虑最伤肺；（2）肺司一身之气，肺气不足浑身没劲；（3）肺主皮毛，皮肤症状多与之相关；（4）肺主治节，皮肤症状多发于关节处和虎口；（5）冷饮伤肺；（6）空调伤肺；（7）肺与大肠相表里，肺气不足大便拉不净；（8）乱服药伤肺。如何养肺：儿时哭喊锻炼肺；大了游泳锻炼肺；心胸大，宽容、心情愉悦最养肺。

咳嗽属于肺病，但哮喘就是肺肾病了，属于"肾不纳气"，呼吸窘迫。现在小孩子得这病的特别多，原因有几：（1）肺寒兼误治，寒上加寒。重用了寒凉药或激素把病邪引到下面了，伤了肾气。肺为金，肾为水，肺金生肾水，肺金已伤，母病子弱，激素急于调子救母，母没救成还伤了子。（2）冷饮过度，吹空调过度。先是肺寒，久之肾寒。（3）现在的小孩普遍缺乏锻炼，特别是户外锻炼。（4）父母关系紧张或离婚会给孩子极大的精神压力，使其因为无助而呼吸窘迫。最后一条尤为重要，为父母者不可不慎。

● 肾

|　肾　|　最下最重要，是生命的根基，与生命深处的惶恐及忧虑相关。每时每刻它都在面临抉择：是坦然面对还是落荒而逃？是爱意浓浓还是万事皆空？是努力向上还是任凭堕落？……人，就这样在最深处折磨着自己，但要想成就一个新我，也是从这里开始。

肾的本性是收藏，收藏的东西叫"肾精"，"肾精"是"无为"的，需要时它就给你，不需要时它就藏着。其性寒、贪，但其中又有真阳。真阳鼓动则可以"炼精化气"，熏养生命光华。

所谓"藏"，是指"肾"有点傻乎乎的，只要有东西，它就先啪的一声收下，尤喜欢阴寒的药物，比如地黄。收这类东西多了，阳气不足又化不开，久而久之就形成寒邪，一旦风吹草动，比如行房啦，生气啦，一下子就虚脱了，汗出如油，中医称之为"久服地黄暴脱症"。

现代人如何养肾：解除压力和焦虑——压力最影响脑垂体，下面的事归上面管，把上面解决了，下面就舒服。少吃滋补药——现代人不缺营养，缺的是消化吸收能力，滋补药大多寒凉，没有消化吸收能力，就更消耗元气。寡欲——不是无欲，而是尽量降低欲望。女人，只有适合自己的是自己的；钱，只有花掉的是自己的。

人身之真阳，要常有余，有余就是精气足，好比人有储蓄。人身之真阴，要常不足，经气常不足，譬如工资，常不足，才有不断摄取的欲望。

快感缺乏的人，经常需要强烈的刺激，比如毒品或暴力。这在中医里属于重调元气法。任何强烈的刺激都会钝化我们感觉的敏锐度，使我们无法清晰而精准地感知心灵及肉体的特殊能力，这些对生命是非常有害的。生命，无论肉体还是精神，都需要秩序、缓和的愉悦和有次第的苏醒……犹如音乐、潮汐、日升月落。我们要慢慢地培补和训练元气的使用，该升时升，该藏时藏，让自我在敛藏与绽放之间游刃有余。

凡使你舒服的，必调肾精，比如纵欲、毒品等等，这些属于重调肾精法。但来此一世，人又必然追求享乐，求舒服，所以，好办法是微调肾精，就是别过度，小美着、慢生活。会用，还得会养，所谓"养"，就是自在，就是简单。五色令人目盲，那就单色；五味令人口爽，那就少味，一切都纯纯粹粹的，才好。

道德就是考虑长远。养生也是考虑长远。总之，把人做好了就是养生。德依道，生依养。

平衡感是生命的一个要点。气弱、血弱、精神弱，倒也没什么，平衡就好。弱，只是不足，不是病。所谓病，就好似气足血不足，则浮躁；血足气不足，则呆滞。人生亦如是，气血弱，欲望低，倒也平和快乐；怕就怕，内里空瘪又欲火万丈，最后难免膏尽人焚。

● 心包

| 心包 | 　　心包者，为心之外围。心包，是我们欢喜的发源地。如果说"心"是君主，那么"心包"就是"心"的表情。如果说"心"是尊严，那么"心包"就是"心"孩子气的那一面。如果"心"是整饬的房屋，"心包"就是芬芳的庭院，它必须舒畅、欢喜、宽敞，一旦被憋，它就会颤抖、慌乱、畏缩。如果心阳不振，它也会变得湿漉漉的，耷拉着脸，高兴不起来了。

| **生老病死** |　　生是无明苦，老是无奈苦，病是锥心苦，死是游离苦，由此，快乐成了一种奢侈，欢喜成了一种难得。但人活着，就要顽固地、坚强地"离苦得乐"。

如何得到快乐？先要明白快乐也是分层次的——饿时得到食物是快乐；冷时得到衣服是快乐；小朋友得到糖是快乐；过节时有朋友在身边是快乐；下雨时在昏暗中读诗是快乐；雪天有朋友来访是快乐；花开是树的快乐……但最大的快乐是浪子回头，是幡然悔悟，是勘破无明和黑暗，是对生命根本的觉悟……那一瞬间，肉身血脉如蜜膏，如醍醐，融入大美，融入宇宙。

快乐可以通经脉，快乐可以把你的生物场扩大，快乐可以治愈忧伤，快乐可以延长寿命，快乐可以让你的脸上有喜乐纹，快乐可以祛除你的蝴蝶斑，快乐还可以使你变傻，变得大度、包容，也可以使你在喜乐的修行中加快步伐……

心包与三焦相表里，三焦水道通利，则心包没病。所以《伤寒论》中有"苓桂术甘汤"一方。

摄养五脏歌：饮食有节，脾土不泄。调息寡言，肺金自全。动静以敬，心火自宁。宠辱不惊，肝木以宁。恬然无欲，肾水自足。今之人饮食无节，脾湿泛滥。焦虑多语，皮毛疮痒。浮躁无敬，舌燥咽干。宠辱皆惊，路怒筋软。躁郁交替，三足（两腿加生殖器）蹒跚。

五脏（加心包）对应六腑：肝—胆；心—小肠；肺—大肠；脾—胃；肾—膀胱；心包—三焦。

五脏对应五体：肝胆对应筋——我们身体的弹性都是跟筋膜相关的，比如手指屈合的能力与肝有关；心和小肠对应经脉——气血不足则血脉动力不足，易手脚冰凉；脾胃对应肌肉——运化无力则肌肉萎软；肺对应皮毛——忧伤肺，焦虑等常造成湿疹；肾对应骨——精不足会造成骨萎。

五脏与五华："华"就是花朵，是五脏之精表现于人体外在，犹如不断盛开的花朵。肝之华为"爪"，爪实际上就是指甲，营养盛生发旺，指甲就长得快和饱满。心之华为面色，以光泽滋润为佳。脾之华为唇，应饱满滋润，如翻肿或起皮，就是脾虚或血虚。肺之华为皮毛，不可焦枯憔悴。肾之华为头发，黑亮最好。

五脏对应五声：五声为肝呼、心笑、脾歌、肺哭、肾呻。当人生病时，这五声会泛滥，肝被憋则人呼以自救，嬉笑不休则提防心神将散，人调肾精，呻吟以镇痛，等等。

五脏对应五味：酸辛甘苦咸。

多食咸为何令人渴？《黄帝内经》少俞曰：咸入胃，气走中焦，注于脉，血与咸相合则凝结，凝结就要夺胃液化之，由此造成胃液衰竭，因而咽路焦枯，舌干而善渴。

五脏与五液：肝液为泪，肺金不能克肝木，则泪眼汪汪；眼干则是肝气不能生发。心液为汗，活动以全身微汗为佳，大汗则耗心液，有猝死之险。肺液为涕，肺寒清涕，寒化火则脓涕。脾液为涎，脾虚者常流哈喇子，且懒。肾液为唾，营养丰富，肾寒阳虚者口干舌燥。

五脏与五臭："臭"这里读 xiù，指五种味道，即肝臊、心焦、脾香、肺腥、肾腐。脾胃如果黏滞，人就喜欢吃一些香窜的东西。香窜的东西，会宣开脾胃的湿滞。

五脏与五变：五变即指心、肝、脾、胃、肾的病变。肝在变动为握，指肝气病变表现在手的握力上，比如手没劲，或者是抽筋、肌肉痉挛等。

心在变动为厥。厥指四肢厥逆症，即手脚冰凉。脾在变动为哕，"哕"是呕吐的声音。胃气以降为顺，如果上逆就说明元气虚，肾精不足，人的气收不住就往上走了。三伏天时，上焦寒湿重的人易口臭、呕吐、头晕；下焦湿寒重的人易腹泻肠鸣。肺在变动为咳。比如肺寒，人们咳嗽，就是通过振动把肺寒振出去。人有劲，就狂咳；没劲儿了，就虚咳。肾在变动为栗，为打哆嗦。如果肾寒，就会出现哆嗦、战栗或者打喷嚏的现象。打喷嚏实际上是振奋肾阳，是身体要通过打喷嚏的方式，把肾阳调起来，把寒气赶掉。所以，身体好的人还能打喷嚏，身体不好的人直接就感冒，泪涕交流，反复低烧。

关于五脏六腑和养生的原理，我在《黄帝内经·养生智慧》《黄帝内经·生命智慧》《从头到脚说健康》等书中有详尽而通俗的解读。其中很细致地讲解了《黄帝内经》上古天真论、四气调神大论、灵兰秘典、经脉篇等。说心里话，大道都明明白白地放在那儿，别老问东问西，自己学学还长本事，这世道，自救是根本。

二

常 六
空 腑
如
是
观
：

◇

| **脏·腑** |　府，官府。五脏为官，有神明居焉；府，五脏神明的府第。府邸宽大、通畅，则诸神舒适，有助于其能量的释放。所以，养生大法在于养"府"。六腑常空，运化得力，水道温曛条畅，五脏神明则安定、强大，诸神安稳，人就昌明，诸事顺遂。

六腑者，为胆、胃、大肠、小肠、三焦、膀胱，其中，胆为肝府，胃为脾府，大肠为肺府，小肠为心府，膀胱为肾府，三焦为心包府。其关联在成语上表达为"肝胆相照"、伤心则"肝肠寸断"。五脏加心包与六腑配成夫妇，腑在下，为阳，为夫；脏在上，为阴，为妻。妻为内守，夫为运化。简言之，就是丈夫在外奔波、挣钱，妻子在家持家、花钱、理财。

对于活着的人而言，五脏重要，还是六腑重要？人们通常会回答五脏重要，或都重要。其实，五脏常"实"，六腑常"空"，空，则能运转、消化、吸收，而后供养五脏。借一个哲学说法：五脏为体，六腑为用。五脏之体，全在于六腑之用。所以，就生命而言，就健康而言，六腑的运化要重要得多，六腑能长空，则意味着六腑运化能力强，五脏也随之精足，人，就身体好。

论虚空：鼻虚而受嗅，眼虚而受色，耳虚而受声，口虚而受味，心虚而受纳万物，神虚而无所不知……故，人从虚空中得道，得旨，得真。反而，实与满则令人窒闷，令人不化。由此，守其空，得其精，反复空，得圆满。

《素问·五藏别论》："夫胃、大肠、小肠、三焦、膀胱，此五者，天气之所生也，其气象天，故写而不藏。此受五藏浊气，名曰传化之府，此不能久留，输写者也。"

六腑以"通"为用。六腑通则人舒适，少生病；不通，则腹胀、口苦。故曰实而不满，满而不实也。

六腑的功能为"传化物而不藏，故实而不能满也。所以然者，水谷入口，则胃实而肠虚；食下，则肠实而胃虚"。"实"是有劲，"满"是足。简言之，六腑运化万物而不自私，虽囊中鼓鼓也不能自留。为什么呢？比如：胃要不空则没有食欲，肠要满实不泄人就生病。六腑运化的动力源于"实"；"满"，则令人懈怠，不思进取。

从五脏看，人为什么一定要自私——五脏为阴，为实，收纳精华以自足。五脏若失去藏精纳精功能，则虚，五脏虚则全身虚。心虚则思维无序，肝虚则身抖手不能摄，肺虚则皮毛失养，脾虚则肌肉萎痹，肾虚则不能造化。故，五脏自私源于自保，而唯有五脏的自私才能保障六腑的不自私，五脏的自私是六腑无私的动力所在。五脏精足，才能保障六腑的运化。否则，肺不足，大肠不动；肾精不足，膀胱无法气化；肝精不足，胆无法有雷霆化脂之怒；心精不足，小肠吸收能力失养，周身皆败。

从六腑看，人为什么不能自私——六腑自私，则满，则滞，人就会生病。比如胃满人不思食，运化不利，人浑身无力；肠满人痛苦，污秽不去，下窍不通上窍必闭，久之头痛脸晦。所以说人不可自私，身体自私，人则病；人人自私，社会就病。

人活下去的动力，源于不足，不足则谋，有欲则求发展。都说挣足了钱就退休，哪个真退了？至少还有精神的不足，让人始终前行。钱，可以用来比喻身体里的"精"，这世上，谁会嫌钱多？"精"也自然是越多越好，人有精血则精力旺盛，意气风发。

这世上，只有花出去的钱是自己的，和能用掉的"精"是自己的，其余的，全是社会的、银行的、上帝的。

● 胆

| 胆 | 连肝之府也。肝与胆，一脏一腑，行夫妻之道。肝主仁，仁者有不忍之心，光有不忍之心不行，犹如项羽的妇人之仁，最终难免败事。肝之仁一定要借胆以决断，胆，称为中正之官。守中正、威猛、刚烈，则难免无情；做人，不忍之心加中正无情之火方为盖世英雄。

中医之"胆"，不仅仅是"胆囊"，还包括胆经、人体两胁、决断力等等。常言所说"胆小""胆怯"等等，无非是说"胆"的决断能力不能

正常发挥。凡胆小谨慎者，必善思维，自保意识强。胆汁分泌不足，人体脂肪则无法被充分吸收，人则反胃、烦躁。情绪压抑过久，人由最初的恼怒变为懦弱痛苦，就会患胆囊方面的疾病。

春末夏初，患带状疱疹、偏头痛、胆囊炎的病人多起来了，症状多有口苦、咽干、头晕、目眩、两胁疼痛等。一般用小柴胡汤或麻黄附子细辛汤等汤剂可以治愈，但前提是找到好中医把脉确诊。

| **肝胆相照** |　　肝属木，胆属霹雳火（少阳），二者相连才成木火通明之象。胆为"中正之官"，犹如肝"魂"之副官，有中正，则神魂不散，能守其仁者之心；肝"魂"强大、胆中正，二者相连，人则勇猛而仁爱。肝魂如飘忽在外，则是"魂不守舍"，胆受其牵连，而失其中正，这时人就懦弱犹疑。

| **胆战心惊** |　　胆为少阳，心为少阴。少阴少阳虽说少年气盛，但毕竟无法与老阴老阳之沉稳老辣相比，难免不东张西望、闻声色变。好比人作恶，总是胆突突、心颤颤，久之必影响身体。所以，中国养生学的实质在于做人。把人做好了，心有威仪尊严，胆气守中正凛然正气，自然邪不可干。

● **胃**

| **胃** |　　谷府也。为脾之府第。如仓廪，如军需后备之粮草。但粮草只有被吃下并转化成"精血"时，才能对生命有意义。故脾为太阴。

胃者，五脏六腑之海也，水谷皆入于胃，五脏六腑皆禀气于胃。这

一进一出，可谓天翻地覆，天地之果实、种子进去了，化成了气血能量又再造了你。所以要好好养胃啊：（1）忌生气（生气则气凝，胃寒）。（2）忌食杂（食杂气乱）。（3）食不语（语则气结）。（4）进食慢（快则气噎）。

"胃"字上"田"下"肉"，田，撒下种子就发芽，所以是人体气血之来源。胃，是人的第二张脸吧，比如当别人指责你时，你可能脸面上保持着谦和的笑容，但胃部早已抽搐、挛缩。所以，胃，不仅仅收纳着食物，也收纳着情爱与愤怒。

《素问·五藏别论》："胃者，水谷之海，六府之大源也。五味入口，藏于胃，以养五藏气；气口亦太阴也，是以五藏六府之气味，皆出于胃，变见于气口。故五气入鼻，藏于心肺，心肺有病，而鼻为之不利也。"

胃病跟以下几种情形有关：（1）吃饭太快，或一边吃饭一边说话。慢慢咀嚼不仅对胃好，还美容。（2）生气郁闷，情绪低落。夫妻间的冷战最伤胃。（3）常喝冷饮。暑湿天，阳气在体表，内里虚寒，冷饮最是大忌。（4）暴饮暴食。（5）营养过剩或营养不良。（6）欲望与现实不符时，会反酸上逆。现在脾胃不舒服的人比较多。思伤脾，生气郁闷伤胃（肝木克脾土），理想与现实不符时，胃酸上逆，所以，养护脾胃在于少思、少郁闷、不争强。如果多思、多郁、多争强能解决问题，你就争你就思；如果不能，就歇着，让伟大的时间化解一切！

胃为肾之关。关，主出入。胃，多气多血，为阳明，以温煦主，寒则气滞血凝，冷饮会致胃寒，生气郁闷会致胃寒，胃寒则肾寒，故养肾不在于吃补药，而在于先养胃。胃和则肾水滋润，真阳疏布。今人不懂守关卡之妙，而一味求滋补，殊不知滋补大多寒凉，先伤胃，破关后，长驱而扰肾，悲夫！

现代人如何养胃：少生气（心胸宽广最养胃，快乐最养胃）；少吃药（消炎药等最易造成肺寒、胃寒、肾寒）；少冷饮（现在白水都不安全了，况乎牟利之饮料？）；多喝粥（滑、淡最养胃）。

如胃寒，但身体尚可，能逼出胃火去破寒，则"消谷善饥"，仓廪易空，人则喜吃零食。如胃中寒，而又无火，人则胀满，因寒而不能消化食物，故肚子胀满。现在前者多年轻人，且在脸部胃经循行处（脸颊、额头）多痤疮；后者多中年人，脸色沉暗。

| **论食欲** | 中国人用词很有趣，食欲——肯定了食物与欲念的关联，食欲不单是饥饱的问题，它有时源于我们深层的欲念或无意识的空虚，有的人吃的是寂寞，有的人吃的是孤独……这时的"饱"也不是满足的"饱"，而是深深的自怜自艾和占有了某物的安全感。而有的人没有食欲，并不仅仅是胃寒导致的脾胃水谷不化，更多是源于对现实的厌恶和恶心。

吃饭三境界：（1）吃饱了。只为果腹，只求饱，无暇于味。长期如此，人会木讷。（2）吃好了。吃到身体该吃的东西，有滋有味，比如辛辣宣了胃，甜蜜润了肠。（3）吃美了。吃出了精神享受，吃出了对童年、对母亲、对家乡、对心爱的人的回忆，吃出感动。虽偶尔为之，也会沉淀出身体记忆，只要一想，就心中小美。

● 小肠

| **小肠** | 心之府。就是说它是"君主之官"的府邸。"心"主礼，有两府，一为大肠——"传道之官，变化出焉"，指"礼"要传道教化，一

为小肠——"受盛之官，化物出焉"，指"礼"要总结精华，布施万物。二者都是由"心"之"炎上"的特性决定的，"炎"是指人性的光芒，"上"是指心能的运动方向。

西医看来，人体内具备较强免疫机能的就是肠道（小肠）。它主吸收，同时主布施营养。所以肠道健康，是维系人体健康的关键。而免疫力差的一个标志就是各种过敏症状。孩童如果总是使用抗生素，就会导致肠内菌群破坏，患过敏症的概率就高。

为什么有人会对花粉、腰果、花生、鱼等过敏呢？这些都是高能量的东西啊，都是对人有益的东西啊。但这些高能量也需要调元气来消化吸收，比如花粉，是植物的性激素，它可以使元气足的人亢奋，而身体元气不足的人，一吸入花粉就过敏，则属于人体自保。但生活中的你，你的身体、你的肺，被你买不起车、买不起房等焦虑伤害了，被过度的冷饮伤害了，被空调伤害了，被各色药物和所谓的营养品伤害了，你再也不能自如地、和缓地呼吸，狼狈的，不是鼻涕一把、眼泪一把的场景，而是你当下令人难以启齿的人生。

所以说，导致免疫力下降的原因是：（1）劳苦焦虑，心情不好上面伤心、伤肺，下面伤大肠小肠；（2）多寒凉；（3）过度杂食；（4）空调吹太多；（5）滥用药物。提升免疫力就是去掉这些不良习惯，保持好心情，少寒凉，饮食清淡，有节制，尽量少用空调，多户外运动，少吃药。

● 大肠

| **大肠** |　肠，畅也。承载并运输着人体的"垃圾"，也承载并运输着人的快乐与忧伤。当事物失控或生活出现混乱时，大肠及其连带系统会出现问题；当过度紧张和遭遇恐吓时，大小肠及其连带系统会出更大的问题。

| **便秘** |　这个词很有意味。便，我们最常用的是"方便"，其实应该有愉悦的感受才是，可当它和"秘"绑一块后，问题就出现了——秘，是"严守"，于是，愉悦变成了屈辱，当人生中的垃圾、毒素、废弃物等等坚守着你而不肯离去时，你先是屈辱，然后是愤怒，但最后是绝望，因为，就这么"屁大"的事，你完全不能解决！

便秘分阳虚、阴虚两种，不可一切以火旺论，即便是"火"，也要看是"实火"还是"虚火"。阳明胃实火者，有狂妄谵语、口臭气粗之症，宜服用大小承气汤。现在市面上用麻仁丸的，只可稍解阴虚便秘，更多的则是阳虚便秘，宜用回阳救逆之药，或灸关元穴等，良效非常。

但现在还有一个问题不得不引起注意，就是有大量的人群在服用各种酵素或其他秘方，先是生活依赖，最后是严重的心理依赖。于是很多人不用这些东西居然无法完成人类最简单的生理任务了！排便这件能引发快乐和使人顿感轻松的事成了一件痛苦的事。这种情况治疗起来比较麻烦，因为他要完成两次摆脱依赖的过程，所以，任何事在选择前，我们都要有冷静的态度，不可急功近利，只图眼前痛快，能靠自力完成的，决不可贸然选择外援。

| **腹泻** |　　犹如人生的失控感突然降临，就那么一瞬间，一切顺流而下，关键是不可控制，让你顿时变得虚弱不堪……腹泻，说白了，不过上实下虚，或胃寒，或肾寒，或大肠阳明无火，尤其是老人的五更泻。不太严重可用附子理中丸或理中汤。

| **肝肠寸断** |　　过去形容人受到打击伤心欲绝时会用到这个成语。肝，与理智和仁德有关，当你的理性受到冲击、你的仁德被黑暗的现实击倒时，你会怎样呢？小肠，与心相关，当现实失衡，你吸收的现实已不是能滋养你的精华，而是要命的悲伤……一寸寸地崩盘，肉身已被悲伤压倒！

● 膀胱

| **膀胱** |　　如果认为它仅仅是居于人体的下方并受纳水液，那么它的意义就被大大地打了折扣。其中之"液"，要阳气的气化才能喷薄欲出。所以，能畅快淋漓地纾解自我，不仅会带给你对自我的强烈认同，还会高扬你生命的旗帜。

　　濒临死亡的人为什么会大小便失禁？一是阳气太虚，收摄不住；二是失控的除了身体，还有心灵。其实，生命对这个肉身已经自暴自弃。

● 三焦

| 三焦 | 三焦主水道，如地下密密小沟渠，肝为风木，地下水畅通丰厚，肝木就得其养，否则就虚火上腾。

焦，上为"隹"，下为"火"，乃小火烤炙小鸟之象。故三焦为少阳，身体温曛才可以长寿。

三焦可以说是一个独立的系统，指的是五脏六腑连缀之网膜，以其运化速度及状态而一分为三：上焦如雾，雾乃精之气化，精粹，且云化快速；中焦如沤，如沼泽，水土各半，运化中速；下焦如渎，如委曲之沟渠，运化最慢，易堵。三者的联系是：中焦是上焦的根，下焦是中焦的根，上焦快速运化的精华又返还给下焦。如此，便是人体之气机。其中"中焦"便是要害，是人体气血的来源所在。

以上为传化之府。另外，关于人体之"府"，《黄帝内经》还有以下两种说法：一个是"奇恒之府"，还有《素问·脉要精微论》提出的"五藏之府"。

| 奇恒之府 | 《素问·五藏别论》："脑、髓、骨、脉、胆、女子胞，此六者，地气之所生也，皆藏于阴而象于地，故藏而不泻，名曰奇恒之府。"——奇，奇特也；恒，恒久也。"府"的特性是"实而不能满"，即，此处"精"要足，而又不能僵化、不运转。脑、髓、骨、脉、胆、女子胞这六者是人体生命持续强大的根本，能藏精而最好保持不过度耗散。

《素问·脉要精微论》："夫五藏者，身之强也。"——"五藏"，是身体强大的内在基础。

"头者，精明之府，头倾视深，精神将夺矣。"——头，是精最足而又神明昌明之地，如果头仰眼翻，是精神将被夺走的象。

"背者，胸中之府，背曲肩随，府将坏矣。"——人体后背，是五脏的府第，如果背偻肩膀下坠不灵活，是五脏大亏的表象。

"腰者，肾之府，转摇不能，肾将惫矣。"——腰部，是肾强大运行的府第，如果腰部不能摇转，是肾脏即将完蛋的象。

"膝者，筋之府，屈伸不能，行则偻附，筋将惫矣。"——膝盖这些大关节处，是"筋"的能力表现的府第，如果腰膝酸软，不能屈伸，行动不能昂首挺胸，是周身"筋"的功能出了大问题。胃经走膝盖，胃是生气、生血之所，人老，则脾胃皆弱，则膝盖会出现所谓的"退行性病变"，中医治疗还是强健脾胃，血荣筋脉，则腿脚灵活。

"骨者，髓之府，不能久立，行则振掉，骨将惫矣。"——周身骨节是人体精髓表现的地方，如果不能站立，行走时身体虚弱战栗，是骨髓将绝之象。

总之，"得强则生，失强则死。""五藏"得"精"多且运化能力强，则生机勃勃；如果精亏血少，运化无力，则死气沉沉。

第五章

◇

生命的高潮

人对生命的感觉，有时可以言说，有时不能言说。语言，在强大的生命面前，常常苍白无力。

一

精·气·神：
高致于无形

人身所藏之精，譬如油；人身之气，譬如火；其光亮，譬如神。油量足则火盛，火盛则亮度大；反之，则油干火息而光灭。

中国传统医学之所以每每被人诟病，缘于解读者和听者都容易陷在有形的层面，一落入有形，你就说不过以解剖学为基础的西医。而中医之高致却在无形，无形，便超越了语言，所以，有时说了反而不如不说，就好比爱情，在心中汹涌秘藏反而有无限美意，一旦出口，可能立即让人索然。

精气神是个大话题，也是中西医分歧的要点，不说清楚，还真的难以过关。

| 精 |

中医教科书说："精，是维系人体生长、发育和生殖的精微物质。可

分为先天之精和后天之精。前者指禀受于父母的生殖之精，后者指源于饮食水谷、经脾胃消化吸收的水谷之精。精，还包括血、津液的广泛含义。因为血和津液都是人体生命活动必需的营养物质。"只要说是精微物质，就落入有形的圈套，就是"道可道，非常道"了。与其说成物质，不如说成能量，这个能量有阴阳两种运动方式，阴的运动方式会形成凝聚，而阳的运动方式却是宣散的。说"心精""肾精""脾精"，等等，其实"心精"的主形态是散，"肾精"的主形态是藏，"脾精"的主形态是运化四方。

精，落在有形上，有人就认为是血，但中医又说"精亏血少"，显然精、血不是一个东西。如果非说精血不二的话，那么"精"也指血里那阳性的气化的一面，而"血"指血里那阴性的汇聚的能力。好比抽血时，血是喷出来的，这种喷薄的能量来源于"精"之气化，然后转为"血流"，其中有个从"气"转化为"液"的过程，但生命的玄机太快，非我们肉眼能识。所以输血时也不能太快，否则血液来不及气化，就也不会被吸收，也会造成死亡。而且输血后人会发冷，也说明气化血液需要热能。五脏衰竭的病人气化功能不成了，因此输再多血也无济于事。

而胎孕所谓"父精母血"，确实指父亲之精子，以其一标中的，与母卵（也是精）结合，后续工作却需要母亲精血的持续滋养。

这也涉及"还精补脑"这个有趣的话题。好多人认为过性生活只要忍精不泄就没有损耗体魄，甚至可以还精补脑，这真是个笑话。其实呢，要想真的还精补脑，关键在于"气化"，气化能力才是要点，所以道教养生指出的顺序是：炼精化气，炼气化神，炼神还虚。谭子《化书》曰："忘形以养气，忘气以养神，忘神以养虚"。别说有形了，直接入了虚无境。今人还在肉身上兜来兜去呢，究竟起来甚难矣。

肾的真阳能够让"精"气化，激情、情欲、体力劳动等等也可以促进"精"的气化。肾精能气化，就是真火生真土，"精"就补给了脾胃，脾主肌肉，精足了，人就有劲。反之，人没劲儿要么是精不足，要么是肾精无法气化。

| 气 |

中医关于"气"的说法太多，营卫之气、元气、经气、邪气……令人眼花缭乱。其实，周身不过一气，诸多气，不过是一气之变现，一气在不同时空的描述而已。

元气，从娘胎里带来的，是一个定数，不会因为你富有就多给你点，也不会因为你贫穷而少给你点。元气虚弱就是智障者。智障者是身体的残缺带来智慧的残缺。

孟子说："富贵不能淫，贫贱不能移，威武不能屈，此之谓大丈夫。"——元气就像大丈夫，不会因为你富有就多给你点，也不会因为你贫穷而少给你点。人，就活这一口气，悠然地活，它悠然；激昂地活，它激昂；憋屈着活，它憋屈……你的生活状态，就是它的样子。

天底下没有免费的午餐，关键是看花了谁的钱。

元气足，才有五脏六腑之用。用什么来诠释元气之用最好呢，用《易经》乾卦吧。元气小时，为潜龙勿用，不成乎名，不见信于世而不闷，该用则用，不该用坚决不用。处九二、九五爻之位，一个是"见龙在田，利见大人"，一个是"飞龙在天，利见大人"，为正得其用。九三为小心之用，九六则是过用，过用必"亢龙有悔"。而"元亨利贞"四字正是保元气之诀，守生发、生长、收敛、收藏圆满之道。总之，元气犹如龙气，虽看不见摸不着，但真实不虚。

| 正气 | 能够支持你、辅佐你、振奋你、使你与众不同的能量。
中医所谓正气，指在本经正常运行的气。

| 邪气 | 一切约束你正确的天性、干扰你灵魂的纯净，让你猥琐并下行的能量。

中医所谓邪气，指不在本经，越俎代庖的气，越俎代庖的后果就是乱经。

中国人总说"上火"，这个"火"从哪里来，要怎么去，是要消灭"它"，还是收回"它"，真是个大问题。

细言之：人体的火应该在哪儿？人体的真阳一定在下边，在丹田。然后胃这儿也得有点火，好腐化食物，叫阳明火。脾能运化万物的力量，叫"脾阳"。肝能代谢垃圾的能力叫"肝阳"。这些都是人体的正能量，阳气（火）在正确的位置上发挥作用就叫正气，不在本经本位而跑到别处指手画脚的气即邪气。那么它们是因为什么离开了自己的位置而变成"邪气"的呢？因为有别的东西（寒邪）占了它们的位置，如同鸠占鹊巢，凤凰只好到别处哀鸣。比如真阳之火应该藏在丹田，肾有寒或肾收摄力不够而逼火上越，真阳之火就由正气而变成邪气。阳明胃火也是被胃寒逼出来而上行为邪火的。心之少阴君火得肾水温曛而本应下行，既有肾寒而肾水不温，心火则无制约也易上行于舌……而一切"上火"之相皆源于正气不足，所以其所经之处就"发炎"、溃烂。

西医和现代中医对付"上火"的惯常思维是一个貌似聪明的简单思维，而不是智慧思维，他认为你这儿上火了，怎么办？灭火。灭火器（消炎药和寒凉药）就上来了，灭了那"火"，人就疲软，食欲变差，拉稀（大便能成形是大肠经阳明火的作用），因为病根（肾寒、胃寒等）没去，所以等人慢慢恢复后，一切又重新开始，反复缠绵难去。所以，治疗邪气的方法不是杀伐，不是简单地用寒凉药灭火，而是引火归元——有肾寒破肾寒，有胃寒破胃寒，肾收藏力不够就增加肾的收藏力。如此，把虚火邪火引回本经本位，让浪子回了头，神明归了位，变邪气重新为正气，才是王道。

引火归元有诸多法，要么用药，要么用功，但都要因人而异，药讲究配伍，功讲究心识。中医是个性化服务，一切以望闻问切、理法方药为指归。所以凡求药不求医者，均是对人对己不负责任。

现在的人啊，只求药，不求医。不知药不过是医之用。其实呢，中医开的不是药，是方子，是为你的生命开个新的方向。以低劣粗暴态度求药者，必得低劣粗暴之报。生命至上，不自爱者，安得其爱？！难怪当年仲景一言三叹！

| 神 |

《黄帝内经》说"两精相搏谓之神"，两精，指阴阳，阴阳互抟，其运动纠结所产生的能量就是"神"。因其变化莫测，不可究诘，不可思议，而"神"。可究诘的，可预知的，可思议的，都不是"神"。

阴阳，唯有相互作用，才能引发生命的高潮。所以《素问·阴阳应象大论》："阴阳者，天地之道也，万物之纲纪，变化之父母，生杀之本始，神明之府也。"

生命和人生都不过——升、降、开、合。不能只升不降，也不能只开不合。没弹性的生命和没弹性的人生都索然无味。在升降中优游，在开合中自在，就是知天命，就无人能奈汝何。

生生不息，万物与生命。顺应它，尊重它，静思它，这，便是老子教给我们的虔诚。

二

五脏神：魂魄交合而为人

◇

人与人的不同，源于"五藏神"的不同。中医、西医的不同，也源于谈不谈"五藏神"。承认不承认神明的存在，关乎人对生命的根本认知。可惜的是，现在的中医教育也对"五藏神"避讳甚多，因而这方面的教育也严重缺失。

万物皆有神明，肉身五脏六腑亦如是。在别人看那是一堆血肉；在我们看，我们的爱、恨、情、仇就源自那堆血肉"精魂"的悸动……血肉是一样的血肉，人与人的不同恰是那血肉之中"神明"的不同。心神的强大与弱小，肝魂的稳定与飘忽，肺魄的沉着与动荡……决定了你、我之不同。

当血肉任人宰割时，我们的神明也开始飘摇，甚至逃跑……

心神为"神"，神指生命之威仪，"五藏神"中，心神最大，为统领五脏之神。

肝神为"魂"，魂指理性。

肺神为"魄"，魄指本能。

脾神为"意"，意指意识，指思辨的过程，可控。

肾神为"志"，志指无意识、先天元神，肾志属先天，不可控。

心岂止是"心"，肝岂止是"肝"！《黄帝内经》说五脏都有神明，比如肝神是"魂"，肺神是"魄"，如果把这些神明假想成端坐在肉体脏器中的精灵，你还会冒失地开刀破腹吗？至少，传统医学的这种说法，可以让我们生出对肉身的敬畏吧。

宇宙之间无处不在皆为魂魄。"魂"走上窍，"魄"走下窍。魂与魄交合而再为"人"。

《黄帝内经》说："失神者死，得神者生……"黄帝曰："何者为神？"岐伯曰："血气已和，荣卫已通，五藏已成，神气舍心，魂魄毕具，乃成为人。"

古人云：非兵不强，非德不昌。对应人体，兵犹如精，精亏血少，则身体不强；德犹如神明，神魂飘荡，则人不能成功和长居久安。

有人问：中医老讲虚，到底是哪里虚？答曰：凡虚者，指正气虚；凡实者，指邪气实。中医说五脏六腑皆有神明，五脏六腑精足则神明足，神足则思维清明；精不足则神虚，神虚则恍惚，注意力难集中，老着急还做不了事。还有一种人是精虽足，但运化不起来，好比有柴也是湿柴，点不着火，此种人神呆。

● 心之神

《素问·灵兰秘典论》："心者，君主之官，神明出焉。"

| **心之神** |　心的神明为"神"，"申"字是划过天际的闪电，"神"是主管闪电的雷神。其威力，其对四时之统摄，其给人类带来的最原始的光明……都是在向我们申明：他是我们肉身的主宰，是我们尊严和勇气的根源，是我们热情与冷漠的源头。

心神：一指"心"感知能量的大小，二指心阴、心阳二者交合能力。阴阳交合能力强，则神明大；交合能力弱，则心神弱。（心阴为心血，为精；心阳为精之使，为心之动力。）

从中医上论，补心阴者是"鸡子黄"，故神魂散乱者有"黄连阿胶鸡子黄汤"；通心阳者为"桂枝"，故《伤寒论》中用桂枝的方子都大有意味。

《素问·脉要精微论》："衣被不敛，言语善恶不避亲疏者，此神明之乱也。"这是在形容心神散乱、疯了的人——破衣烂衫，甚至裸奔，而且出言无逻辑，无论亲人、陌生人，都连打带骂。还有种人，心没病，但心神不足，表现为对任何事无兴趣、无热情、表情淡漠、神情恍惚。此两种，一个为邪气实，一个为正气虚，各从其治而已。

心藏神，所以伤心岂止是伤"心"，伤的是"神"啊。"神"散了，人就冷了。一种人是就此关了心扉，孤独至死；还有种人索性就出家了，出家的一定先是心里那个"神"。

而现在，有的人是"身"出家，"神"没出家。还有的人"神"已出家，"身"没出家。呜呼！

《素问·举痛论》："悲则心系急……惊则心无所倚，神无所归，虑无所定，故气乱矣。"——悲伤、惊恐都会使人心神散乱、无依无靠，心乱了，想法就乱了。

《灵枢·本神》："心怵惕思虑则伤神……肾盛怒而不止则伤志。"

所以，养心神法为：勿悲、勿惊、勿怵惕思虑。

● 肝之魂

| 肝神魂 | 肝"神"为魂，为阳神，主"动"，属"理性"。魂，白天在目，目光炯炯；入夜藏于肝。在眼则能视；在肝则能梦。人死，"魂"则上行，普通人从口出，修行人从囟门出。出去的路线决定了截然不同的方向。

肝藏魂，魂为阳气，运行不休，魂上行。肝为木，魂的强大将有利于心神的生发（木生火），人的理性与智慧就会昌明。

惊伤"魂"。小儿囟门未合之时，大人与之交往要平和，不可一惊一乍，大呼小叫。否则，小儿受惊吓后，山根处有青筋，鼻梁发青（因肝色为青），睡眠不安，易哭闹。现在有些大人不懂这个，用砰砰关门来试小儿听力，不知如此会伤肝魂。

| 梦 | "夢"字从草木，从眼睛，从夜晚，就明指与肝魂不藏有关。"人卧则血归于肝"，之所以睡眠能修复身体，原因就在于白日辛苦动荡的肝魂能随阴血而敛藏、休息。如若肝血不足，或肝血瘀滞，则格拒肝魂在外，肝魂居无定所，就会随人体气血飘荡。此时人会多梦或容易惊醒，且梦中

纷扰，睡眠不连贯，或梦飞翔，或梦树木阴郁，或梦压抑的盘旋，或梦怒而呼号……

肝魂动荡不定，身体弱或敏感的人在陌生的地方就会有入睡难的问题。

古人说"圣人无梦"，因为神魂安定，每晚都能回归并栖息在自己的居所。"神"在心里安卧，"魂"在肝里安眠……因为圣人，已勘破黑白，乾坤在握。可我还是羡慕庄子，能够化蝶翩翩……

还有种多梦与肺金不能克制肝木有关，肺气肃降，才能主一身之气，才能疏布全身。肝魂为阳，肺魄为阴，睡眠是人体阳气入于阴，阴不敛阳，金不克木，木则飞扬。在人体，则是梦梦相连，有鼻子有眼，且多打斗争执之梦。治疗要先辨证，把脉也可以判断，肝血不足者从肝血治，肺气不降者降肺气，辨证准确极易治愈。

《灵枢·淫邪发梦》曰："正邪从外袭内，而未有定舍，反淫于藏，不得定处，与营卫俱行，而与魂魄飞扬，使人卧不得安而喜梦。"

《灵枢·淫邪发梦》曰："阴气盛则梦涉大水恐惧，阳气盛则梦大火而燔灼，阴阳俱盛则梦相杀，上盛则梦飞，下盛则梦堕，甚饥则梦取，甚饱则梦予。肝气盛则梦怒，肺气盛则梦恐惧、哭泣、飞扬，心气盛则梦善笑恐畏，脾气盛则梦歌乐，身体重不举，肾气盛则梦腰脊两解不属。"

| 梦境 |　　另一种生活，另一种人生，诡异或美好，破碎或完整，犹如黑泽明之《乱》和《罗生门》，都在告诉你生命的某种真相。白昼，何尝不是梦境？纷纷扰扰，只不过，一个黑，一个白，颠颠倒倒。

其实，梦，关涉我们的欲望、恐惧和智慧。它是理性和非理性灰色

的中间地带，一切本能的骚动和理性的抗拒，都会在梦里向我们昭示真相。所以，理解梦，不是靠理性，而是要靠天分、直觉和艺术的语言，来辨识我们内在的声音。

弗洛伊德：所有的梦都是潜意识心理的曲折或象征的表现方式。

有的人做噩梦后总安慰自己说：梦是反的。其实所谓"反"也可以理解为你白天假面具后面的真实，在梦里，你卸下一切伪装，这时生命会以梦的形式向你袒露你不愿面对的真实。梦会曲折地、象征性地述说你潜意识的秘密。你白昼的生活被自审意识牢牢掌控着，但你蛰伏在深处的真实的自我，在某个夜晚会游荡出来，让你泪流满面。

因为有梦，生命也截然分成了白昼与黑夜。白天，识神当令；夜晚，元神登台。由此，我们的生命也具备了太阳的明澈和月亮的神秘这两种特性，生命开始变得非常好玩——我们可以是自己的对立面，可以是完全不同的两个人，我们可以自我觉知、可以自我厌恶，我们可以充分地爱自己……

接纳自己的双面性或多面性，有时比抗拒要有意义。

但不是所有的梦都有意义，有意义的梦通常指三种：（1）日有所思夜有所梦。如果能解决你白天的问题，那么此类梦有些许意义。（2）自我潜意识显露的梦。可以认知自我，可以象征性地显现自己的无意识或潜意识，甚至前意识。但别吓到自我。（3）集体无意识的梦，能彰显人类的命运。

● 肺之魄

| **肺神魄** | 肺"神"为魄，为阴神，主"静"，属"本能"。人死则下行走"魄门"。正常人魂魄如夫妻交合，如胶似漆。病人则魂魄分离，言语错乱，故有"魂飞魄散"之说。

肺藏魄，魄为阴神，肺为金，魄下行，属欲念。魄的强大有利于肾气、肾志的生发（金生水），主耳目之聪明。人之魄力属本能，与学习能力有关，但与学识高低无关。魄力强的人杀气重，能闯荡，敢为天下先。

夜深不可深思，深思必夺魄；白昼不可凝望，凝望必伤神。魂不可飞，魄不可降，两灵纠缠环绕，人，夜得其眠，日得其绪。反之，魂魄分离，夜不得眠，白日惚恍。

肺金克肝木，魄的强大对魂有克制作用，使肝魂不能发挥作用，就如同一切物欲、情欲都会干扰、影响我们的心灵与良知。比如独自在某处，面前突然有 100 万，知道是别人的东西不能拿，这是理性；明知是别人的还要拿，是本能之贪欲。但常常是本能战胜了理性。能不拿的，是圣人，是傻子，是儿童。

考验鞭笞理性的是本能，折磨杀伐本性的是理性，人的自我较劲、拧巴、可怜就源于此，人的自我消耗和好些疾患也源于此两者的杀伐腾夺。道医将二者喻为夫妇，认为当既相亲相爱又彼此克制。只可惜现代人太聪明，只知克制不懂相亲，匆忙中不懂直觉的自保，飞翔中又忘了扇动理性的翅膀，很少有人得混沌之妙。

人活下来，靠本能；活得好或不好，源于理性。《易经》讲"吉、凶、悔、吝"就是指生活本身的几种状态和人的对应方法。

魄门亦为五脏使，水谷不得久藏。

魄门，指肛门，但与肺气相通，因为肺神为"魄"。他是五脏的使者，是五脏之"气"的来源和动力，水谷若久藏，在人烦躁，说话无力，且容易肚胀。

● 脾之意

| **脾神意** |　"意"是五脏六腑神明的传递者，是"媒"，没有她的关联和连缀，五脏神明都会在孤独中了此一生。中医说：心之所忆谓之"意"。所以这个"意"又通于记忆之"忆"，她连缀了我们从小到大的记忆碎片，把生活变成了电影"蒙太奇"，从黑白变成了彩色……

"意"字从心、音。"意"是由心之感知而奏出的和谐乐曲。生命要没有"意"，就是一个个破碎的残片；生命有了"意"，就是一支美妙起伏的曲子。

| **三心二意** |　以我的臆解，三心指人生在世，不要有傲慢心、冷酷心、怨恨心，但在生命的深处，要时时刻刻有出离心、畏惧心、慈悲心。二意指有意、无意——有意是心曲，无意是断章。

| **心猿意马** |　人心如猿，上下跳跃不停，所以世事无常，源于人心的"无常"。人之意念如马，要么乱奔于荒原，散漫无归；要么禁锢于厩，抑郁难舒……所以，这是人之大悲凉的根底：无常是真，有常是假。譬如爱情婚姻，就是用无常之真寻求有常之假，所以，这也是人之为人最可爱的地方。中医讲心为神、脾为意，神意难安，心脾易病。

凡修道，是借假修真；凡活着，是以假为真。

肉体为假，灵魂、元神为真。真养生是养神；假养生是养身。神安身自安。别老问吃这个好还是吃那个好，疑虑、惶恐、怀疑、悔恨、内疚等等，只会搅乱神明，于身无益。一日三餐，吃了吃了（liǎo），了了就好，若真求境界，只有吃饱和吃美了而已。非指望吃什么治了你的病，就是贪、痴。

身体总要"成、住、坏、空"，所以病痛不可免，衰老不可免；灵魂、元神总要飞升，再找一个躯壳，重新来过……

● 肾之志

| **肾神志** |　　志：意也。从心从士。"志，古文识"。引诗序曰："诗者，志之所之也，在心为志，发言为诗。志之所之，不能无言，故识从言"。"诗"由"言"和"寺"组成，寺庙是什么，是道场，那么"诗"就是道场里的长啸，是内心能量的外化，是修行者孤独的情感表达。

《说文解字·士部》引孔子曰：推十合一为士。指学者由博返约，"志"当与"智能"意同。智与心不同，心变化小，且藏得深；智，变化大，且有能力变化显像。

般若，为大智慧。不可思议。不是人间思维智慧所能究诘的。

肾神为"志"的意思是我们人类的雄心来源于肾精的充足与壮大。志向高远的人，肾精足，肾神强大；志向不高、容易满足的人，肾精不足，肾神疲弱。

《灵枢·本神》中说："心有所忆谓之意，意之所存谓之志，因志而存变谓之思，因思而远慕谓之虑，因虑而处物谓之智"。这段话的意思是：感知到的事物积淀成记忆的片段就是"意"；"意"累积、沉淀成潜意识、无意识就是"志"；"志"的外显、变化而出就是"思维"；由思维而想得高远叫作"远虑"；深谋远虑并落到实处叫作"智慧"。

因虑而处物谓之智：处物，有次第之差异，从相上论——罗汉着破布，尚有缺处；菩萨着璎珞，变化无穷；佛，天衣无缝。

● 总　结

《素问·疏五过论》："精神内伤，身必败亡。"

《灵枢·本神》曰："是故怵惕思虑者则伤神，神伤则恐惧流淫而不止。因悲哀动中者，竭绝而失生。喜乐者，神惮散而不藏。愁忧者，气闭塞而不行。盛怒者，迷惑而不治。恐惧者，神荡惮而不收。"——这就是"五藏神"受伤后人的精神状态。

肉身是神明的房屋，神明是肉身的主人。房屋宽敞明亮通透，主人就神清气爽。所以一个好的肉身，就能供养好五脏六腑的神主，神主昌明，肉身也舒适无病。用古人的话说：形为神之宅，神乃形之主。有形则有神，形健则神昌。

明代大医张景岳说："形者神之体，神者形之用；无神则形不可活，无形则神无以生。"

《素问·本病论》说："神位失守，神光不聚……皆是神失守位故也。此谓得守者生，失守者死。得神者昌，失神者亡。"

《灵枢·本神》对五脏神明受伤后的状态描写有以下几种：

（1）心怵惕思虑则伤神，神伤则恐惧自失，破䐃脱肉，毛悴色夭，死于冬——成天害怕思虑伤心神，心神伤则惶恐不安，久之憔悴消瘦，皮毛干枯，脸色晦暗之中赭红外飘。这样的人容易死于冬天，因为水克火。

（2）脾愁忧而不解则伤意，意伤则悗乱，四肢不举，毛悴色夭，死于春——成天愁思难忘的人伤脾意，脾神伤人就郁郁寡欢、烦乱，四肢困顿，不愿活动，皮毛干黄，脸色青黄。这样的人容易死在春天，因为脾太弱，逢强肝木而被克，肝木克脾土。

（3）肝悲哀动中则伤魂，魂伤则狂忘不精，不精则不正，当人阴缩而挛筋，两胁骨不举，毛悴色夭，死于秋——悲愤和郁闷伤人肝魂，肝魂受伤人或狂妄或抑郁，表现为阴缩、抽筋、手臂不灵活，两胁疼痛难举，皮毛干枯，脸色发青，这样的人容易死在秋天，因为肺金克肝木。

（4）肺喜乐无极则伤魄，魄伤则狂，狂者意不存人，皮革焦，毛悴色夭，死于夏——肺宣发过度不肃降则伤肺魄，肺魄伤人发狂，发狂后不懂人事，皮毛憔悴、干枯，脸色苍白。这样的人容易死在夏天，因为心火克肺金。

（5）肾盛怒而不止则伤志，志伤则喜忘其前言，腰脊不可以俯仰屈伸，毛悴色夭，死于季夏——肾精不藏则伤肾志，肾志伤人恍惚不记前言，腰脊疼痛不能俯仰，脸色晦暗。这样的人容易死在长夏，因为脾土克肾水。

《灵枢·本神》："恐惧而不解则伤精，精伤则骨酸痿厥，精时自下。是故五藏，主藏精者也，不可伤，伤则失守而阴虚，阴虚则无气，无气则死矣。"

三

五
官
窍
：
与
天
地
感
应

　　五脏各有官窍——官窍，是五脏神明与天地感应、沟通的渠道。"得道"之人，利用官窍而增强自我的能量；"无道"之人倏忽明白，倏忽糊涂，不懂从官窍"积精累气"，而更多地以情绪化的方式过度耗散自我神明的能量。

　　五脏对应五窍：肝开窍于目——眼痛眼胀等与肝功能相关；心开窍于舌——舌头灵活与否，与心气相关；脾开窍于口——口唇牙龈等病多与脾相关；肺开窍于鼻——鼻子的外形归属于胃，但鼻孔的问题为肺气所主；肾开窍于耳——老人耳聋耳鸣等症状与肾精不足有关，但年轻人的耳病还要看其他的经脉。

　　所以，丹道家又视五窍为元气之贼，指出人容易受到耳、目、口的伤害，耳听声则肾精动摇，目视色则心神驰越，口多言则肺气散乱。开口神气散，意动火工寒。因此，要固守耳目口。

　　三关：口为天关——精神机，足为地关——生命蜚，手为人关——

把盛衰。

物有三练：鹿练精、龟练气、鹤鸟练神。

人有三伤：过虑伤精、多言伤气、久视伤神。

道教医学认为人身体有三尸。上尸，青姑好宝物，贪财好喜怒；中尸，白姑好五味；下尸，血姑好色欲而迷人。

丹道家对眼、耳、鼻、口、意的修炼，就是守"五窍"之法。主张目不外视而视内，则魂在肝而不从眼漏；鼻不闻香而呼吸在内，则魄在肺而不从鼻漏；口不开而默内守，则意在脾而不从口漏；心不妄想，则神在心而不从想漏。如此，则五藏神攒簇在腹部坤位，为不漏境界，也是老子"君子为腹不为目"的真义。

《素问·六微旨大论》曰："出入废，则神机化灭；升降息，则气立孤危。故非出入，则无以生长壮老已；非升降，则无以生长化收藏。是以升降出入，无器不有。故器者生化之宇，器散则分之，生化息矣。故无不出入，无不升降。"——此一段，可以为《黄帝内经》一书之眼目。生命气机的升降出入，就是宇宙生命"生长壮老已"的根本。出入，是生命的本相；升降，是得道之人对生命的调控。得"生长化收藏"之道，则可以延缓生命之"生长壮老已"。

| 窍 |　　空也。（《说文解字·穴部》）其音"巧"，从穴之义。为什么只有五脏有官窍，六腑没有呢？因为脏属阴，腑属阳，阴者须有空窍以通其气。六腑本空，无须再有窍，以自己为窍。故《礼记》疏云："地秉持于阴气，为孔于山川以出纳其气。"

养五脏，在于养五脏"窍"；养六腑，在于养六腑"空"。五脏"窍"通，五脏得精；六腑常空，运化得力。

|　眼　|　　肝开窍于目。五脏六腑之精气皆汇聚于目，故眼窍最泄人精神，精神散则魂魄分离，人恍惚迷惘，重者失心而亡。如何养肝？如何养神？唯有"闭目"。切记切记！

|　耳　|　　《黄帝内经》有"心开窍于耳""肾开窍于耳"两说。心、肾乃人生命大关键，而"耳"又是二者之官窍，所以养耳就是养心肾，劳心、劳力，就伤心肾，心肾大伤则伤耳。耳伤则鸣，继而无闻。治此，还须从强健心肾入手。

|　鼻　|　　肺开窍于鼻。肺初受寒则流清涕，寒瘀化热则流脓涕。鼻窍又上通髓脑，故流鼻血、鼻涕都须小心。比如有种说法——老人若有鼻血可不至于脑出血。还有种说法——如修行人闭关时鼻挂两注清涕而亡，必是走火入魔，髓脑不固。说法只是说法，了悟还在人心。

|　口　|　　脾开窍于口。病从口入，祸从口出——口窍看来是人生关键。不妄吃，则少生病；谨言语，则少惹祸。

|　前阴　|　　肾开窍于二阴。肾气足则小便通畅，溺声嘹亮；肾气虚则嘀嘀嗒嗒。女子呼吸在肺，故溺时女子蹲，蹲则肺金生肾水；男子呼吸在腹，故男子尿时立，立则肾与膀胱相鼓荡。女子不蹲则肺气散漫，男子不立则气化难抛。此处有养生大法，所以古人说"道在屎溺"。

|　后阴　|　　平时走矢气（俗称屁）和大便，二者皆人身之腐，能排腐，也是肺、肾气足的表现，痛快淋漓才好。死时此处走"魄"，故又称魄门。练功者"撮谷道"就是严守魄门，以通仙道。

四

五情真意：人之常情

◇

《黄帝内经》不是讲给民众听的，而是讲给修道的人听的。而《诗经》恰恰是讲给全体民众听的。因为是人就有 70% 的情的问题。而性情又都是从脏腑发出来的，脏腑强，则性情稳定；脏腑阴阳偏失，则性情也偏失，或执拗，或沮丧，或刚烈，或软弱……

人之生大病，是人之情绪过分炽烈的结果，是因为与周遭一切过于密切的结果，是肉身对人报复。人无法抵制世界上的任何诱惑，所以人以肉身飞蛾扑火。而所有的宗教，包括一切神仙修炼体系，无非都以远离、超脱、归隐、画地为牢等为先决条件。但可悲的是，哪怕孙悟空用金箍棒画了个圈，见到妖精，唐僧还是溜达出来了。从某种意义上说，我们人人都是唐僧，在考验面前都——无明。

精神之于形骸，犹君之于国也——夫服药求汗，或有弗获；而愧情一集，涣然流离。终朝未餐，则枵然思食；而曾子衔哀，七日不饥。夜分而坐，则低迷思寝；内怀殷忧，则达旦不瞑。劲刷理鬢，醇醴发颜，仅乃得之；壮士之怒，赫然殊观，植发冲冠。（嵇康《养生论》）

我们常说"情绪致病"，比如忧伤肺、怒伤肝、恐伤肾等等，这意味着情绪是一种能量，这种能量会伤害我们的身体，逃避它，压抑它，都会让它沉淀凝结。所以我们要掌握化解它或让它转化成好能量的方法。比如孤单的感觉让你很悲伤，你想通过与某人建立亲密关系来解除悲伤的想法也许会让你陷入更大的混乱和悲伤。因为你的解决方向错了——人家不理你你会思伤脾，继而怒伤肝。没找对人，或所遇非人，还可能恐伤肾。而真正的解决方案是：（1）认识孤单，接受孤单，而不是逃避孤单。实质上，每个人的本性都是孤独的，哪怕大家聚在一起，也解不了自己内心的孤苦无依。强迫别人爱自己懂自己也是种罪过。（2）享受孤单会让自己的身心放松下来。一旦消解了你渴望别人懂你的欲望，你在放开别人的时候也就放开了自己。（3）要明白人是群居的孤单的物种。要想在群居中享受温暖和游刃有余，靠的是积极付出和宽泛的爱。如果你性情淡泊，那么保持孤单可以使你拥有一种高贵的自由。

再论"思伤脾"。我们的头脑无时无刻不在担忧生存、自我保护和抵抗一切不安因素，无时无刻不在回忆过去和梦想未来。整本《易经》就是一部忧患史，中国人在这本书上下的工夫最多，但并没有使自己超脱，反而生出了对未来不确定性的好奇。所以说，中国人大概是活得最累的民族，心累，且伤脾。于是，整个《黄帝内经》也以养护中焦脾胃为要点。其对治法不过四个字：无欲无求。这简直有点反人类啊，这世上，谁能无欲无求?！但毕竟，后来一切的修行方法都不过是在这四个字上做文章。作为普通人我们首先要认识到欲念可以让人重振精神，但"欲而不得"对人的精神又是重创。人不能没有欲望，但是要学会降低欲望。美女是用来倾国的，你若非要担当国运，那只有倒霉。生存是可以降低成本的，你要学会对别人的生活视而不见，否则，一切攀比都会导致痛苦。其次，让杂乱思绪停止的方法是"没心没肺"——没心，是来去不留于意，圣人之用心若镜，来了，就来了，走了，就走了，死活拽别人来，或死活留别人不走，都是无聊的自私；没肺，就是从关注呼吸下手，当你屏住呼吸的那一瞬，你只能关注当下，这也是所有静心技巧先从呼吸下手的原因。没心，是你的人生境界；没肺，则需要训练。虽然惊吓也可以使人跳出思维惯性，但这不是斩断思绪的好方法。好方法是看花开、听鸟鸣，静心内观，或和孩子们一起玩耍，既无所用心，又感受到美好和幸福的那一瞬间，就是天人合一。最后，沉浸在深度的"黑甜觉"里也是斩断思绪的好办法，既然还有明天，既然早晚都是个死，人，也就一切释然了。

| 情 | "人之阴气有欲者。"（《说文解字·心部》）段注引《礼记》曰："何谓人情？喜、怒、哀、惧、爱、恶、欲，七者，弗学而能。"又引《左传》曰："民有好、恶、喜、怒、哀、乐，生于六气。"《孝经·援神契》曰："性生于阳以理执，情生于阴以系念。"

| 性 | "人之阳气性善者也。"《说文解字·心部》段注引《孟子》曰："人性之善也，犹水之就下也。"又引董仲舒曰："性者，生之质也""质朴之谓性"。

本性：没有大脑思维的正常生理功能。五脏六腑就是本性。本性无贵无贱，各守其位。大肠不以拉屎为耻，肺不以喘气为荣。

传统医学说：怒伤肝，喜伤心，思伤脾，忧伤肺，恐伤肾。太过、不及都是问题，均衡与五脏情志的和谐，是我们一生的功课。

以上是就五脏的性情而论，其中要点在"心"——因为感知皆从心来。

心泰然，神就安宁，愤怒悲伤则不能侵扰神明。君主安定，则百官安定；君主神昏，则不能镇纳百官，各路强盗军阀便风起云涌。所以，养情志的要点在于"养心"。

心阳一弱，阴中之元阳便随阴气蒸腾，而为"上火"——牙疼、耳肿、喉痛、腮肿等症便现。此虚火邪火源于阳虚，如能振奋心阳方能收纳。

怒，恚也。（《说文解字·心部》）愤怒之义。《素问·阴阳应象大论》：怒伤肝，悲胜怒。取金克木之义。

| 怒 | 一种被憋而血脉偾张的状态。那一瞬间，头昏脑涨，血脉几近爆裂，但除了悔恨，似乎什么都没得到。悲伤可以抑制愤怒，因为悲伤是本能对生命的绝望，它可以淹没后天的一切"无明"，以至于无。

谚曰：怒从心头起，恶向胆边生。胆为甲木，刚烈，刚木得火为"恶"，为毁灭；肝为乙木，像果木横生，果木得火得风而流窜，故肝木之怒为憋闷。金克木，肺金情志为忧伤，因此只有悲伤像倾盆大雨，可以扑灭那无明的山火，使森林归于平静。

娑婆有情界，不过修个"情"字。无论五情、七情，都有正、负两说。比如"怒"，所谓"正"，就是金刚怒目，你首先要修成金刚，这怒不仅不伤你，还会增显你的能量、你的威仪；所谓"负"，就是怒不可遏，你身子弱，控制不住邪火，这怒就不仅伤人，更伤己，怒后七窍生烟、五内俱焚。所以，"情"的根底是身子骨，是身子骨在承载着情和欲的大小和方向。

喜，乐也。（《说文解字·喜部》）

| 喜 | 一种不可抑制的、如乐曲般流畅的快意宣散，但必须有

起伏才好，否则神明就由于过度的涣散而失控，譬如君主长期地在外溜达，王宫就会失守。《素问·阴阳应象大论》说：喜伤心，恐胜喜。取肾水克心火之义。肾之恐惧犹如君主之护卫，他会带君王回归本位。而大欢喜，却是通泰的宁静的喜乐，如同曼陀罗花不断地绽放，在那金碧辉煌的旋涡的中心，是永恒的平静……那里永远没有风。

正"喜"是法喜。所谓法喜，不会因人、因时代、因种族而变化，犹如彻悟，已得太阳之荣耀——他勘破大千，照耀好的，也照耀坏的，好与坏也是有限，而他已然能够用无限来包容一切有限的存在。而凡人之"喜"则不稳定，得之则喜，失之则悲。

思，容也。(《说文解字·思部》)从心从囟。《素问·阴阳应象大论》：思伤脾，怒胜思。肝木克脾土也。

| 思 | 由心之感知到头脑理性的过程谓之"思"。过度的思虑会抽调气血上头，而抑制脾土的运化，使人废寝忘食，衣带渐宽，面黄肌瘦……对于沉浸在思虑当中的人，要激惹他，振奋他，让他走出自我的执着的阴影。

忧，心动也。(《说文解字·心部》)《素问·阴阳应象大论》：忧伤肺，喜胜忧。取其心火克肺金之义。

| 忧 | 忧伤容易使呼吸绵长，犹如肺的纹理，错乱而撕扯不断。慢慢地，有些就钙化了，形成黑黑的一小块，挥之不去……快乐如同火焰，会燎去那些多余的丝线，会烧毁那些黑暗，会使肺之呼吸重新流利畅快……

| 忧郁 | 抑郁是病，是独阴无阳。而忧郁是一种美德——保持着一种疏离，一种抗拒，一种沉思，一种忧伤……凡大艺术家都有骨子里的

寂寞和忧郁，以及对人生、对世界、对自我的质疑。如此独立地思考、独立地工作，可以拥有特立独行的创造。

抑郁是灵魂窒息的壁垒，最后连活的欲望都没有了。忧郁是倚雨窗而望远，静候点点春光。

我经常大笑，但忧郁是我血液里的东西，它可以使我永不媚俗。

在迷幻时代，大量的电影、小说、戏剧、广告等等制造了一个激情澎湃的世界，人们，特别是女人，已经无法接受现实的平庸，她们要求情感的超凡绝伦、神魂颠倒、意乱神迷，她们渴望自己的生活浓墨重彩，情感越不真实就越强烈，人们已不受温和现实的控制，所有忧郁的人都是无辜的破碎现实的受害者。

焦虑是无能为力的表现，抑郁是有能力而无机遇的结果。所以，焦虑容易让人烦躁发狂，抑郁则是对世界关闭了心扉。

| **抑郁** |　　独阴无阳，认为一切越来越昏暗的一种感觉，把自己封闭在铁的古堡里，还不断地往身上抹泥，直到窒息……

古代绝少抑郁症，所有的抑郁都在诗里变成了情调。

抑郁和狂躁是一个事物的两面。一个是阴霾密布，一个是虚火连连；一个把你封闭在内，一个把你暴露在外。在别人的眼里，你是另类；在我的眼里，你是上天的一个奇怪的使者，犹如一本人类的启示录，你把自己当作……牺牲。

焦虑和抑郁的区别是——焦虑伤肺，抑郁伤肝；焦虑是阴寒重而逼出真火，抑郁是阴寒更重而无阳。

恐，惧也。（《说文解字·心部》）怵惕之义。《素问·阴阳应象大论》：恐伤肾，思胜恐。取其脾土克肾水之义。

| 恐 | 恐惧是人体底部的暗涛，先是慌乱、怵惕，然后就如同黑洞，把一切都吸了进去，你由丰满而至残骸……唯有脾土有母仪之德，她用后土与沉思伸出援手，把我们拉回人间，把我们重新拥入怀中——从此，水土合德，肉身重塑，幸福与安谧犹如双翅，使你我……靠岸，飞升。

| 疯狂 | 孤阳无阴，一切都要飘忽在外，一切都要被粉碎……这种无畏的极致让诸神流泪。疯狂，作为生命的一种癫狂状态，已经跳出了人类的思维定式，在飘忽不定的绝对混乱中，有时也会爆发出真理的火焰。无论如何，人之正常与癫狂只一步之遥。现在又有多少人是靠安定、百忧解或大麻、酒精、咖啡因等等在勉强控制着生活?!

总之，人道比医道重要，凡导致疾病的情志，亦可以之为药而疗愈，这在《黄帝内经》为情志五行对治法。比如华佗用侮辱法治愈一瘀血过重者，使其吐黑血数升而愈。又《太平广记》载鄱阳王被杀后，王妃念之悲痛而患病，后让其观鄱阳王与宠姬照镜图，她越看越起火而悲郁之病痊愈。后法对情痴有良效。

五情所伤：怒伤肝，喜伤心，思伤脾，忧伤肺，恐伤肾。五情对治的方法是：喜胜悲——悲苦之人可用喜剧对治。悲胜怒——愤是情绪已发作，怒是情绪被憋。憋闷者以悲情宣之。恐胜喜——过喜则伤心，嬉笑不休不知节制者，以恐吓制之，譬如范进中举。怒胜思——过思则伤脾，可用肝木之怒发散之。思胜恐——恐伤肾。人常因不明事理而恐，凡事，想明白就不怕了。

气机运行规律：怒则气上，喜则气缓，悲则气消，恐则气下，寒则气收，炅则气泄，惊则气乱，劳则气耗，思则气结。

情志对治法，也就是用生活来解除人的疾病。比如，在工作中过分地考虑人际关系就会伤脾。如果不能及时化解的话，就会逐渐出现焦虑、抑郁的症状，进而引发皮肤斑疹、脱发或其他一些更严重的病症。所以，我们一定要在问题出现前就尽快地化解它，而用情志生克的方法来解决，无疑是最经济的方法。

陶冶性情之法：（1）游山玩水。知山之厚德从"不弃"得，知水之圆融从"随势"得。知花木有四季之变，人生有旦夕祸福。（2）读诗书。诗有豪放有婉约，有蓦然回首，有清风明月，陶醉其中久之，始知言不尽意，可得会心一笑。（3）听音乐，灵魂得其神游。（4）敬茶。烹茶洗盅闻香润心，念诵次第，静谧其意。

有人说享受这一切得有钱。不由得想起孔子"有教无类"，收学生不分贵贱一律收"束脩"，富人交学费自然没问题，但如果穷人拿能够用来娶妻生娃的束脩来跟圣人学习，那对穷人绝对是个考验——是拿学费改善生活，吃好喝好，还是跟一个失意潦倒的老人学习经典？——有勇气选择后者的，将最终改变自己的原始命运，即他不再是生物链上的一个默默无闻的存在，而是成为三千弟子之一，得开智得道之法喜。所以，钱不是最重要的，而是看它怎么用更有意义。

五

气
味
相
投

味
之
道
：

◇

| **味道** |　　味亦有"道"。通过闻、舔、尝、啜……让你的肉身和灵魂都记忆深刻的东西。人的身体有体味，嘴里有气味，头发上有青草香，其实，你五脏六腑被常年熏染后也会拥有独特的气味，它们都会经由气化从你的腠理缓慢释放，暴露你真实的年龄，暴露你岁月的沧桑，暴露你的全部忧喜……一个懂得爱的人、一个会慢慢体味一切的人，会通过稀薄的空气嗅到你的芳华。

唯有"气味相投"，才是真好，才是贴心贴骨的相知。

味之道，法"地之道"，从"地"来，从"节气"来。

调和诸"味"，职在中宫——脾，脾土健旺，脾阳升能化酸、苦；脾阴降能化辛、咸。人身则不苦、不酸、不辛、不咸，而甘、淡、悠远绵长。

五脏与五味：肝味为酸，肺味为辛，脾味为甘，心味为苦，肾味为咸。比如小儿脾胃弱，故喜甜食。南方天热耗气血多，故南方人喜清淡，为少调元气，属于自保；北方人为御寒必多调元气而口重，久之，化成生命记忆而融于血脉中，故北方人先天就要强壮一些，如同关于天敌的记忆在动物的血脉里。

《灵枢·五味》曰："肝病禁辛，心病禁咸，脾病禁酸，肾病禁甘，肺病禁苦。"此是从五行相克论——金克木，水克火，木克土，土克水，火克金。

咸多伤心（血脉）；苦多伤肺（皮毛）；辛多伤肝（筋硬）；酸多伤脾（肉）；甘多伤肾（骨）。

肝，升中有降，辛散太过则伤肝。心之根底是肾，肾伤则心伤，咸之沉降使心阳不得宣发。脾主运化，酸则收敛，制约脾之运化。肾主收藏，过"甘"则收藏受阻，譬如多食甜易落发。肺主肃降，过"苦"则肃降太过，不利于肺气之宣发。总之，万物以"不过"为宜，守中和最妙。

要口味还是要营养？营养学的基础是维生素 ABCDE 等等，其实呢，东西吃下去，ABCDE 等怎么生发、怎么转化、怎么吸收，一要看自己脾的运化能力，二要看小肠的吸收能力，五脏六腑怎么辗转腾挪属于"不可思议"，而那些理论都属于"可思议"，用可思议之理论约束不可思议之生命，岂不可笑而且苍白？！所以，吃自己喜欢吃的至少落个舒服和美滋滋，至于有人狂吃滥饮、不知节制，那是"贪"在作祟，要治的是"贪"，而不是食物。能吃到恰到好处，东西再好也不多吃一口，那是境界！实在忍不住多吃了一口，那叫童心未泯！

中国人有饮食文化，这是由农业宗法社会决定的，人们有闲暇并喜欢享受吃的快乐，没有比大地炊烟袅袅更让诸神喜欢的事了，没有比合家团聚一起吃饭更令人舒心的事了。很多大事都是在饭桌上决定的，更有那剑拔弩张、虚情假意的"鸿门宴"。祸从口出、病从口入，于是张嘴闭嘴便成了中国的生存智慧和艺术。

| 苦 |　　其气沉降、绵长、浓郁、滞涩，挥之不去，并销蚀你的热情。有人因无法摆脱苦而痛苦，还有人正是因为苦涩的强烈，而沉醉其中。茶之苦，让人沉醉；咖啡之苦，让我沉睡。

胆汁的苦涩、苦寒是分解脂肪的利器，没有它的清肃和勇气，没有它对抗浮华膏脂的胆量，我们对事物的消解和吸收会变得一团糟。

| 甘 |　　与甜不同，它是对甜蜜地淡淡回味，没有甜的腻歪劲儿，而保持着高雅的疏离。甘，生于淡，回甜而生津。甜，为甘之过。脾喜甘味，而非甜。如果太甜了，脾就滞住了。肾病禁甘。

米，甘凉，面，甘温。凡每日能吃的，都有"甘"性，可以放到舌头上慢慢体会，可以回味，可以中庸地补益，而从不极端。

| 甜 |　　是一种黏稠的流质，要糊满你落寞的空虚。那种感受，让你窒息，但低级。喜欢甜食的人是在犒劳自己，让自己沉溺在童年时被宠爱的快乐里。

早晨起来就渴望甜食的人，一般夜里睡眠有问题，是肝血不藏而克制了脾土，或在生活中缺少爱——爱别人或被爱。爱，对于内向的中国人，是件缺乏训练的麻烦事，既怕伤害，又有点自私，既因"欲而不得"而痛苦，又因"给不出的寂寞"而恍惚——甘甜可以抑制苦，又模糊和迷幻了你对生命的感受。

| 　酸　 |　想一下都满口津液，从舌底慢慢涌上来，再多感受一会儿，你的胃，就有点飘了……

肝喜酸，肝，就像一个秀美的姑娘，不愿让青春快速地流逝，用酸收的方法来体会缓慢的成长，来体会年轮的力量……

因为春天肝旺克脾土，所以春天不养肝而养脾。脾主运化，酸则收敛，制约脾之运化，所以春天少食酸。这些都是大道理，肉体和心灵还有自己的选择，谁也不会傻到一瓶瓶地喝醋，所以，对身体，也得随缘。

中医有种说法叫"酸甘化阴"，是将酸味与甘味药物配伍应用，借以增强滋阴养血、生津补液药效的一种治法，比如"当归四逆"方中的芍药配甘草等。嘲笑中医的人会说"糖醋里脊"就属于"酸甘化阴"，这说法着实有趣，可以做饭后谈资。

| 　辛（辣）　 |　如果说苦味是沉降的，那辛辣则是上升的——沿着你的上颌，直接冲到前额，在所谓的"天目"处散开，再到大脑皮层……所有的毛细血管都开始欢笑，你也开始肆无忌惮地大笑，但眼泪还是不争气地滑落……说说，谁不喜欢这种巅峰、矛盾的状态?!

现代生活太焦虑、太郁闷，容易造成胃寒、胃滞，冷气空调又使体表困住，所以喜辛辣、香爨的人越来越多。何以解忧，辣椒多多。

记住，辣椒不入药，走浊窍（后阴），有通便之良效，但吃多了反而不行，一切随自己的接受能力而定。

| 　荤　 |　荤字从艹，原本指葱蒜薤等。因其味辛窜而言其荤，且此三物皆可以化肉食，常与肉食并用，所以后人以"肉"为荤。出家人断肉食，

自不必用此三者来化，所以真正的素食者，荤菜亦不食。

| 咸 |　　　能产生咸之味的盐和糖一样，化在水里就悄然不见了，但又无所不在……如同得道，总有点什么，可具体是什么又说不出来。每天，一日三餐，它就安静地等在透明的小罐里，每一道菜，每一碗汤，都等着它来成就圆满……

有点微苦，有点微涩，有点微寒，深紫的肾喜欢它，它沉淀在那里，使肾有点激动，漾出些热情在血脉里，人们便有劲了……

有人问：请问曲老师，若不喜某味是否是相应器官潜在病证呢？比如不爱咸，是心脏潜在病证吗？

答曰：喜欢什么，不喜欢什么，都是人体自保之举，元气特足或元气特虚的人都不喜咸，得看人。

| 腥 |　　　一种微微的刺痛，在生命的底部，在一片黑暗的腐朽中，开始秘密地生发。原本纯净的、晶莹的受精卵在血腥中不得不裂变，不得不……绽放。

| 臊 |　　　肉食之下水、女性之阴部，为"臊"，连带着一点腐败，一点邪恶，一点儿童般恶作剧的快意，会使人在躲避与趋近之间犹疑……

水生者味腥，食肉的动物味臊，吃草者味膻，厨者靠水火来调剂，以醋去腥，以姜去膻，以酒去臊，把握火候、次序和量的多少，才得美味。故能"和羹调鼎"者可为宰相，懂和谐之道者可治理国家。厨子与乐师，一个平实，一个高雅，但得道者，都在传统文化之高位。其中，平实者

能升能降可为宰相，如上古大厨伊尹；而高雅者虽得和谐之道，但高而不降，难为民之主。

　　|　香　|　　味之小有为。缓缓地环绕、弥漫，犹如微风浮动竹色的纱帘，旋即又盘旋而去……你只有闭上眼，深深地又小心翼翼地呼吸，才能不惊扰它，才能挽留它些许。

　　香能醒脾。一个"醒"字，把香写尽。在甜睡与苏醒之间的……颤动、微笑。脾，犹如蒹葭零星的湿地，在青色的晨光中一点点地……清漾、泛起涟漪。

　　而麝香的香是致命的香。有多少"香袋"是古代情人互赠的礼物，青年男女把爱人的信物坠在腰间，是为了躲避疫疠的邪气，还是为了避孕，还是为了炫耀自己拥有的爱情？现在的青年腰间无物，既没有标榜温润的美玉，也没有标榜勇猛的利剑；既没有爱情的"香囊"，胸口也没有拒绝的钢笔。他们现在有微博、有QQ、有邮箱、有微信，但不知有没有深情的倾诉，有没有刚猛的勇气……

　　|　臭　|　　古作殠，腐气也。从歺臭声。味之大有为，可以熏天。（作为声符的臭，音xiù，其上部"自"为鼻，下部为"犬"，二者相合又构成会意字，表示犬的嗅觉灵敏，可据气味寻迹猎物。）"臭"与"腐"的区别在于一个新鲜，一个衰败；一个是味道，一个是感觉。

　　如果人的九窍突然闭塞，以致昏厥，可以用香，也可以用臭，它们都能冲破命运的迷雾，都能使黑白无常震惊并逃窜，把闭塞的官窍重新打开……这，就是"味之道"对人的救赎。

| **淡** | 无味之味，味之盛境，味之圣境。是刀枪剑戟斧钺钩叉之后的宁静。

闲适平静的生命喜欢淡味。淡味最养脾胃，比如白粥，煮得稀烂，柔柔的、软软的，沿着喉咙静静地滑下，熨帖着你生命的每一个隐秘之处，无意夺取你的任何力量，而又用最细微的回甘滋润着你，修复了你以往的伤痛和溃疡，把你重新带回愉悦和健康。

| **毒** | 味道之厚。"毒"兼善恶之辞，犹"祥"兼吉凶，"臭"兼香臭也。中国文化有些词往往兼有正反两个意思，这，也可以算辩证思想吧。

（六）

声之道：
情之表达

◇

声与音的区别：声，自外来；音，从里发，感觉舒服的，让人心动的。

人每发出一个声音，都代表着一种情感的表达，而感情又是从身体中发出来的，所以声音本质上是五脏六腑的表达。

当超越个体去看这个问题的时候，我们甚至可以说音声是地方的心灵，如果川剧不叫、秦腔不吼、越剧不柔，就没了性格，就没了民俗性。

樂（乐），指音乐的调和。它能够引发内心的快乐，快乐可以驱散心中之郁闷，可以通经络。

藥（药），指治病草的调和。其效如"樂"。

| 笑 |　　因会意而微笑，因蔑视而冷笑，因酣畅而大笑……笑的是"心"，冷的也是"心"。笑为心音，是气的升扬，是心血被挠了痒痒，是憋不住的一种反应。

"笑"字如竹叶在风中飘摇，俯仰。一笑泯恩仇。心为君主之官，心

一喜则百官喜；笑而不停则散心血，狂喜会乱了心神，心神一乱，则五脏神明都乱。

| 哭 |　　哀声也。因伤痛而哭，或喜极而泣。"哭"是张大嘴孩子式地放肆，"泣"是优雅地垂眉低眼式地释放，于此，负面与正面的情绪都不再淤积，一切顺流而下，无所顾忌。

哭时人之气下陷，下陷到底部人就绝望，所以人有时越哭越绝望，再升不起来时，就是肝木不升，眼睛就真有哭瞎的。但也有绝处逢生的人，有哭痛快了就笑的人。

| 啊 |　　也是心音，是"心"受到震动时的"自保"。不为别的，只为表态。"啊"有四声，在声音上最为丰富，一声是可有可无的应付，二声是撒娇和小小的惊诧，三声是质疑或疑惑，四声是惊恐、绝望或震撼。

| 哕 |　　气忤逆曰"哕"，往上嗝逆也是"哕"。脾病。脾的功能在于"升清降浊"，身体能升清，则头脑清爽；能降浊，则六腑清爽。不能升清，则口气重；不降，则腹胀。

| 呻 |　　因痛苦无法纾解，因快乐无法言说。呻为肾音，是源自生命深处的波涛。呻吟之声，是因为不堪忍受那痛苦或快乐，只有调肾精、调元气上来平息。《说文解字注》曰，呻者吟之舒，吟者呻之急。一缓一急之间，痛楚虚实毕现。

孔子说"郑声淫"。"淫"是什么？《诗经》里郑国和卫国的诗歌最是淫，所谓的淫就是爱情诗特别多。郑声是什么意思？就是哼哼唧唧，

呻吟，就是靡靡之音，就是那种香软的歌曲，这种声音调肾精。"嗯嗯"之郑声，属于阳明病，胃伤则肾伤，老发那种声，老是撒娇，都是虚，虚则郑声，而且是明显的肾虚相，肾虚则声音淫荡。飘摇不定，扰乱人心。

养精除了人性的觉悟外，还是有一些方法的。比如，老哼唧靡靡之音就是"耗精"，就会让自己越来越软弱、越无奈；相反，唱阳刚的歌却可以气化"肾精"，脾"音"为"歌"。人气化的能力强大了，脾健运了，消化吸收的能力都强了，肾精也就足了。生命有场之动，音声最易共振，而气场之谐，需要时间。

|　**嗨**　|　肾的发散音，是肾即将发力时的声音。"嗨哟、嗨哟"的号子声就是通过肾音来协调步伐。

|　**嘿**　|　不出声地发"嘿"音，可收敛气机，藏气于肾。比深呼吸有效，紧急应对时可用下试试。

|　**嘘**　|　肝的收敛音。肝阳不可过亢。

|　**呼**　|　肝的释放音。气机刚起而又被憋，而肝不可被憋，故人"呼"以自救。

七

色之道：
情之颜色

◆

　　色：颜气也。颜，两眉之间也，心气达于眉间叫作"色"。《礼记》曰："孝子之有深爱者，必有和气，有和气者，必有愉色，有愉色者，必有婉容。"仁义理智根于心，其生色也，必现于面。

　　生命是有颜色的，还有情绪。

　　《素问·金匮真言论》："东方青色，入通于肝，……其数八……南方赤色，入通于心……其数七……中央黄色，入通于脾……其数五……西方白色，入通于肺……其数九……北方黑色，入通于肾……其数六"。

　　方向、颜色、数字、脏腑，就这样连缀在一起，组成生命的图画。人生气时，生理反应强烈，会激活体内有害物质，击溃机体保护机制，破坏人体免疫功能，导致人生病。反之积极的情绪是调理身体的妙药。

　　| 蓝 |　　这是个很形而上的颜色，所以不在生命的五行当中，而

飘忽在我们的生命之外。它是大海的颜色、天空的颜色，是我们所来之处、所归之处，我们的爱情，我们的生命，我们的慰藉，我们的渴望，无不揉在这深蓝浅蓝当中——深蓝忧郁，浅蓝轻飘。生命就在其间飘摇。

　　|　赤　|　　红，从糸部，帛赤白色曰红。从"火熔金"中得出的颜色。一种炫目的热情。冬天的太阳可亲，夏日的骄阳酷烈。为南方，为火，为心。心为离火，离中有真阴。心主血脉，血脉即火中真阴。

　　《素问·刺热篇》："肝热病者，左颊先赤；心热病者，颜先赤；脾热病者，鼻先赤；肺热病者，右颊先赤；肾热病者，颐先赤。"

　　赤，成为生命脏腑热病外散的表征。那一抹红，也有不吉的相啊。

　　|　黑　|　　火烟上出，烟所到之处成黑色。黑色如旋涡，把忧郁、痛苦统统吸纳，且不能自拔。

　　黑色是懈惰、沉醉以及不可言说的深沉。它安全、缜密、危险，有旋涡般的吸引力。为北方，为水，为肾。肾为坎水，坎中有真阳。

　　|　紫　|　　从糸部，帛黑赤色也。从"水克火"中得出的颜色。一种在最深沉中生发出的能量。有点邪恶，但有尊严。

　　|　白　|　　西方色也。阴用事，物色白。从入合二。代表坚硬、纯粹、贞洁、无辜。为西方，为金，为肺。

　　|　黄　|　　土地的颜色，长养万物而又被千万人迈踏，其宽厚、圆融而得其长息。为中央，为土，为脾胃。

天玄而地黄。古人在大礼节日上衣为玄色，下衣为黄裳。上敬天，下礼地，中尽人事。道人玄衣为收敛，主炼精化气；和尚黄衣为发散，讲究布施之道。

统一服饰即是统一心境，心境一致，则气场的能量就汇聚，且大。对内有约束，对外有威慑。

| 灰 |　　中间地带。黑白相混，在模糊中蕴藏、衰败。

| 心灰意懒 |　　"心灰"指心境灰暗，"意懒"指思维懒得再关联和生发。"心灰意懒"即是生命的低潮，全无抗拒而随波逐流。

| 青 |　　古文写作上"生"下"丹"，原指点柴而升之青烟，与清晨太阳升起前天空的青霭相似。用来代指生命苦涩的生发。"青青子衿，悠悠我心。"为东方，为木，为肝。

八
五行之道：
万物皆有象数

◇

　　五行：中国文化独特的表达方法。绝非五种物质，而是五种运动方式、运动状态。

　　有人问：阴阳思维，五行思维，气思维，三者之间的关系如何理解？

　　一般的认识是：阴阳思维，是二元；五行思维，是五元；气思维，是一元。

　　但其中，气思维是最高级的，涵盖阴阳思维和五行思维；阴阳思维，又涵盖五行思维。

　　有人问：万事万物都是先有象，后有数。这里的"象"和"数"分别指什么呢？

　　象，是共时性，数，是其中的规律。象是混沌的，数是清晰的。象是感性直觉的，数是理性的。比如，某时代出现某人，有天时、地利、教养，经历等等因素。这是象。数，是此人在此时代能做什么。

　　有人问：《易经》里的"术数"指什么呢？"法于阴阳，和于术数"

这句,《易经》里怎么解释?

古人说医易同源。易具医之理,医得易之用。医不可无易,易不可无医。也就是懂医学的人一定要懂易理,懂《易经》的一定要懂医理。可现在外面大量讲《易经》的大多不懂医理,大家不是听得也很热闹吗?所以,显然是瞎热闹。其实,用《易经》卦爻解释医理是个方便法门,比如"乾卦"的潜龙、现龙、亢龙等等就是对人体阳气的描述。而懂医理的人若懂《易经》,也会把医理用得非常好。总之,易之变化出乎天,医之运用由乎我。

| 五 | 阴阳气相交之形。

| 行 | 象形字,表示四通八达的十字路口。人走在十字路口,到底向哪个方向去呢?往东方走,就会有东方的命运,因为总是看着朝阳;往南方行有南方的命运,因为总是日头下的繁盛;往西方走是萧条的日落;往北方走是深沉的沉默……立在中央不动,是坚定,还是找不到方向的彷徨?

| 木 | "木曰曲直。"其条达、生发之性为直;其盘旋、收敛为曲。无轩昂,就没有大地之繁富茂盛;无委曲,则不能形成年轮的力量。任何事物都有阴阳两种属性,正是这两种动能的相互作用,才有结实、卓越的成长。只直不曲,则虚泛;只曲不直,则蹇滞。《说文解字》说"木,东方之行",就意味着人在十字路口已经做出抉择,迎着朝阳快乐前行吧,要想刺破天空,你还得够壮、够粗、够猛。

《黄帝内经》把人也按五行审慎地分了类,共五五二十五种人。比如,木行人中又分为阴人、阳人、阴阳和合之人……

| **木行好人** |　　骨骼修长，手足纤腻，长脸，大肩背，发美，面色青白。木主仁。有博爱恻隐之心，多劳心少劳力；济物利人，恤孤念寡，直朴清高，行藏慷慨；丰姿秀丽，器宇轩昂，此则木盛多仁之义。

| **木行坏人** |　　瘦长发少，执拗偏心，嫉妒不仁，此则木性衰少、情寡之人。为人悭吝，肌肉干燥，项长喉结，行坐不稳，身多欹侧。其实把人分好坏不是幼稚，而是要从本性上看看人罢了——相由心生。

| **火** |　　"火曰炎上"。其状态为热性，为"炎"；其运动走向是向上。过头的热情就是"无情"，所以《说文解字》释为毁灭的"毁"。所以说"情到浓时便是空"。火性上炎，昏了头时就是虚火，能把虚火拽回来的是"肾精"。

相术说：火主礼。其色赤，其味苦，其性急，其性恭。火性旺的人有辞让端谨之风，恭敬谦和之义；面貌上尖下阔，形体头小脚长，印堂窄而眉浓，鼻准露而耳小；神情闪烁，语言急速，性躁无毒，聪明有为。火性太过则声焦面赤，摇膝好动。火性不及的人则黄瘦尖楞，诡诈妒毒，言语妄诞，有始无终。

| **土** |　　"土爱稼穑"。"稼"是种植，"穑"是收获。五行中只有土德最为丰厚。

土："地之吐生物也。二象地之下、地之中，丨，物出形也。"（《说文解字·土部》）

土属中央，名曰稼穑，五德主信，其色黄，其味甘，其性重，其情厚。土德丰厚者主忠孝至诚，好敬神佛，不爽期信；土行人背圆腰阔，鼻大口方，眉清目秀，面肥色黄；度量宽厚，处事有方。土德太过则固执古朴，愚拙不明。土德不及的人则颜色忧滞，面偏鼻低，声音重浊，事理不通，狠毒乖戾，不得众情，颠倒失信，悭啬妄为。

| 金 | "金曰从革。""从"是顺从，"革"是改变。犹如金属武器既可保护自己，也可抵挡外邪。

金："五色金也。黄为之长，久薶不生衣，百炼不轻，从革不违。西方之行。生于土，从土；左右注，象金在土中形；今声。"（《说文解字·金部》）

金属西方，名曰从革，五德主义。其色白，其味辛，其性刚，其情烈。金德旺者则英勇豪杰，仗义疏财，知廉耻，识羞恶；骨肉相应，体健神清，面方白净，眉高眼深，鼻直耳红，声音清亮，刚毅果决。金德太过则好勇无谋，贪欲不仁。金德不及则悭吝贪酷，事多挫忘，思虑多而少决断，刻薄内毒，喜淫好杀，身材瘦小。

| 水 | "水曰润下。"水，外阴内阳——阴则趋下，阳则润万物。水上润则为雨露霜雪，下流则为海河泉井。上下气之不同，则水味有不同。人赖水土以养生，故"一方水土养一方人"。人，饮资于水，食资于土，饮食者，人之命脉也。所以，水之性味尤当潜心。

水："准也。北方之行。象众水并流，中有微阳之气也。"（《说文解字·水部》）

人之身体，心火下降犹太阳照耀江海，肾水得阳火照射，则气化升腾，泽被大地。这就是气机。

智者乐水——水灵动，善于改变自己，随地形、器形而变化，可以随时调整自己，故"上善若水"。仁者乐山——山厚重，踏实，积少成多，不拒绝别人，有包容之坤德，仁爱宽容。

水属北方，名曰润下，五德主智。其色黑，其味咸，其性聪明，其情良善。水德旺者则机关深远，足智多谋，学识过人，诡诈无极；其人面黑光彩，语言清和。水德太过则是非好动，飘荡贪淫。水德不及则人物矮小，行事反复，情性无常，胆小无略。

以上是五行属性的比喻，实与人事相干，性情也与之相关，大抵生旺者主长大，死绝者主矮小。其生克，也从"五行"判断，如木行人得水则旺；得金运太过，则受损。"水曰润下，火曰炎上。"人之阴阳不可偏盛。人的饮食、呼吸、寤寐、动静，都是调停自身水火。心火下降犹天日照江海，肾水得阳火照射，气化升腾，泽被大地。养生家以动静调寒热，以寒热平水火。

九

天之六气：风寒暑湿燥火

◆

《黄帝内经》讲天有五行，而生风、寒、暑、湿、燥、火六气，内应人心，而生喜怒思忧恐。六气只是事物的变化，并无好坏之说。没有天之湿，就没有地之土；没有天之寒，就没有地之水。所以有"在天为气，在地成形"之说。而人只需顺应"天"，在天变化之时也完成自己的嬗变最好。

| 风 |　"八风也。……风动虫生。故虫八日而化。"（《说文解字·风部》）风以动万物，风以散之。古人重视风，把它当作一种神来崇拜。汉代用风来占卜。

中医的"风"是裹挟着"精"前行的，"精"足，风就稳定地生发，并在树杈的梢头形成灵的火焰，照亮生命的天空。"精"不足，风就飘忽不定，在上面就形成鬼火般的虚火，荫翳了你的眼睛，溃疡了你的嘴巴，并搅浑心灵的天空。

《黄帝内经》言："风胜则动。"《释名》说："阴阳怒而为风。"人体阴阳不协调的抗拮则易形成"风"，此"风"收敛不住的话，就会造成肌肉的瞤动，就会战栗，就会有不能抑制的抖动。而能平息"风"动的，只有"精"，只有纯净、沉肃、营养富足的"精"，会使"风"中之小虫不敢"蠢蠢欲动"。

｜寒｜　　冻也。（《说文解字·宀部》）篆文是人在屋中上下紧盖，下部仍有寒气的象形。寒是最底层的"冰"。它冰冻了你对生活的一切热望，使你沉郁、恐惧、痉挛，无法伸展。太阳不仅是它的救星，而且是使它从此岸到彼岸变化的根由，在融化的时候，一切梦想都将沿着一个方向前行，化成水，化成雾，在空中飘舞一会儿，再静静地坠入，在再次结晶前把握一点点……舒缓的快乐。

｜暑｜　　热也。《说文解字·日部》段注："暑之义主谓湿，热之义主谓燥。"暑，一种燠热，阳光凶猛，先是把大地蒸腾，然后把谷物蒸腾，然后是我们汗淋淋的肉身……所有的东西都在肆无忌惮地绽放或怒放，都掀开了自己的壳窍，都把花蕊尽情地伸展，都允许狂蝶、痴蜂乱舞，并在贪婪的榨取中完成蜕变与牺牲……

过度的暑热是对生命的消耗，是苦夏，是倦怠和悄然的兴奋。在干燥、酷烈中行走的时候，人容易产生加缪的《局外人》中那种汗水刺痛双眼的短暂的迷失……但，该绽放还是绽放吧，该流汗还是流汗吧，别在酷热中扭曲闭塞自己，让自己也像开水那样沸腾些许吧。只是，防着别犯心梗。

有人问：老师，冬天以寒邪为主，寒邪易伤肺，肺气则易受损，所以鼻炎容易在冬天发作。可是在夏天有些病人依然会鼻炎发作，按道理，夏天应以温热暑邪为主，学生不才，希望老师能指点一下！谢谢。

曲曰：暑热把积寒逼出来了，这才是"冬病夏治"的真正内涵。所谓"冬病"，即是寒凝，用夏暑治之，就叫借力。由此，在治疗上就分两种——你是帮一下暑热，还是压一下积寒？道不同，术即不同。

| 湿 |　《说文解字·水部》说，湿（溼），幽湿也。从水，覆也，覆而有土，故湿也。意思是天地之间有水土而湿，而氤氲，没有这湿润中的"沤"，则不能濡养万物。人生亦如是，总有一阶段得"沤"着，沤着沤着就成人了。沤大发了，还没准成了"湿人"。

湿，如密闭在远古的沼泽，因为缺少阳气的蒸腾，而沤，而滞，把你的生命困住，把你拉向黏稠、困顿和腐败……而且，越挣脱，你便陷得越深，越无望。在火中，人还有涅槃的壮丽；在风中，人还有飞翔的快乐。但在湿中，人只有绝望和对救世主的渴求。

在医理，食物、美味运化而为"精"，"精"有所用，则变化成人的能力和未来。精不运化则成"湿"，久"湿"则成"痰"。痰蒙心包，人就痴傻。化湿者为"小火"，为"三焦"疏通，为中式功夫锻炼。大火蒸熏则耗精，易气短。

潮啊，黏啊，生命的灵都被困住了，从一个小小的水泡变成囊肿或息肉了，上哪儿去激发"胆"的威武和清肃啊？等待吧，等待秋之燥气和风之轻扬，把自己还原成衣袂飘飘之女神……

| 燥 |　干也。（《说文解字·火部》）《易经》说："水流湿，火就燥。"但它不是"火"，它不是燃烧的特性，而是吸附的特性，凡遭遇它的，都将

被吸干，不留一点渣滓。

燥气是一种阴阳属性不确定的东西，或者说是从阳到阴的一种过渡。它从宣发的顶点一下子凝练和清肃，把万物从开花的阶段一下子拽入到结果，它是造壳的行家，为了抵挡即将来临的寒冬，它把一切凝聚、收紧、裹挟，并让它们晶莹、闪烁……

有人说一入秋就开始嘴巴溃疡了，这可不是"上火"啊，这是夏天没养好啊，"精血"不足，而秋燥一起，气血清肃内敛，表征就显出来了。再比如，妇女经期过后最易溃疡，艾滋病人溃疡不断，等等，都是虚证和免疫力低下的表现，如果此时当阴虚火旺治疗，恐怕有冬天反复感冒之祸患。（咋办？找不到好医生就忍着，锻炼锻炼再加上好好吃主食，慢慢就好了。）

| 火 |　可以让生命没有杂质，可以毁灭一切，也可以再生一切。在肉身，有二火——心火、肾阳。心火在上，把心的感知向上推进，而凝练为思想；肾阳在下，温曛着寒水与本能，把人体之"精"雾化，养护五脏六腑，有余者升腾为智慧，养人之慧命与理想。

心火"精"足，而有正念；心火无"精"，也是虚火，使人昏沉、妄想。肾火多"精"，则思创造，平常而伟大的创造是造化生命，不平常而更伟大的创造是创造精神与信仰；肾火少"精"，则思淫欲，坠落虚空当中而不能自拔。一个向上，一个向下，不过都在一念之间。

✚

肉体的直觉：
岁月之光

◈

　　人对生命的感觉，有时可以言说，有时不能言说。语言，在强大的生命面前，常常苍白无力。

　　肉体真可怜，它封闭了我们，窒杀了我们，它就像一辆用旧的破汽车，带着我们，小心翼翼、气喘吁吁地在拥挤的雪后的道路上慢慢迂回，盲目而又坚定地变老……肉体又真灿烂，晶莹剔透，珠圆玉润，在黑暗中，它也是璀璨的一颗星……

　　变老，是一种无奈，也是一种勇气。

　　一切都是悄然开始的，你的爱情、你的病痛、你的伤感……但，最终，它们一定变得汹涌，变得让你无法控制，变得让你绝望，变得让你从灵魂到肉体都面目全非。

　　开始就开始吧，慢慢地用心去体悟身体的变化，接纳它，享受它，最后，结束它。

　｜　**酸**　｜　　因精不足而无法生发，即为酸。辛酸——辛味为散，酸为收敛，辛酸就是一种欲生发而不得的被困住的感觉。

　｜　**酸楚**　｜　　因"精"不能生发，而"瘀"，而"痛"，为"楚"。我们肉体的被困，为"酸"；我们灵魂的被困为"痛楚"。痛楚之极，而又无处申说，为"默默流泪"。故而，一把辛酸泪，谁解其中味？

　　什么叫酸？酸就是精血生发不起来。说你这人酸溜溜的是什么意思？比如说我有本事，你也有本事，也许你的能力不如我，但是你升得比我快，所以我心里有点酸。这个酸就是我也有这个精，但是没人提拔我，气不足以调精，就酸。酸痛，是完全不同的概念。酸是有精无气，痛是经络不通。酸时就按揉按揉，按揉就相当于抚慰和劝说，别较劲啦，这是命哦。渐渐地，气就平了。气若不平，慢慢就形成瘀堵，就是"痛"。久痛加内心怨毒，就恶化，或致重病。

　｜　**麻**　｜　　气到血不到，则麻。强壮者可以偶尔用梅花针放血法。病在深处还须用药。

　｜　**木**　｜　　经脉不通，久之凝成血栓，则木。脑血栓病人前期"木"的症状明显。

　｜　**麻木**　｜　　先是一种蚁行脉中的感觉，如同密密麻麻的蚂蚁一点点地在侵蚀着你的生命，你慌张地甩手，希望能摆脱它们，但……无济于事。于是，生命就这样被全面侵蚀了，那种随之而来的木木的感觉是那样的令人绝望，最后，你不得不……放弃生活。

　｜　**胀**　｜　　阳气不足，水湿无法代谢，运化无力，湿气泛滥，则胀。水湿初起，在上眼皮；发展途中，则咳嗽，咳嗽是想把湿邪宣出；等到出现面色苍黄，阴股间寒冷，脚踝肿，腹大时，水湿已成气候，则难治矣。湿邪滞留于肠外，则是息肉；在子宫，则为囊肿、肌瘤。

| 痛 |　　人因无法抗拒命运而痛苦。"痛"是人的自保反应，是破瘀的努力，因为"不通则痛"。痛，说明人"精"还足，还愿意战斗，还有劲战斗。

| 疼痛 |　　"疼"，从"疒""冬"声。"疼"是肉体因寒凝而无法舒张而僵硬。"痛"，病也，从"疒""甬"声。生命的道路被无明和贪欲拥堵而不通，不通则痛。但人对疼痛的感觉是不同的，骨强、筋弱、皮肉厚且松弛的人耐痛力强，肌肉结实而皮肤薄者不耐痛。

| 痛苦 |　　痛是肉体的感觉，苦是内心的感觉，所以，痛苦是身心俱处在被伤害、被打击、被折磨的状态。麻药和毒品不过都是欺骗，因为它们不能从根本上纾解生命道路的拥堵和心灵的无明，它们只是暂时麻痹了你的神经，欺骗了你的心灵。而真正的"离苦得乐"，唯有觉悟和修行。

| 痒 |　　一种细微的感觉，只有心能感知。"诸痛疮痒，皆属于心。"当气血不能到肌肤表层，则痒。一抓一挠，气血一过来就不痒了。

人为什么喜欢拥抱？因为平时人老紧张着，皮毛不舒张，犹如动物之警惕，一拥抱打闹，皮毛就开了。所以，没事时，抱抱。

过去皇家嫁女儿多送"如意"，其实"如意"源自"痒痒挠"，脊背有痒，手所不到，用"如意"搔抓，可如人意，因而得名。女儿对父亲意义重大，嫁之不舍（凭什么便宜了那小子），不嫁又留不得（留久了她闹腾）。送女婿"如意"，就是希望女婿对女儿贴心如"痒痒挠"，解其不舒，快其心意。

| **眩** | 目无常主也——五脏有五色，五色飘忽不定为眩。也有"幻"之意。指神魂散乱之象。

| **晕** | 大目出也——眼珠子突出之象，同时头目不清，旋转不定。高血压，大脑供血不足，也会"时时目瞀"。

| **眩晕** | 五脏六腑之精注于目，元精脱则五脏神不定，神不定则飘忽在外，如天地之旋转，银河之倾斜、漂移，身体不能自控，颓然而堕，如坠虚空……

纯想即飞，纯情即堕。飞与堕，方向不同，而所得即不同。人在天地之间盘旋，就这样，一切有时只在一念之间。

| **劳** | 气脉、血脉俱通为舒服；气脉、血脉将竭为劳。总是被庸医治疗错了就成"痨病"。

色、声、香、味、触、法（正思维）此六者俱全，方可身心快乐，孤独则无。所以古人曰：独阳不生，孤阴不成。圣人不绝和合之道。精盛则思室，血盛则怀胎，欲心炽而不遂……久而为劳。

| **累** | 气脉将竭之象。如果是你愿意做的事，你不会觉得"累"，因此"累"的真意是"心累"，是你纠结于放弃还是坚持之间，是你纠结于厌倦与无奈之间……一切不过是患得患失，一切不过是胆的虚怯和肝的愤怒的纠缠。总之，你内在的平衡已经打破，你倾斜的犹豫的飞翔使你的心黑云弥漫……

有些人的累是"因瘀而虚"，锻炼后有劲的，就不是真虚。有的人气血俱亏，动辄气喘，则是真虚，这样的人不宜锻炼，而是先养，能吃能睡了，再图他法。

十一

滚滚红尘 生活之道：

◆

上面我们讲的大多是有形的层面，但现代人的病大多是从无形上得的，所以，如不从无形处下手，还是无能为力。因此说有些病人的病不是用药就可以治愈的，因为药是有形的，只能治疗有形的病。无形的病不过是从人的欲念上得，从贪嗔痴上得——贪则积，则提心吊胆；嗔则结，则心怨肝硬；痴则执，则痴心妄想——如此神明已乱，百病缠身，能破妄念者方为上医。

读《黄帝内经》可以明了生命内在的运行大道，但我们还要明了生活之道。生活之道在很大程度上由眼耳鼻舌身意左右，你之所见、所闻、所嗅、所舐、所触、所想，使你的身体不像你的身体，你以为自己是自己的主人翁，但事到临头，你才知，你已无法控制自己，你一头栽进滚滚红尘，总是随波逐流……

一个人的五行：（1）和自然的关系。风寒暑湿会影响你的生活或你的情绪。（2）和社会的关系。社会制度、生活方式、法律、风俗、金钱等等会制约你。（3）和他者的关系。有旺你的、有克你的，有养你的、有害你的。（4）和自己的关系。自己的命和运，自己的心灵和肉体，自己的理性和本能……所以，人想要自由，谈何容易！

● 守本分

| **本分** | 本，是根本；分，《说文解字》曰"文质备也"，即内涵和外表相一致。因此"本分"不过是人心灵美善的自然流露，是推己及人，不作伪，不虚饰。其实，好多品质只是本分，而无关道德和教化。比如，生活简单、待人真诚、礼尚往来等等只是本分。而社会沦丧的标志就是人开始质疑这些本分在当今的生活里是否还有意义。

本分，是我们东方人的生活定律。对于女人而言，做母亲爱孩子是本分，做儿女体谅父母是本分，做妻子爱丈夫爱家庭是本分。但，爱情不是本分，情欲不是本分，多嘴多舌不是本分，它们有的是本能，有的是恶习。男女守其乾德坤德之本，尽其义务之分。所以，为了避免罪恶感这个词的纠缠，东方人便内敛地活了那么久。

有人会说，活得不幸福。关键要看幸福的定义是什么。托尔斯泰说"不幸的家庭各有各的不幸"。其实幸福跟地域、国家、制度、社会地位等等无关，而是跟个人感受有关。李后主有君主之贵，可他并不见得比一个守着老婆孩子热炕头的老农幸福，但他从诗歌中得到的极致享受又是老农得不到的。西方也有卡夫卡式痛苦的宅男，也有安娜·卡列尼娜式自杀的女人。所以，幸福是种感觉。大幸福是得道的法喜，恒久不变；小幸福则是瞬息万变，因为不稳定，而形成其反面——痛苦。而让人人都幸福，是种理想，是宗教。有烦恼，人就要摆脱烦恼，摆脱烦恼的过程就是修行。人人都没有烦恼了，这世界就是伊甸园，就是没有吃智慧树果子的亚当和夏娃。

更明白地说，要想让自己少烦恼，在于"守时守位"——在正确的时间干正确的事，在自己的位置上干好自己的事。天道也是如此，如果没有轨道秩序，宇宙便不存在。剩女的烦恼是该嫁时不嫁，总想嫁最好的，但最好的都是别的女人培养出来的；该生孩子时不生，要生时又没了月经。剩男都想挣够了钱再娶，但挣了钱又担心女人爱的是财……如此算计如此烦恼，生命自然蹉跎，感慨自然良多。

● 学会控制情绪

控制情绪的方法不是发泄，发泄有时会让事情不可收拾，而是：（1）换位思考。有人碰撞到你，也许是他心里有急事。（2）分散下心力。太纠结于不好的事情会越想越恨，越想越急，还解决不了问题，不如想点别的事。（3）深呼吸，气一沉，脑子就不会发昏了。人生苦短，最好把精力花在有意义和美好的事情上。

生活中肯定有讨厌的人或事，对命相犯冲的人会有天生的反感，有些事和人是躲不过去的，干脆拿它当修行了，拿它当来度你的菩萨。若没信仰约束，再没点二皮脸精神，在这世道，活，不仅难，还苦，气着了，憋着了，还百病丛生，又不会写诗怡情，这一趟，不白来了？还是自己找点乐吧。

一般说来，心态好的，大多过得好；心态不好的，都不太好过。说白了，心态好的，容易知足，懂得感恩；心态不好的，喜怨。20 岁时，怨天怨地怨父母，叫不懂事；30 岁时，怨，则面目可憎，越怨，命越蹇涩；40 岁时，还怨，那就是自己的问题了，跟外界已无太大关联；50 岁时，怨，气血已无力自化，怨毒凝结，易大病。

● 学会享受孤寂

很多人只觉得心里空，并以为这个"空"用一个完美的男人或女人就可以填补。其实这"空"无非是灵魂之空，是生命本源的寂寞，是存在之虚无。有此"空"，人才活着；觉此"空"，人才悟着。空中得光，人则尊；空中得黑，人即魔。所以，"空"是福报，要安享之。

人之痛苦，并不源于所得到的，而是源于永远得不到的。能得到的都是物质，得不到的一定不是物质。在我们内心深处有一个空，那个"空"是我们对无限的渴望，对彼岸的渴望，我们知道人生不只是活着，哪怕是活到天年，如若没有和那至圣的完美合一，我们的人生依旧没有意义。

这世上，凡"大"者，必孤独。大海孤独，天空孤独，山脉孤寂，大地孤寂。所以，从你开始孤寂的那一刻起，你开始变"大"。但这种"大"有时让你受不起，有时让你害怕，因此，你必须锻炼自己，静静地审视自己。如若不行，先回到人群，等待自己灵魂的强壮与完整，直到有一天你以孤寂为美，你开始享受"大"带给你的辽阔，你便永远与那个小我分了手，你便永不回头。

● 身心放松法

（1）打坐，用身的静谋灵的静。

（2）泡浴，涉及清洁、洗礼、再生等主题。

（3）发呆，但要在旅行中而不要在家里，在海边看日出日落。用环境放松身体。

（4）听柔和的音乐。

（5）香氛按摩。让一个充满爱心的人爱抚你的每一寸肌肤。

（6）微醺，迷迷糊糊地、美美地傻笑。

（7）独处，迷迷糊糊，蓬头垢面。

（8）和相知已久的人在阳台上无言默坐，眺望远方……

人，当从不变处用功，不要在变化处用功。容貌与心灵和性情相比，是必然要变的、要衰老的，而心灵可以永远保持年轻灵动，因为，灵魂的本质在于神性，而容貌肉体等不过遵循"成住坏空"。所以，在不变处用功，善护念真性情和心灵，才是人生根本。总之，有真，才有善，才有美。

● "春困秋乏夏打盹，睡不醒的冬三月"别解

| 春困 |　　人为什么会春困？天地之阳气生发太快时，人的气血不能及时跟上，气血不能上头和到达体表，人就头脑昏沉，身体倦怠，所以春困也属于人体自保。此时若能"披发缓形、广步于庭"，就会渐渐神清气爽。

披发缓形——精神放松，无拘无束；广步于庭——慢慢生发，不能过度。人体疾病在于"过用"，后面还有个重耗人气血的夏天呢，慢慢来，急不得。

| **夏打盹** | 夏天阳气全部浮越于外、于体表，人体内部就略显不足，所以夏天人体脾胃尤虚，稍有风吹草动就泻痢不止。"夏打盹"也属于人体自保，汗多则心血不足，午时又是心经当令值班之时，此时打个盹对心经、心血有修复补益作用，哪怕闭目静坐也能养养神。但过度疲劳之白领切忌趴在桌上睡，容易血脉阻断而致大祸。

| **秋乏** | 秋乏与夏天过度气血耗散和秋季营养过剩有关。不足会乏，营养过剩而不能有效吸收和消耗也会导致体乏。"春困"是被憋，是阳气不得生发，易缠绵或躁怒；"秋乏"是有劲使不出来，易悲壮或冷漠。

| **睡不醒的冬三月** | 冬天多睡属于"藏"。冬天天地气机藏，人也要随之而藏，睡则血归于肝，养精，精足了人会胖点，来年春天好生发。

由于光线的问题，人们通常会在秋冬季节情绪低落，这种被黑暗和寒冷征服的沮丧懒散属于季节性情感障碍。但这种懒散迟钝属于人体自保，就像动物的冬眠，可以减少能量消耗。正好冬季的食物也略显匮乏。季节性情感障碍原本是祖先生存的优点，现在却变成了致命的疾病，因为现在的人在这样的季节里也不能停下脚步，办公室的人造光线依旧明晃晃地消耗着我们，我们只能更深地伤害我们的生物钟，我们的身体开始变得一团糟。

● 节气养生

夏至和冬至是一年当中最重要的两个节气。冬至"一阳生",初生之阳不可戕害;夏至"一阴生",此时阴生阳退,万物由此进入快速生长期,夏至之前多开花,夏至之后多结果。作为人,夏至之前阳气浮越在体表,贪凉定会寒伤脾胃,令人吐泻。从夏至日起,阳气慢慢收敛,宜以清淡为主。

民谚曰:"嬉,要嬉夏至日;困,要困冬至夜。"就是说夏至日要在阳气收敛开始时有点小疯狂,多欢闹嬉戏,犹如抓住青春的尾巴,而"过了夏至节,夫妻各自歇";冬至日要好好睡觉,让新生的那点阳气慢慢壮大。

民俗"冬至饺子夏至面",麦子气性湿热、甘甜,可以大补心气,所以夏天以面食为补。此时人体外热内寒,故不可吃冰。《素问·臧气法时论》曰:"心主夏……心苦缓,急食酸以收之""心欲耎,急食咸以耎之,用咸补之,甘写之"。就是说这时的饮食养生在于微酸、微咸、微甘,酸主收心火,咸可以补虚劳,甘可以濡润脏腑。

传统医学有"冬至养生,夏至治病"之说。

● 看病禁忌

汉医郭玉论给权贵看病有四难:一难,他们刚愎自用,不容易相信别人;二难,他们吃喝玩乐、重享乐,不遵医嘱,以为花钱就能治病;三难,女子都以窈窕纤瘦为美,身体虚弱,而且不管对症不对症,只喜用高级名贵的药；四难，好逸恶劳，四体不勤。其实，这也是现代人的毛病，望自省。

古代还有"十不治"：

（1）纵欲恼淫，不自珍重。（不自爱。非要熬夜，非要冷饮，非要纵欲……）

（2）窘苦拘囚，无潇洒之趣。（无情趣。终日焦苦，不能自娱自乐。）

（3）怨天尤人，广生烦恼。（小人多怨，多嗔，老觉得世界欠自己的，不懂得感恩。）

（4）杞人忧天。（瞎操心。）

（5）老婆聒噪，耳目荆棘。（夫妻怨怼，处处攀缘，不肯承担命运的敲打。）

（6）听信巫师。（到处追师，且妄信别人的危言耸听，让自己活在惊恐中。）

（7）寝兴不适，饮食无度。（黑白颠倒，作息无常，病了也不知休养。）

（8）频繁更换医生。（不学习，无主见，不相信身体的自愈能力。）

（9）喜欢偏方补品，不知乱服药损元气。（宁愿相信保健品和广告，也不相信吃了千年的粮食。）

（10）成天想不开，贪生怕死。

扁鹊曰，病有六不治：

骄恣不论于理，一不治也。（傲慢、我执，不讲道理，也不听别人讲的道理，以为有钱就能愈病，就能买命。）

轻身重财，二不治也。（以身体为轻，以财物为重，要钱不要命。胡闹一掷千金，看病一毛不拔。）

衣食不能适，三不治也。（有两意，一是不知冷暖，不识好坏；二是已经不能吃喝。）

阴阳并藏气不定，四不治也。（阴阳气机已乱，五脏六腑神明错乱者，不治。）

形羸不能服药，五不治也。（身体太弱已经不能服药者，不治。）

信巫不信医，六不治也。（妄信巫婆神汉，或偏听偏信者，不治。）

这边病人这样，那边又是毒胶囊，激素奶，雾糟糟污染的天，还有虚伪残暴的利益集团……这世界，怎能不让人绝望悲观！

好了，不多说了，总之，愉悦的心情，每天 30 分钟的运动，均衡的饮食营养，深度睡眠，是生命对抗疾病的根本处方。

第六章

◇

中医·西医

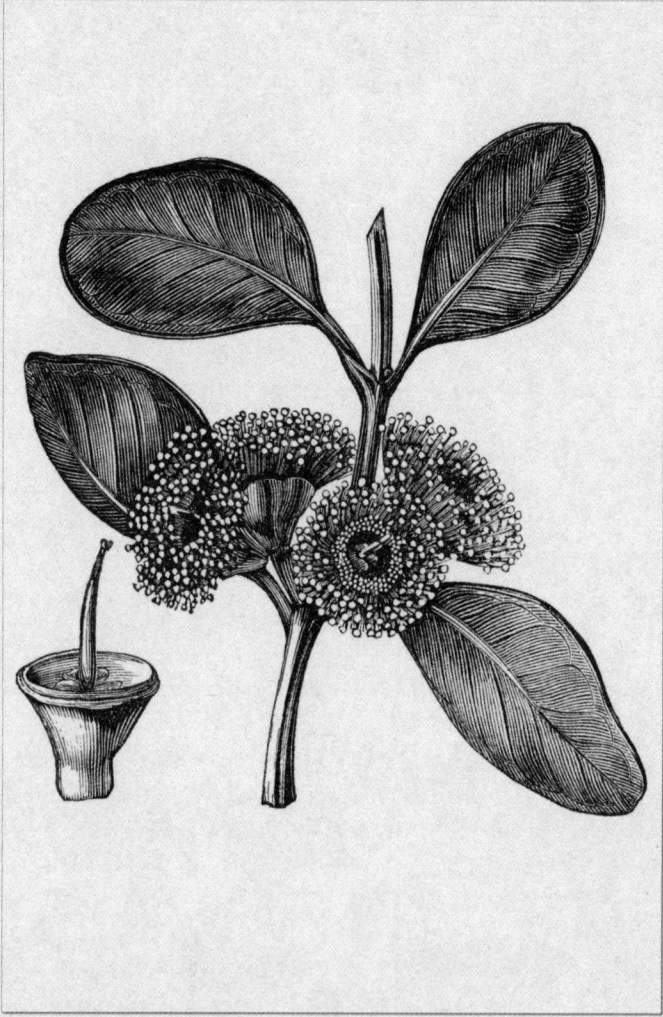

中医西医，说到底是一种生活态度，是文化，一个是对生
命的干预，一个是对生命的顺从。

西医说"人是机器"，中医说"人是内景"，是一幅时间长廊里的画。

人是机器，就不讲究"人性"和"性情"；人是内景，就不在意沧桑和留白。在中医看来，生命是一幅风景，有雷暴，有和风，有山川和河流，有日和月，有男人和女人，有田园中的婴孩……

一切都我中有你，你中有我。所以分得太细没什么意义。

人，怎么看待生命，怎么看待人，就会怎么去选择自己的所需。得病后，选择西医还是选择中医，其实是一种对文化的抉择和对生命认知的抉择。但大多数人一得病就慌了，神明一乱，就无从谈文化和认知了。所以病又叫病魔。要想不被病魔攫住，就要在清醒的时候对中西医差异有个最根本的认知，并确定和坚持信念。

中西医的差别，归根到底是文化的差异。和谐的文化在生活中就是选择"筷子"，而且一只手就可以整顿"乾坤"；杀伐的文化在饭桌上是"刀叉"，两只手忙碌才能整顿"朝纲"。

不错，都是吃进了资粮，但一定有进化的不同，有心念的不同，此等不同，一定有生活态度的不同，以及对生命认知的不同。

　　不同语境中的思想交流能否真实地发生，确实是一个问题。

　　中国的医道关系到一种体验、一种切身的感受、一种信息、一种身体力行的实践。

　　无论如何，如果医药能够解决人的全部问题，这世界就不再需要哲学和宗教。人不只有身体的层面，还有心灵的层面，更有灵魂的层面。

　　除了身体的选择外，人，还有灵魂的选择。

　　人生不是一段，而是整条。所以不要求一时的解脱，而要求最终的解脱。

一

中西医之差异在于态度

中医西医，说到底是一种生活态度，是文化，一个是对生命的干预，一个是对生命的顺从。一个是生，一个是杀。

如果是在谈生命，人类就可以沟通。一切改变我们对世界看法的科学的重大发现都是自然哲学，而生命之学，正是自然哲学之先行军。

科学与生命之学不能并立，科学可以解惑，懂一点是一点，但它不能像生命之学那样，"一旦豁然贯通，则众物之表里精粗无不到，而吾心之全体大用无不明矣"。即生命之学可以使人豁然开朗。

（1）中医有三套系统：预防，驱邪，扶正。西医以驱邪为主，缺少扶正系统（但其护理系统很了不起）。

（2）中医重形而上，讲五脏六腑的运动方式；西医重器质不重关系。

（3）中药入后天系统，入脏腑，开对了药疗效也快；西药入先天系统，入神经中枢，控制症状快。

（4）中医，上工治未病，见肝之病，知肝传脾，当先实脾。西医，中工不晓相传，见肝之病，不解实脾，唯治肝也。

（5）中医是养生，与敌人和平相处；西医是杀敌，越杀敌人，敌人越狡猾。

（6）中医用积累元气的方法治病；西医用调元气的方法治病。

中医之"中"，指"中道""中原"，以"中"来涵盖四方。

中医之"医"，以人为实验室研究"理、法、方、药"，一个人一个样，所以针对每个人的"理、法、方、药"都不同。从这个角度说，中医不是普通意义上的经验医学，它的"经验"当是指经典理论在临床实践中的验证，是指医家在明医理基础上的宝贵直觉。

对于疾病，西医动不动就上"国家部队"，大动干戈，令人恐惧，且容易引发内乱。

中医是小病用"街道大妈"协调协调，大病用"警察"，维持秩序。

对于生命而言，维持秩序比大动干戈要安全保险得多。破坏了生命的自足，是一种残忍而不负责任的行为。

"超越"也是个凶险的词，"走"是跑，"超"是在刀口上跑，"越"是在斧钺上跑，都是玩命的事，唯有胆大心细、训练有素的人才可以绝处逢生。所以生命的超越亦如是，要心无旁骛，历尽千险，方能百炼成钢。

西医靠大夫治病，大夫不是上帝，所以每每无奈。

中医靠元气治病，明元气之理的即为大医。

中医拿自己做试验，西医拿动物和人做试验。

中医看病看的是生命的这个层面，西医看病看的是肉体的这个层面。有些中医治不好病的原因，就在于放弃这个根本的方法，他只辨病症之"症"，没辨气血阴阳之"证"，没看到病人人性方面的问题。所以，尽管他开的是中药，实际上是按西医的思路开的，病人有多少病症他就开多少药，药就会越开越多，但这只是卖药而已。

作为医生，就要和上战场的将军一样，明白自己到底要做什么，要集合几支部队去打敌人，并不是自己人多就可以打败敌人，将军打胜仗最关键的是要靠排兵布阵。

中医开方子就像在为我们的生命画一幅画或谱一首美妙的曲子，就好比"桂枝汤"一方，是由五味药（桂枝、白芍、甘草、生姜、大枣）组成，里面没有一味治感冒的药，可是把它们放在一起就可以把感冒给治好了，这就是因为它配伍精准，讲究的是和谐之道。

西医治病有点像见蚊子就打，甚至动枪动炮；中医治病是先轰后打，因为蚊子是杀不绝的。有点水、有点血腥、有点味道它就来。

用西医思路开药的中医不能称中医，药不是关键，人和思维方法才是关键。

万事万物有时、有运、有势。"时"是时机，有天时而运气未至，也难免落空；"运"是天时、地利、人和的和合，三者没和合时，运自然不动，运不启动，人也受困；"势"是势差，势差越大，能量越大，犹如瀑布。

中医的病机是求因（六气七情）、求属（是取象比类，是"同气相求"，而不是物质结构的等量齐观）、求势。其中，态势是当下，是虚实、寒热、聚散（反其势）；趋势是未来，是表里、升降、开合（因其势）；时势是指卫气营血、三焦根据时间变化来调节。其治则是求其所属，伏其所因，调其势，以使其和。

梁漱溟在《中西学术之不同》中说："中西医都是治病，其对象应是一个。"所以我最初曾想："如果都只在一个对象上研究，虽其见解说法不同，但总可发现有其相同相通处。"所以在我未读医书前，常想沟通中西医学。不料及读后，始知这观念不正确，中西医竟是无法沟通的。虽今人仍多有欲沟通之者（如丁福保著《中西医通》，日人对此用工夫者亦甚多），但结果亦只是在枝节处，偶然发现中医书上某句话合于科学，或发现某种药物经化验认为可用，又或发现中医所用单方有效，可以采用等。然都不能算是沟通。因其是彻头彻尾不同的两套方法。单站在西医科学的立场上，说中医某条是对了，这不能算是已融取了中医的长处。若仅依西医的根本态度与方法，而零碎地东拾西捡，那只能算是整理中医，给中医一点说明，并没有把中医根本容纳进来。要把中医根本容纳进来确实不行；那样，西医便须放弃其自己的根本方法，则又不成其为西医了。所以，最后我是明白了沟通中西医为不可能。

我以为二者之不同，源于思维方式及哲学根底的不同。

二

反思『市场医学』，
不可迷信

门德尔松说，如果没有信仰，现代医学就不能生存。

坚信医学会解决一切问题，包括生死，也是一种迷信。

尼采说：整个人是肉体。他的肉体是光，而他的眼睛与太阳相符。肉体里的一切都呼吸，我们的肺成为世界的伙伴。人也是胃，因为世上的一切都被我们并吞，那就是，我们自己吃自己。

这世上，充满了利益和良心的抗衡。但利益的诱惑太大了，人们就开始无视良心。今天猛然认识到，坚持讲传统文化和传统医学，其实讲的是良心。

现在的医疗可以称为"市场医学"，所谓"市场"就是把利益放在首位，而不是把人性、把生命放在首位。这样的医学败坏了原始的医学精神。

可怕的病名、高昂的药费、危险的手术和器官移植，无一不在恐吓我们的人生。大多数的"过度医疗"，不仅击垮了肉体，更可怕的是，损害了我们的精神，以及完整的生活。

赫胥黎说"医学已进步到不再有人健康了。"众多的医疗数据和指标对大多数市井小民来说，已经不是提醒，而是灾难了。很多人不能再开心地大碗吃饭，总担心血糖、血脂、热量等等我们其实并不了然的东西。我们被裹挟在各种资讯和指标当中，迷失了方向，最后，迷失了自我。得了"疾病恐慌症"的现代人，把吃药看得比吃饭还重要，以至于最后无法吃饭。

人类似乎有一种奇怪的爱好，不断地给人类行为命名，最可怕的是不断出现稀奇古怪的病名，渐渐地，人类就没了安全地带，渐渐地，人类已无处可逃……最后，谁能"飞越疯人院"？

"市场医学"，让人人自危。有病要吃药，没病要吃预防生病的药；有病你要检查，没病你也要检查，要"早检查，早知道，早治疗"，用他们的仪器，用他们带化学名称的一长串我们看不懂成分的药。

生命的"被医疗化"无所不在。防疫、检测、模糊的语言暴力——阴影、疑似、有癌变危险……我们的生命，就这样被这些可怕的词绑架了，嘴上有了无形的胶布，眼睛也被蒙上了黑布，内心唯有惊惧，前途一片黯淡。

德国医生布雷希说：人得到的资讯越不足，接受治疗的情况就越频繁。而其中大多属于过度医疗。反之，如果人们能够得到更充分的资讯，对医疗措施的仰赖就会更少——此言甚是。在市场医学的今天，我们常因为无知而用生命为某些利益集团埋单。

"我们大家正处于一种危险境地，90% 以上毫无用处的现代医学正

处心积虑地想杀死我们。"(门德尔松《现代医疗批判》第138页)

对抗生命"被医疗化"和"过度医疗"的方法,就是:(1)赞美生命。生命不是某些人的玩物,她是自在活泼的精灵,她不是被审视被丑化的东西,而是必须绚丽绽放的生生不息。大自然的动物没有医院,也活了万代。(2)明生命之道。死亡不可怕,可怕的是无明和无知。生病不可怕,可怕的是内心的贪婪和嗔痴。

其实,市场医学的崩盘只需两件事:(1)全世界大停电(这世上没什么不可能的)。(2)抗生素失效。人,归根到底还要自救!

没电了,就没法体检了,就不知道自己有癌了,也就吓不死了。既然不知因何而生,又不知因何而死了,岂不快哉!没电了,时间就不会像个恶魔似的对我们又追又赶了,夜开始变长,浪漫也就变长了。女人的胖也成了优点,可以温暖人生。

反思医患关系

其实,做医生是个悲哀的职业,因为:(1)每天都要面临生老病死。(2)如果把抑制痛感和掩盖人体预警当作治愈,人也许会自大。但直问内心的话,医生应该清楚,生命,尚有太多解决不了的问题,尚有太多无能为力。如果没有对生命的敬畏,人会自食其果。

医生是人,不是上帝。是人,就有局限性——有人性的局限性,有知识的局限性,有经验的局限性,有医疗方法的局限性,还有时空的局限性……所以,面对生命,我们应该培养自己的静心和耐心,有生,就有死,让疾病也能从容地走它自己的路。对于生命细胞,无论善恶,从不存在剔除干净;有的,只是自清、自净。所以,与其杀伐,不如对话;与其对话,不如不理它。心识变,情志变;情志变,肉身变。至于共业,除承担外，别无他法。

人生，要早知道的东西有那么多，可没人在乎，比如生命的意义，比如自由的意义，比如觉悟的意义……但是，现实中，人总有那么多借口，任凭时光无谓地流逝。人，习惯性地堕落，然后习惯性地忏悔。直到有一天，疼痛找上了你，遗忘找上了你，你开始恐慌，开始在乎自己的"病"，或那么多稀奇古怪的病名……

现在的人，常常会"被病"，然后，就会有人合法获利。扁鹊说"轻身重财者，不治"。看病花钱是应该的，用老百姓的话说是人家在帮你消业。但，现在人的钱都花在仪器检测上了，我们只不过在为机器埋单。更可怕的是有些检测还是伤害性的。当冷冰冰的机器把一些云里雾里的数据给我们看时，我们难免魂飞魄散。

所谓"健康"，所谓"生病"，是否有明确的定义？有些"病"是否可以看作是生命过程的特异表现，比如生长痛？那些因心理阴影而造成的怪异表现是否是"病"？伴随"衰老"的一些现象是否可以叫作"病"？身体的不适是否就可以称作"生病"？是否意味着，只有"药"才能解决它？

"市场医学"每每嘱咐病人要终身服药，它是在治病呢，还是在卖药？所谓终身服药，是说人死的时候"病"也就随之而去了吧……那，终身服药又在干吗呢？

"如果某个药物公司只是发明一些快速治愈的药物，而不是终身的'维持'治疗，那么它将很快破产。"——《医生没有告诉你的》第9页

"市场医学"用人类的苦难来牟利，却打着冠冕堂皇的招牌。

西医有个安慰剂效应，这可以说是医学史上最有效的药丸了。它是用糖做成的丸剂，不具有活性，不造成伤害，但它可以帮助病人缓解症

状、改善健康状态和延长寿命。据说它依据的是"自我实现预言"和"正向思考的力量"。这不正显现了"信念"与"心识"是影响身体的一个重要因素吗？！

但这里有个问题，即安慰剂一定是由权威人士赋予病人的，而病人并不知是安慰剂，权当是治病的大药。其中既有病人的祈望和信赖，也有医者的期待，这些都是正向的能量，这些信息会改变人体处理疼痛讯息的生化过程。

"市场医学"只会使医患关系越来越紧张。原因在于患者认定医生能治好自己，不会治坏自己，所以当后果不如意，还倾家荡产了的时候，就会心生怨怼。

做医生绝对是苦差事，很脏、很累、很无奈，但这些不该成为人们无德和随便的借口。"尊重生命"永远应该是人类医学的第一要务。生存，可能会逼人妥协，但如果这种妥协要以生命为代价，那就算了吧，哪怕不干这行了，也要给自己的内心留点清净。

求医问药与疾病之源

现代的"市场医学"都在"查病"，查出来的都是结果，而不是原因。如果弄不清楚原因，治疗将怎样进行呢？！不断地切除吗？那是治疗，还是伤害？你还要拿走我们肉身的完整吗？

能不能都静一静扪心自问？能不能在推开那扇门时，都先沉思一下生命的意义？能不能当把自己的手依托在他人之手的时候，先彼此感受下温暖？

今天来了个妇人，一次手术割去了她左边的乳房，8次化疗夺去了她的头发，破碎的绝望又让她颈部的甲状腺切了一刀……她原本那么强悍，她原本以为自己是最完美的女人，有着最贴心的老公和最出息的儿子，但现在她……

她先前什么都信，什么都吃，甚至敢喝稀奇古怪的精油。现在她什么都不信了，不敢吃药，不敢见人，不敢去美容院，不敢上街，她夏天也穿着带绒毛围领的衣服。

一个癌，可能被带走了，也可能还在身体里，但无论如何，她无法再回到从前。

向外求医问药，有点像找对象：第一，他不见得爱你，而且没耐心听你倾诉，可疾病史其实是一篇关于生命的记叙文。第二，你想让他知道你的特殊性，而他只满足于用仪器、病名等恒定标准来套用在你身上。第三，你求的是爱一般的身心修复，而他只想卖药。于是，生成了误解、伤害。往往是，旧病未愈，又添新伤。

@新浪健康：| **用药见效快不一定是好事** | （1）打针比吃药副作用大——对人体来说，任何形式的开放血管都不是一件好事。（2）疼痛马上吃药并不好——疼痛是病理症状，医生根据症状诊断疾病，抑制疼痛易影响诊断。（3）见效太快，当心含激素——激素类药物一定要在医师指导下服用；来路不明的"特效药物"或偏方更要当心。

答：求医问药——求医在于讨病因，而今人只喜问药，只想快速解决问题。这是急功近利的社会弊病，治病当以寻因、去因为目的，而不应是单纯地拿到结果。

生命原本是自足的，就像大自然，有天就有地，有天地就有风，有老虎就有它的猎物，把谁杀光了都会影响原本的平衡。所以，过分干扰自然、过分干扰生命状态也是一种罪恶。试想，这世界有多少缺憾和损伤都是由号称万物之灵的人类的自大造成的啊？我们，太应该真诚地忏悔。

生命是动态的，可指标是静态的。我们到底要相信谁，是生命，还是指标？最可怕的还在后面——相信生命，你就是反科学；相信指标，你就是相信科学。

治疗不应只是消除疼痛，它更应是对我们想象力的激发。躯体在很大程度上能保护自己并且有自愈的能力。

一中医才俊来我会所喝茶弹琴，一派柔柔弱弱，琴弦亦清雅淡然。其间论及中医之前景，其言：福报不够的人，享受不了中医……其言幽幽，其意悠悠。

其实，福报跟金钱无关，跟你能不能住高级医院无关。而是跟本性有关，跟你传承的文化有关……你要信传统医学，你就不会轻易地选择手术。你要相信心与小肠相表里，你就会知道心情忧伤会使你长小肠经蝴蝶斑……

有人问：未来您最关注的问题是？

答：最关注人的灵性发展。

问：您怎么看社会健康问题？

答：社会的健康问题现在已经不是个人能掌控的，它取决于社会良心。只要还有类似三聚氰胺事件，人就无从谈健康问题。

问：未来的中医养生会怎样发展？

答：取决于前两个问题的解决。

现代人都问病怎么治，很少有人问病怎么得的。我的建议是，不舒服了，先静静地想三分钟：我一贯的生活如何，情感如何？……也许，想着想着就能明白一些什么。

肉体是充满意义和富于诗意的，我们需要重新审视它、感触它、参透它千百年来的进化。它需要你启动你全部的灵能，需要你用你的心去看、去悟。

相比较"市场医学"，中医是温暖的、悲悯的：她称肌瘤为瘀血，为癥痞；她视高热为太阳发热、阳明热、少阴热。她坚持触摸你的身体、你的脉搏、你的后背、你的痛点。她从不用冰冷的、庞大的、强辐射的仪器扫描你。一个好的医生、一个好的医学理念，一定知道你的痛苦源于生活，源于你精神的困顿，她眼里是苦难的"人"，而从不是单纯的"病"。

在原始年代，当细菌还不是人类机体最主要的敌人时，欲望与恐惧就已经存在并威胁或推动我们人类自身的生存发展了，至今它们的作用依然重大，甚至致命。

三

中医之智在于道

◇

　　大医孙思邈认为，要想言于医道，必须涉猎群书。因为：不读五经，不知有仁义之道；不读三史，不知有古今之事；不读诸子百家，则不能默而识之；不读老庄，不能任真体用；不读内经，则不知慈悲喜舍之德……

　　不为良相即为良医："良相"与"良医"不仅仅是一种职位上的差异，且二者都代表成功：一个救世；一个救人、救心。

　　现在的中医界确实有问题，但中医文化是了不起的。不参与争论，自己好好学，好好悟，好好行，能改变一点是一点。如果不能救世，就先救自己。

　　私欲、利益之下无德、无道、无术。

　　其实，做医生是件痛苦的事，每日见人苦脸哀号，烂肤腐肉。所以我内心并不鼓励孩子们当医生，但我愿天下人懂中医，明医理，懂阴阳，唯有此途，既可得道、安己，又能助人、救人。

现在大家都忙着挣钱，然后累了病了又忙着花钱，为什么不能未雨绸缪呢？圣人的经典一直默默地在那儿，你不翻看，那扇大门是不会为你自动打开的。圣人的慈悲也一直默默地在那儿，你不虔敬，是无法领受恩泽的。生命的资粮，对每个人而言，不只是累世的积累，更是现世的觉悟啊。

人一病，嗜酒的不喝了，嗜烟的不抽了，晚睡的早睡了，管闲事的不管了……刚活得有点像圣人，病一好，人就又勇敢地投身于水深火热之中了。唉，如此轮回，唯死可了。

老觉得生命之门沉重，总觉得人生苦短，可人生还有无穷乐事，只是大家太忙了，最后都不知为何而忙了……唯有求道，方有大乐。

中国的经典都是智慧之书，是可以让一个民族怀着隐秘的热情世世代代反反复复去阅读的书。

（四）
中医已然大『病』，
无关乎西医

中医文化博大精深，但不代表中医大夫的医道也博大精深。中医的衰落跟西医的进入是无关的，只是西医的进入加速了中医自信心的衰落。从汉代起中医就已然堕落，如张仲景言："观今之医，不念思求经旨，以演其所知，各承家技，始终顺旧。省疾问病，务在口给，相对斯须，便处汤药，按寸不及尺，握手不及足，人迎、趺阳，三部不参，动数发息，不满五十，短期未知决诊，九候曾无仿佛，明堂阙庭，尽不见察，所谓窥管而已。夫欲视死别生，实为难矣！"医圣之苦心、医圣之焦灼，其行文之感慨令人泪下。但其所言"今之医"之弊病与现在中医界的现状完全一样。如不能自强，就不必怨百姓不珍惜中医，就不必怨西医夺了你的市场。

行医者多为谋生，为道者寥寥无几。只有扁鹊、华佗、仲景、仓公、孙思邈、张景岳、郑寿全等人的事迹可圈可点，其余不过一家之言之絮叨。现行的中医教育有基础理论，而无经典传承。幸好有《黄帝内经》《伤寒论》等鸿著遗世，方显出大圣之慈惠无穷。若想振兴中医，还须回到经典，还要有人苦心励志，既纯真慈悲又勇于担当，既博览群书，又有见地道心，方可垂先贤之慈惠传世济生。

用西医思维治病，即使开的是草药，也是西医。用中医思维治病，哪怕开西药，也是中医。所以看一个人是不是中医，不看他是洋人还是中国人，不看他开什么药，而要看他脑子是怎么想问题的。

中医治病的重点在气机，不在器官。气机调好了，脏腑功能就好了。真正的大医所理解的"医者，意也"似乎更关涉直觉和悟性，把中医治病上升到"只可意会不可言传"的超越语言之外的一种境界，它关注的是"心悟"和"心法"，而非实证。

这个定义真的很中国化，它把中医和西医截然分开，就如同西方的油画与中国写意的不同，一个强调的是精准，一个在乎的是意境。于是，这个话题也把从事这两个工作的人也区分开了，一个是画匠，一个是艺术家。

众所周知，西医非常强调量化，有人就认为中医在量化这方面是欠缺的、不讲究的。其实，人生中并不是所有东西都可以量化的。比如情感，有人会说"我非常非常高兴"，这个"非常非常高兴"，到底有多高兴？说"我很生气"有多生气？这是没法量化的。一个男子对一个女子说"我永远永远爱你"，这个"永远"又有多远？

凡情感、意念、感觉类的东西，都是不可以量化的。中医自有其人文的一面，但在量化上也会有一些微妙的地方，这是我们对"医者，意也"的另一种理解。

西人在菜谱上通常用"克数"来量化，而中国高厨的标准是"盐，少许"。

华佗抓药是不用称量的，他用手，看似随意地"抓"。对古代人而言，没有比"手"更好地表现度量衡概念的了：拇指和食指抻开的距离叫"一拃"；拇指横纹上的距离叫"寸"；五指尖并拢叫"撮"；两手合拢为"捧"……

凡大医与艺术家有一比，他们都有神来之笔，都有超越语言、灵光闪现的瞬间，只不过医生手中的作品是更为神秘莫测的生命，就更……这世上，能说清楚的都是事，说不清楚的都是情和命。

庄子说"技近乎道"，所谓高超的技巧一定是能与道相通的。道乃宇宙之大生命，通乎道，就是与宇宙大生命相通。

"臣以神遇而不以目视，官知止而神欲行。"有这境界，是神庖；有这境界，是神医；有这境界，是神人。

中医的精神，不仅仅是知性的，而且是体验的内在观察，是让人们按自己本来的状态完成肉体与精神的分析。

所谓"大医学"的概念，排除了过分专业化的倾向，而始终致力于"一个完整的人"的归复。任何专业化的倾向都意味着缺乏活力、吝啬与孤独，而整体性、充满活力、相互帮助则是人类未来的希望。

请不要肢解我，请不要剖析我，请保留我的完整，尽管一切可能不尽完美，但，我的完整，一定大于那部分之和，一定能满足你关于完美的某种想象！

生命是一个奇迹，是欲望的结果，是在可知与不可知之间的一个东西，她让人充满遐想。

是温柔的赋予，又是野蛮的掠夺。总之，我拥有她，而她又不是我的。

五

西医中医都应该培养『共情能力』

◇

柏拉图把医生分为两类：

（1）为奴隶治病的医生，只管开药，不做如何解释。

（2）为病人开药的医生，交谈、开导、劝诫、讨论并说服，使病人得到正常的生活和对生活的合理布局。

真正的医生如同上师，只是帮你把纠结错乱的生命之结放松，让你看清那些节点的承转启合和因果，但最后是否松绑，还看你自己。

中国最早的医者是圣人，也是巫。他们有着强烈的追求真理的信念，富于献身精神，比如神农尝百草，九死一生。

世界医学教育联合会有一个《福冈宣言》："所有医生必须学会交流和处理人际关系的技能。缺少共鸣（同情）应该看作与技术不够一样，是无能的表现。"

　　单靠科学意义上的对症下药，不能帮助病人和病魔斗争，或者找到患病疾苦的意义。除了医学能力，医生还需要会倾听，理解并尊重病人。更高的医者则是大艺术家，能够直指人心，切中要害。倾听，是爱的行为。告诉我你哪里痛？……告诉我你生活得怎样？

　　共情能力是设身处地、认同和理解别人的处境和情感的能力，是换位思考和将心比心。医术高低甚至领导力高低也和共情能力息息相关。

　　有共情能力的人更能理解环境的重要性。当你温柔地对待这个世界时，这个世界会回馈你温柔。

　　从事健康护理的人一定是有共情能力的人。所有的病人都是弱者，人人都害怕手术，因为最高明的大夫也不能保证最终的成功，要不不会让你为未来风险签那么多字。而病人真正需要的不过是专业的、知情达意的护理，并由此心生感激，这些良性的护佑会激发人体自愈力。

　　理性思维的模式是语言，情感的模式则是非语言的。有时候，一个眼神、一个表情会拯救一条脆弱的生命。

第七章

◇

疾病・因果

人们生病时往往用故事来讲述自己的病情。医生治病的能力是和准确理解病人叙述的能力紧密联系的。

疾病，是一篇关于因果的记叙文。他说他得了糖尿病，而我，却看到了他恨意难平的生活。如果你不肯花时间倾听，你将无从把握他深处的痛。

　　讲中医，要先讲它的"意象思维"模式。人们的生存其实很需要"故事"。比起食物，有时人们的生存更需要故事。人类生来就理解故事，而不是逻辑。关于疾病的描述远远比那些花哨的病名有意思，生命是一个故事，是一个跟生死相关的大故事。从这个意义上讲，《黄帝内经》是一首诗的鸿篇巨制。

　　人类思维的过程很大程度上都是比喻性的。中国的圣人都在打比方。他们是最原始的系统性思想者，所以他们都是诗人。

　　疾病发展本身是一篇记叙文。我们的身体千疮百孔，曾经被食物划伤、被爱情划伤、被岁月划伤、被失落划伤、被恐惧划伤……我们又怎样修复、怎样求救、怎样不可救药，这篇记叙文是那样的混乱和张扬，但必须写就，因为我们总想得到拯救……

　　人，先是如飞蛾扑火，然后找医生看自己的烫伤。病人，总是在述说症状，而隐瞒自己的欲望。可悲的是，现在很少有人、有闲暇倾听你、探寻你、爱你……人，必须自己逃离火光的诱惑，自己舔舐伤口，就像荒原的狼，自己强壮自己，自己治愈自己，并把伤痛的记忆作为遗传的一部分传递下去……

　　人，为什么总是恐惧症状，而从不肯花时间探究和认知自我?！

大多数人对自己得病的原因并不愿深究，宁愿一切归于外因，归于所谓遗传或基因。其实，任何人都怕看到生命的底处，那张牌一定触及你根底的痛……真相，既非人人能见，也不是人人想见的。凡人，都喜欢自我欺骗的温暖……

越来越懂鲁迅了，弃医从文。当医学放弃了他最初的发心而进入市场后，钱和病，一起周流世界。生命的尊严不复存在，所有的人都病了，都病在欲望的深渊里。所以，还是远离吧，在风花雪月里，用天地山河灵，针砭灵魂的痛，灌溉生命的花。

人们生病时往往用故事来讲述自己的病情。医生治病的能力是和准确理解病人叙述的能力紧密联系的。在病人自述的疾病故事中一定有关键词和关键的句子。你必须耐心地倾听，并快速地捕捉。

| 例1 |　　一个病人自述：我不能闭眼睛，为什么我不能闭眼睛？为什么一闭眼睛我就觉得五脏六腑都抽紧了似的痛？

答：因为你怕你一闭眼睛你的事业、你的生活就失了控，你不信任任何人，你顽固地暗示自己，只有你，才可以让事物保持完美。

于此，缄默降临。最后他问，那该怎么办？

答：告诉自己，地球离了谁都可以，而且永远不存在真正的完美。你可以闭眼了，犯不着永不瞑目。

对于病者而言，建立自愈系统才至关重要，但大多数病人和医者都不明此理，于是，软弱和寻求怜悯使人性落入灰蒙蒙的尘埃，痛苦绵绵不绝。呜呼哀哉！

现在的人，比之过去，似乎越来越缺乏耐心。忍不住时就翻了底牌给他或她看，咯噔一下，他们先两眼发直，其实那一瞬的晕倒相当于"心肾相交"，醒来之后人就痊愈了。（把这当小说看吧，各位。）

| **例2** |　一陌生女子自述手腕脚腕肿胀、疼痛难忍。此不过是人生手足被困之象征——手腕病痛，是人生掌控能力之纠结；脚腕憋胀，是人生方向之困扰。此女闻之失声痛哭：我就是手足被绑的奴隶啊，两年前离婚、复婚，现在又吃激素药而不能生育，婆婆鄙视，丈夫任性暴虐，欲再离婚又怕人笑话……

痛哉！痛哉！我能不能不看这些，我能不能不管这些?！

| **例3** |　一女子屡屡被一男子的忏悔感动，而那男子越来越自由，越来越肆无忌惮。那女子越来越虚弱，百病缠身。我问她，你还能撑多久？她说一分钟都不想撑了。可那男子看了她一眼，她就又跟他走了。没办法，有些事无关乎智商情商，只关乎有没有被下了命运的魔咒。再加之身子弱、人性弱，就只有死路一条了。

| **例4** |　一老汉查出肺癌。其子不愿老爸受化疗之痛，隐瞒病情，求救于中医。其实，老汉原本乡村农民，喜做木匠活，随富裕儿子进城后无所事事，儿子又忙，病由郁郁寡欢而致。嘱

其吃汤药，并求其多做木雕，愿购买收藏（同时暗嘱其子多带朋友前去购买，以哄老汉开心）。老汉闻之喜形于色，回家后勤奋欢畅，自觉重新找到人生意义，病情大好。

医生是否应该不惜一切代价去治疗疾病，是一个值得探讨的问题。因为首先要看你有无能力把病人从他必须要经历的命运拯救出来，伟大的众神之父宙斯都要接受命运女神的安排，所以，一个真正的医生，是要明白自己不是全能的上帝，顶多是个助手。你的能力是有限的，甚至有时是徒劳的。

而所有的病人，也要明白一点，真正的治愈在于自救。命由己造。其实，每个人都在顽强地走着自己的路，有些经历有些命运不容更改，真正的好医生只是在患者生命的拐弯处轻轻地拉一下或推一下，如果医生生生地把他拽上一条陌生的路，他可能会因为无知、不适应或不懂规则而丧命。

| **例5** | 曾见到一女主持人，还未述说病史，我就说：不用说了，你所有病的真正原因是你一生都没能找到一个疼你的人……她的泪水扑簌簌落下，说确实如此。我说，这病没法看，因为药方应写"一个疼你的人"，没这味药。你的长期失眠、头痛等源于你对生活的不满和得不到爱的焦灼，你必须先改变自己对生活的看法，作为一个女人，你自己扛的太多，你要先改变骨子里对男人的不信任。

她吃惊地望着我，嗫嚅着：那我儿子的焦灼抑郁是不是也

跟我的问题有关？他每次上车前都要大声地背诵英语，而且反复拖延……

我一边为那男孩心痛着，一边温和地直视着这位单亲母亲的美丽眼睛：你说呢？……

| **例6** | 在临床上总见妇女说这儿堵那儿痛，心知其因但不忍说破，只询问：活得委屈不？丈夫疼你吗？女人常嘴里说着可好呢，丈夫可疼呢，然后眼泪就直直地流下来。今儿一妇女如此哭的时候，旁边一老汉叹了口气，幽幽地说了句："女人啊，要的是山，要的不是棉（被）。"——赞叹啊，山，是帮你担当的，棉虽温暖，遇事撑不起来，女人心里也苦。

看病，其实是一次让人伤痛的经历。如果医者没有这种对人生及人性的穿透力，没有承受人类苦难和化解人类苦难的能力，是无法完成这场疾病的解读的，是无法触碰那原始的黑暗并使病人向明的。

病只是现象，而非本质，本质是人性的贪嗔痴慢疑。看不到这个层面的治疗，都谈不上治愈。不过遮蔽而已，不过按下葫芦起了瓢而已。

别把幸福过多地寄托在别人身上。就像女人，要总想着一个男人会给你终极的快乐，你一定会有失望的时候。因为他是人，不是神，他也有玻璃般脆弱的时候。终极的幸福只在于给予，而不在于索取。

一

病解：医者、
病人、病方

◇

杀敌一万，自损八千。所以三分病七分养。

病，从疒丙声，形符"疒"为患病者倚床貌，表示与病痛有关。所以，"病人"就是躺在床上死气沉沉看不见前途的人。

病因分内因、外因、本因（魂魄）。治疗，首先是勘破病因，接着医者与病人调频，然后是病方与病人的调频、合一。

| **感冒** |　　　没有内急，不感外寒。如果你有了心事，有了焦灼，而又没头没脑地光着脚冲到寒冷的户外，你没准就会感冒。人生没有捷径，该经历的我们必须经历，疾病，也有它的命运，你必须一个喷嚏接着一个喷嚏把那些寒邪鼓荡出去，同时眼泪汪汪还流点清涕，然后，你必须放松自己，裹得暖暖的，喝点热茶，有条件的自己开点小药，等着它走完这小段路，也趁势疼疼自己。

内心焦灼，气就内聚，体表就虚，虚则外寒易袭。怀孕初期的感冒

也是如此，胚胎夺气血而养，营卫亦不固。此时饮葱姜汤即可，葱白宣肺寒，生姜解表散寒。小病休息为上，如果此时不解内郁，且乱服药，反而扰乱气血，干扰代谢。虽说可以多喝水来加强代谢，但也不可太多，累了肾，更麻烦。

正气虚，则邪气盛。有人一见病便以补为要，甚蠢。比如感冒，清淡饮食可以避免引表病入里。

有些疾病，有些情感，有些事件，如同我们命中注定要经过的那些门和甬道，不是时时都会得到救助和指导的，更多的时候，我们必须自己开启和行走，哪怕黑暗哪怕泥泞，哪怕走不尽，哪怕走不出来，我们也得走下去，握着心的钥匙，坚忍地前行。

| **发热** | 正气驱赶邪气外出的表现。所以，治疗发热要帮助正气，用寒凉药就是帮助邪气来压制正气。

有些人担心会烧傻，其实，之所以会烧傻，是元气不能调精血上脑，故傻了。

| **心脏病** | 心主发散，由足少阴肾经制约。西医所谓的心脏病症状在中医里全体现在脾经、胃经、心包经中，所以，中医治疗心脏病与西医全然不同。心脏的问题在中医看来有几种表现：心肌缺血，会恍惚、心悸、心律不齐。心阳不振，会胸闷，总想当胸捶几下。膈肌不降，不能深呼吸，会憋闷，常叹息。肺气不肃降，感觉憋闷，脸赭红。还有肾精不足导致的早搏、间歇，心澹澹大动等。很多问题最终要靠脉象判断，哪怕同样的症状，也会有不同的治疗方子。

过去，人常"心有余而力不足"，可以理解有理想而因吃不饱，力

不足；也可以理解为权力不够大，想管的事管不了。现在把脉常常发现，今人，心无余而力更不足，成天灰心丧气，无精打采，吃饱喝足了，照样拿不起个儿，没激情——有靶子都不想拿箭，更何况现在好多人眼前一片灰暗，没靶子。

| **糖尿病** |　　少年时吃苦太多，营养不良；中年就报复性地狂吃滥饮，就会血糖尿糖不稳定。

糖尿病也是情志病，一定有感情上的重大缺失，有"欲而不得"的历史。

| **高血压** |　　是人体自保功能的体现。元气不足，精不足了，经脉淤阻了，各脏腑得到的营养就不够，人体就通过加压的方式来满足需求。元气足了，精恢复了，经脉通了，人的血压就会正常了。

凡血压高者需想想，什么情形下你的血压会高？生气的时候，压力大的时候，劳累的时候，放不下的时候……每当这种时候，人只要能静下来想一想，也许就会有些平复。所以，有时病好不好，在于自己能否觉悟。

| **低血压** |　　动力不足的问题。其人无神萎靡。

| **胃痛** |　　胃病的最主要原因还不是冷饮与暴饮暴食，而是生气郁闷。生气郁闷是肝木克制脾土，首先会表现在胃部。有些人郁闷后食少、食不下；有些人则是胃呆，吃得更多，或不停地吃零食。当人类的欲望被

抑制时，或当人类缺少爱时，都会用嘴巴的满足来填补胃部那深处的空虚和悲伤……

男子多生气郁闷表现在肝和胃；女子则表现在乳房和子宫，胃经走乳房，肝经走子宫。

《素问·平人气象论》："人以水谷为本，故人绝水谷则死，脉无胃气亦死。"

《素问·平人气象论》："人无胃气曰逆，逆者死。"

《灵枢·平人绝谷》说："黄帝曰：愿闻人之不食，七日而死何也？伯高曰：……气得上下，五藏安定，血脉和利，精神乃居，故神者，水谷之精气也。……故平人不食饮七日而死者，水谷精气津液皆尽故也。"故，一切治疗，以保胃气为先。

| **胆结石** | 原因有如下几种：(1)长期晚睡。(2)长期郁闷压抑。(3)长期不吃早饭。(4)想法偏激，不守中正。(5)乱吃营养补剂。

有胆囊疾患的病人越来越多了。一方面跟我们的饮食习惯的改变有关，比如吃大量含有违法添加剂的食品跟各种无益的保健品等等；再有，就是跟人的心理状况相关——有多少人生活在胆战心惊、提心吊胆当中？有多少人生活在忧郁愤懑、不遂所愿当中？

| **春流感** | 冬藏不足。气候异常。从南方起，北行。
| **冬流感** | 夏发散太过。气候异常。从北方起，南行。
| **癌症** | 细胞的无序生长，是肉体对生命的主动放弃，是肉体的自杀行为。

五脏还可以清爽，六腑就没这福分了，一定备受煎熬——要么胃被

食物煎熬，要么下焦被屎尿憋着。总之，人要想活得清清爽爽真不容易。

死病无药医——元气没了，再好的药没有用。药医不死病——元气尚可，可以用药来鼓荡元气驱疾。

● 百岁老人的生活之道

某日去北京台录影，谈百岁老人的生活之道。发现能耳聪目明活过九十的人，都是靠直觉而不是靠知识才深谙生命智慧和生存智慧的。比如：

（1）80% 的老人爱吃红烧肉中的肥肉。我说过那是藏元气的地方，是生命精华凝聚之地，很多孩童和老人只是凭直觉而选择了它，而我们成人却因所谓"知识"而拒绝了它。怕血脂高，可许多不吃这些的人，甚至吃素的人，血脂还是照常高。所以血脂高跟吃不吃肥肉没多大关系，而是跟你身体内部运化营养的能力有关。

（2）这些老人通常生育过 5 个以上的孩子。而我在《胎育智慧》里说过，正常的怀孕生子过程对女人的身体是一次生命再造，为了可爱的宝贝，我们的身体会激发出新的能量。再说了，子宫是块宝地，总不长庄稼的话，就长草，如若缺少爱的滋润的话，再兼气滞血瘀，还可能成戈壁荒漠。现在子宫疾患这么多，恐怕跟女人忧思内疚、反复流产反复戕害有关。

（3）百岁老人一般原本身体并不好，正所谓"赖赖唧唧活百年"。其实，生病不过是预警，小警不断，大警不来。他们又没多少钱，所以也不依赖药物。比如某老人一不舒服就喝"豆汁"，那是豆类发酵的渣滓，有营养易消化，且臭而通窜，有通经脉之良效。

（4）他们都有锻炼小窍门，而且一坚持就几十年，比如每天干搓全身、干梳头一百下。

（5）百岁老人通常有自己的小小兴趣爱好，每日乐此不疲，心无旁骛，自然少管闲事少生气。

其实，人活一世，至少要有情趣，至大要有心胸。他们夸儿媳夸女婿，夸得你都不好意思对他不好。他们活得明白，故能装聋作哑、甜言蜜语。而且勤快手巧，不怕吃苦。总之，他们知足地活着，他们凭直觉爱着生活，又有点自私地爱着自己。

活不活到100岁，其实并不重要，只要活着无愧疚，安宁、喜乐就成。能活多大岁数，还有天命管着呢。不过，对养生知识、对医疗信仰什么的，最好取之有度，太过或不及都不好。一矫情，一任性，就又是知识，而放弃了人体直觉这个重要的感知能力了。人最终是靠感觉活着，而不是靠指标活着。

《灵枢·天年》对"不得寿终"的解释：（1）"五藏皆不坚"——则五藏神不定，胡思乱想，神魂散乱。（2）"使道不长"——六腑运化无力。（3）"卑基墙"——先天不足，骨节不坚，薄脉少血。（4）"数中风寒"——包括老生气郁闷，血气受损，脉不通。如此这般，人则中寿而尽。

《素问·疏五过论》：暴乐暴苦，始乐后苦，皆伤精气，精气竭绝，形体毁沮。

二

疾病·自救：人不可对生命无知

人可以死于疾病，但不能死于对生命的无知。

医学是与人打交道的，所以我们也不能无视伦理的判断。在儒家，仿佛有着为政治上的信念而殉教的执着。在这方面，释迦牟尼恰恰与孔子相反，他作为王子，原本在政治上有着无上的权力，可以施行大慈大悲的善政，但他醒悟到只用政治和经济并不能真正解脱人类的烦恼，于是走上了出家修行之路。

佛也曾得病，这叫"示疾"，看能否有人从中觉悟"成、住、坏、空"，但他的徒儿们除了哭泣，什么都做不了，于是佛就涅槃了。

真正的疗愈实际上是一次重生——古代神话经常提到洞穴里的巨蟒，巨蟒守护着生命之珠，提到用贞洁处女去祭奠神龙，提到英雄战胜巨龙，而变成新的守护者——这就好像对生命疗愈的一个比喻，真正的治愈是一条危险的路径，因为你最终要在最黑暗处（犹如子宫）找到自我，再经历漫长的争斗和孕育（圣水的洗礼），才能重生。

在生病的人身上，总能看到生命的顽强和执着。

如果医药能解决人类的全部问题，这世上就不必有哲学和宗教。

正确的观念远比昂贵的药物和危险的手术更能帮助患者消除疾病。有了正确的观念，你就会有正确的决定，你就会有正确的行为，你就可以预防许多疾病的发生。

痛心疾首——每每看到庸医误下药，而无法救百姓于水火……痛心疾首。

总有人私信让我帮着看中药方子，说的又是西医的病名。这有多混乱啊。第一，没见到人，没见到性情，便不知病由何起，不能评。第二，没把过脉，便不知病之深浅，症在何经，将向何处变化。所以，不必再有此问，因何开方，恐怕只有开方人清楚，问旁人也是对开方者的不恭，随便议论别人的方子也是医者之大忌。有精力、有能力的话，还是自学一些中医为好。

医生——天下苍生之司命。

医生是什么人啊——是敢于与死神争夺生命的人，也应该是把"无常"看得真真切切的人。既然这样，就多一些悲悯，多一些将心比心。人类，是要携手共进，才能往前走得长远啊！

治得了病，救不了命。命数真是个让人烦恼的东西，还有一只看不见的手在左右着我们，敬畏吧。

凡弱者，一定会被强大的黑暗吸走……一定会。

如何让心强大，如何让身体强大，是一个永恒的话题。

自救，也是一个永恒的话题。

我的一个女学生，因为身体差、因为心力弱、因为直视过巨大的灾难，开始念经、吃素，并吃所谓修行人给她的不知道成分和名字的小药片……但一切于事无补。

我说：你修行是为了开悟吧？开悟靠的是心力吧？心力又靠的是身体，你的身体在哪儿呢？

元气虚者，哀而伤——因阳气运化无力，哀痛易堆积，久则伤；元气足者，哀而不伤——虽有悲怆，但得阳气疏布，易化，故无伤。

学医的好处：（1）可以帮助别人。（2）可以帮助自己。（3）可以知道自己也有无能为力的时候。（4）可以对大自然、对宇宙法则表达自己的爱和谦卑。（5）可以不畏惧死亡……但仅仅学医是不够的，因为还不能"了生死"。

学中医的人真不是单纯学医理就行的，最好具备以下几点：（1）天赋。（2）世事洞明。（3）人情练达。（4）熟知《内经》医理。（5）会用《伤寒论》之法。如此便是"上医"。若要成为"上上医"，还要"宅心仁厚"——慈悲；儿女情怀——纯真；英雄肝胆——有杀气和正气，否则，不能杀敌除魔。

世事洞明、人情练达可以慢慢来，但无此，就无法洞察人性，就不知病之所由。感叹：西医是医，中医岂止是医！

有人说：德不近佛者不能为医，才不近仙者不能为医！

我以为，德是后天修为，仙是先天灵性。二者缺一不可。人生，要精进啊。

三

中医之道：

是一种意境

　　西医，靠一个人的力量是无法穷尽和弄个究竟的，况且它要科学技术的大量支持。但中医，是一个人可以拿下的，它更看重的是个人悟性和素质，以及广泛的学识修养，而且，因为人是第一要素，所以它不易普及和推广。但幸亏有完整的经典，如不绝之缕，只要有人觉悟，它便有了无尽的传承。

　　中国医道不仅仅是治病之道，它关涉每个人的精神内涵和人格确立，关涉我们对宇宙万物整体的认识。它不对生命作抽象的、纯思辨的理论探索，而是从对春生、夏长、秋收、冬藏等自然节律的尊重中，对人的生老病死作一种直观的甚至是诗意的把握。

　　东方哲学始终不离自我体验及体悟，生命之道更是这种以"己"证"道"的先锋与典范。这种个性化的体悟很难用精确的概念来定义，常常是"说"不来，也"学"不来的。它的传承要么是体悟"高手"的确认与指认，要么甘于独守漫长的寂寞。

世界本浑然一物，自以为是之人类将其不断分类，命名为这学那学，其实专家即偏才，自有其局限和不可信处，尤其当他为某阶级或利益集团服务的时候。中国传统文化的妙处恰恰在于不分科，你只要掌握了其思维模式，便可一通百通，至于拿什么当作方便法门，那只是个人兴趣选择而已。

佛讲因果，中医讲始终，道讲先天后天，都有个时间顺序，都有时空变化，都有过程。其实，做人、做事，过程最迷人，而不是结果。

有的人急于找到病名，然后直接找药。医不求了，药不问了，没了"求"和"问"的过程，没了疾病是人体自保功能启动的认识，人们宁愿用"钱"消灭过程，而不愿参与到对疾病的反省中。所以，没有治愈，只有症状的潜伏和转变。

● 阴·阳

佛讲真如本性，儒讲中和，道言空有，内经讲阴平阳秘。

阴阳是传统医学里的大话题，中国哲学讲阴阳，《易经》讲四象：老阴老阳，少阴少阳。道学讲太极阴阳。《黄帝内经》讲三阴三阳。《伤寒论》讲六经辨证。所以，阴阳之用，在传统医学里，最究竟。

阴阳不二，然又非一。阴阳为本体，证治为用，经络为用，骨伤为用。阴阳，从本体言为空，为无，在其名，则为两用，用空说有，是中国文化之妙。

《素问·阴阳应象大论》曰："阴阳者，天地之道也，万物之纲纪，变化之父母，生杀之本始，神明之府也。治病必求于本。故积阳为天，积阴为地。阴静阳躁，阳生阴长，阳杀阴藏。阳化气，阴成形。"

孤阳不生，独阴不长。阴阳乃生成之道。阳，生之道，象"天"，看似无为，实有大为，暗无天日，则万物不生。阴，成之道，象"地"，以四时之序，得生长化收藏。《素问·宝命全形论》说："人以天地之气生，四时之法成"。

《素问·阴阳应象大论》："阳为气，阴为味，味归形，形归气，气归精。"

《素问·阴阳应象大论》："阴在内，阳之守也；阳在外，阴之使也。"

《素问·生气通天论》："阴者，藏精而起亟也；阳者，卫外而为固也。阴不胜其阳，则脉流薄疾，并乃狂；阳不胜其阴，则五藏气争，九窍不通。""凡阴阳之要，阳固乃密……阴平阳秘，精神乃治。"

谈阴阳有几个要点：

（1）正常状态下，没有阴阳，只是一团太和之气。不正常状态下，才可谈阴阳。

（2）阴阳分正邪。（正）阳不足，不能化阴霾，故阴邪汹涌；（正）阴不足，不足以收敛阳气，故阳邪外越。

（3）阴阳有层次，比如三阴三阳。

1. 三阴三阳

三阳：太阳、阳明、少阳；三阴：太阴、少阴、厥阴。在《素问·阴阳离合论》中，岐伯曰："太阳为开，阳明为阖，少阳为枢""太阴为开，厥阴为阖，少阴为枢"。所谓开，当指释放与吸收。阖，有关闭、和合之意，应指储存能量。枢，指开合之间的一种变频与转换能力，所以开、阖、枢是一种高度有序的、和谐的自组织行为。那么根据《素问·血气形志》："足太阳与少阴为表里，少阳与厥阴为表里，阳明与太阴为表里"，再根据《素问·阴阳离合论》"阴阳冲冲，积传为一周，气里形表而为相成"之意，当是一个人形的立体图，其中，太阳太阴分别居最外最里，其功能在于释放或吸收。从经脉言，太阳膀胱经小肠经主释放，太阴脾肺有吸收之功。阳明少阴当为合，主储藏能量，阳明胃和大肠藏有形之能量，少阴心肾藏无形之能量。大肠与胃都去渣滓而储精华，心肾为人体之动能。少阳厥阴当为枢，主变频与转换。少阳胆和三焦主将无形转换成有形，厥阴肝和心包主将有形转换成无形。

这里面稍有混乱矛盾之处，似乎与前文不符，但按照天之六气的排序，三阴指太阴，少阴，厥阴。在《素问·阴阳类论》中黄帝曰"三阳为父，二阳为卫，一阳为纪；三阴为母，二阴为雌，一阴为独使。"张景岳、马莳等均指出"一阴"当指厥阴。张景岳"一阴，足厥阴肝经也。"杨上善"一阴，厥阴也。"王冰"一阴，谓心主之脉。"马莳"一阴者厥阴也，厥阴为里之游部，将军谋虑，所以为独使也。"由此，厥阴应与少阳同为枢，少阳为纪、为游部；厥阴为独使、为朔晦，可变来变去，主转变，难窥其行止。少阴当与阳明为合，阳明像战士一样卫外，少阴像少女（雌）一样内守。

2. 有无

有无，是事物的存在形式。动静，是事物运动变化状态。用有无、动静谈阴阳要生动得多。有无，讲形质，属阴；动静，讲功能，属阳。所谓"道法自然"之"自然"，就是有无与动静的相依相缘、相因相果。

不思无，不思有；前面已过，后者未来；如如不动，是真阴阳。

思"有"：形、声、气、色、味——"形"里有木、火、土、金、水；"色"里有青、赤、黄、白、黑；"味"里有酸、辛、甘、苦、咸……一切，亦不过是"幻有"之象，是由人自性所起分别心而已，而分别心又源于"六识"。

思"无"：无形、无声、无气、无色、无味。无无亦无，真空妙有。

生老病死无关真如本性，有老有病，故有医药法门，使其和而已；有生死，故有修持法门，五气归元也是和。

3. 乾德·坤德

任何事物都有本性和德性，本性为体，德性为用。乾德其本性为"动"，其德性为"乾德"——自强不息，天有好生之德。那么"阴"的本性为"顺"，顺则静；不顺，则闹腾不止，为"先迷"，顺遂，则"后得主"。彰显其德性为"坤德"——厚德载物。

| 阳性 |　　主"动"，这个动不是瞎动，而是要守"元亨利贞"之道，守生发、生长、收敛、收藏之道。所以，整个"乾卦"都在讲怎么动、什么节点动、动到何等程度的问题。动好了、动对了，就是"龙"，就是"君子"；动错了，就是"虫"。

| 乾德 |　　自强不息，这四个字有大内涵。有人说，男人努力就是了，可不是啊，这世上，努力的男人太多了，可成功的就那么几个。实际上，"潜龙"时阳气尚微，懂得自保，就是自强；"见龙"时阳气不大，不可过用，就能"不息"；至三爻，为君子，要警惕慎动，也是"自强"；四爻是为跃龙，能抓住机会的就能"不息"；至"飞龙"，得其势，会用

其势者，至尊。

| **阴性** | 柔顺，顺承的是"阳性"。阳性主动，阴性主静。静不是不动，是顺承天性而动。比如，天之动在"冬至"，地之动则在"大寒"，地动要比天动缓一步，静如处子，慢慢酝酿激情；动如脱兔，一动就不可遏制，就生发万物。

因为要随天而动，所以，天春，地主生发；天夏，地主生长；天秋，地主收敛；天冬，地主收藏。

关于一年的开端，中国其实有不同的说法：天以"冬至"为阳气初生，此时天气动，地气未动；地以"大寒"为地气动之枢纽；人以"立春"为阴阳合气之时。故人之春节在立春前后，《黄帝内经·素问》探究人之形质，故以大寒为初之气。

冬至，一阳初起，此时只是天阳动，而地未动；大寒，寒凝至极则地一阳动；立春，人动。用个故事来解释下吧：冬至像个少年，春情初萌，而大地像个少女，她需要用时间来看清真相，所以不可能男人一追就动心，反而显出越追越冷的相，待看似无望，冷到极致（大寒）时，恰是少女动心之转机。至此天地阳气（少男少女）和合，便发展迅速了，至立春，便由和合而生人。故，唯有慢生活、深感情，才有因果。

《易经》讲乾德为自强不息，坤德要守遂顺之道，但遂顺不是一下子发生的，总须"先迷，后得主"。还须"括囊"，保持虚则能受的状态，才能"无咎"。世事皆要有过程，有过程，才有转机。现在的人总想消灭过程，感冒立刻吃康泰克，就是在用药或用钱消灭过程，于是，生命的转机就这样被灭掉了，并最终导致根本伤害。

| **坤德** | 厚德载物。所谓"厚"，言其足，精足者才能承载、生

发万物。为什么我们的星球如此繁盛，而别的星球一片荒芜？是因为这个星球的"坤德"独厚，而且能和"天"发生感应。所以，也只有这个星球如此看重"爱情"……

所谓"厚德载物"，不是光承载世间的好与坏就成了，而是要有化丑恶为美丽、化邪恶为神奇的能力，就好比大地，给它种子，它能催发；给它粪土，它能化育。这，就是德之厚。即，德不厚，自立都难；德厚，不仅能载物，还能化物。

4．阴阳和合

阴阳和合之道为"三"，"三生万物"。《素问·天元纪大论》有谓"物生谓之化，物极谓之变"——过程为化，节点为变。无论如何，世上一个太阳，配十二个月，阳比阴少无非是在暗示我们阴阳的比量问题，阴和阳绝不是等量的概念，所谓适宜无非都是一种变量的和谐。

5．生克

中国文化既讲"生"，又讲"克"。生，是绝对的；克，是必须的。

生命的生成是由"克"来完成的。看《素问·五脏生成》就全明白了。

五脏的生成是相克而成的。

人生不能滥用自由，有克才能成就。

把五行生克弄明白了，还能明白一个人生道理：人不可以过度放纵本性，过度了，就是病态；而且人的一生真正要做的，恰恰是约束本性中那偏执的一面、不好的一面，才能健康和长远。而这，也是中国的圣人们一切理论的出发点。

● 经·络

经络如环无端，就是告诉我们它原本是一个封闭的、有系统的空。它的能量源于自身的自足。要想保持自身的纯洁和空灵，必须拒绝开放。这也是胎儿能用短短的十个月时间完成人类几千万年进化的根本能量所在。但，人一出生，一用眼耳鼻舌身意，人的系统就开放了，随着不断地开放，便有了不断的坍塌，由此出生即入死地，这，即是老子言"出生入死"之真意。

故一切修行不过强调六根清净，不外泄，向内求。但既然已然系统开放，便无人能够力挽其坍塌之汹涌，顶多节流放缓其速亡。因此，世上只有不死的"神"（灵魂），没有不死的"人"（身）。

经络对于人体就像花园和牧场的沟渠，经络分支状态恰如树叶的脉络。

经脉者，所以能决死生，处百病，调虚实，不可不通也。"内属藏府，外络肢节"，故十二经脉像河流，是连通器，起于末端，内连脏腑，急救一定是用五腧穴。奇经八脉像湖泊，是丹田。二者通过络脉相连。

循行在人体内部的为"里支"，循行在体表的为"浮支"。气功和按摩重在里支，针刺重在浮支。

传统医学在古代并不分科，但分经。科，现在大多从病名上论，如此便割裂了生命的完整；经，则是对生命不同层次的描述，里和表、上和下、左和右……以及生命气机的相互扭转流变。由此，生命是活的，医生也当是活的，要为你的生命开出昨天的药、今天的药和明天的药，开放你的整个生命系统，让气血重新为你奔腾。

他不是要以抑制你神经的方法来镇你的痛，来蒙骗或遮蔽你的感觉，而是要顺应那痛的节点的纠结，促使它们自行宣散和开解，在这个过程中，你的痛也许会更痛，但你应为这攻病灶的痛而欢娱，因为它开始动了，开始加速它完结的进程……

| **经脉** |　　如笼罩大地山川之错综交叉之河流，如环无端……不知何处是开始，何处是结束？它们或悲伤、或欢快地流淌，直至生命的结束。

经络，也可比喻成情感的河流。你激动，它澎湃；你冷漠，它寒凝；你阳光，它温和；你阴郁，它艰涩。你的身体犹如宝瓶，微荡轻漾，那些金线银线、大河小流，有来处有去处，*溪溪清澈，深潭净莹*。

在这些河流之上，有五个点位或区域，是气血与治疗的关键点，它们的名字叫井、荥、俞、经、合。犹如人之出生、少年、青年、壮年、老年。

| **井穴** |　　如泉水之冒出，细小、晶莹、潋滟。十二井穴在人体四肢末梢，是阴经阳经的交汇处和十二经脉的起始点。这里肉少，气血薄，流速快，也容易堵，宜用散法。比如小儿高热、咽喉肿痛之实证可用少商、商阳放血法。井主心下痞满。

| **荥穴** |　　水流开始流淌，有些欢快，有些迷惘，不知自己的未来……但充满热情，如无知少年，盲目而坚定地奔向前方。《难经·六十八难》曰："荥主身热"，说明荥穴主要应用于发热病证，比如鱼际穴等。

| **俞穴** |　　随着河流的壮大，它开始更广泛地接触他者，也开始咀嚼痛苦的滋味，因为自己人生的不确定性，同时，为了冲关而积攒力量，所以变得有些自私了。俞主体重节痛。比如太渊穴、大陵穴等。

| **经穴** |　　这是河流之壮年，有德有位，可以生育子女，可以抚育他人，气血富足而可以指手画脚。生命的巅峰状态，可以整顿朝纲。但会

很累，担的责任太多。《难经·六十八难》曰"经主喘咳寒热。"

| **合穴** | 河流之老年状态，很深邃，可以收敛精气；很睿智，知道该怎么使用和分配自己。《难经·六十八难》曰"合主逆气而泄"，比如曲池穴、足三里穴等。

一般而言，治病用十二正经，修炼重点在奇经八脉。

奇经八脉，内含四正、四隅，四正——任脉、督脉、冲脉、带脉，四隅——阴跷脉、阳跷脉，阴维脉、阳维脉。

有人问，带脉是在腰的两侧吗？

答曰：环腰，其实只要是横向的问题都要考量带脉。比如环头痛。

唯独冲脉隐而不宣，不可碰，不可用。故又称中脉、圣脉，不为后世后天所用。只有《老子》一书全文都在说如何用中脉，那就是自性。黄帝讲肉体，用五谷和中药；老子讲自性，灵魂是资粮。

《素问·五藏别论》：拘于鬼神者，不可与言至德；恶于针石者，不可与言至巧；病不许治者，病必不治，治之无功矣。

任督二脉是两个大的能量系统，只要是活人都是通的，只是有能量大小的问题。只要静心修炼不跑偏，对人就有益处。但有人非得逼你说是练功打通的就没意思了。修行可以使阴阳二脉的交合能量变强大，从而祛病、健身。而不修行的人其阴阳交合能力就变弱或不外显。所谓"功夫"就是时间，修炼是要靠时间发话的，急不得，也虚夸不得。年轻时曾见两大师急吼吼的，而且练功都出了偏，一个手抖一个脸抖，吓得我直笑。

● 望闻问切

望闻问切，此四者，又称神圣工巧。作为中国传统医学的领军人物，扁鹊望齐侯之色，华佗断人生死，仲景断王粲之病，都让人叹为观止。今人在最低层面切脉上尚缺少领悟，一味以经验断之，更蠢者以西医病名断之，以众药堆积而上，煎熬其脏腑，脏腑无语，信访无门，致使冤鬼夜嚎。良可慨也！

中医的温良醇厚也在这四诊中：望，首先是注视，是对生命的凝视，但目光是仁慈的；闻，首先是倾听，是五脏六腑的共振；问，首先是对生活的探寻，是吃喝拉撒睡的细碎；切，首先是轻抚，然后才有浮中沉三部九候诗意般的描绘……而开出的方子，是对你生命的一次解读，是对你五脏六腑的一次调整和抚慰。

得多大福报才能拥有这一切啊。现在，不恐吓你就不错了，没人注视你，没人倾听你，没人抚摸你……你空落落地站在那儿，只有战战兢兢的绝望。所以，带学生的第一课就是培养他们的共情能力，没有对生命的深度体贴和同情，就不必进这个门。

望而知之谓之神——望五色以知其病。望诊水平的高低与内证体验的高低是直接相关的。

闻而知之谓之圣——闻其声而言其情。

问而知之谓之工——问所欲五味以知其病所起。

切而知之谓之巧——审虚实以知其病在何脏腑。自古神圣，未有舍望闻问，而独凭一脉者。

《素问·三部九候论》："形盛脉细，少气不足以息者危；形瘦脉大，胸中多气者死。形气相得者生；参伍不调者病；三部九候皆相失者死；上下左右之脉相应如参舂者，病甚；上下左右相失不可数者死；中部之候虽独调，与众藏相失者死；中部之候相减者死；目内陷者死。"这就是通过形气的"相得""不调"以至"相失"，来判断生、病、死的情形。

"黄帝曰：人之病，或同时而伤，或易已（治愈），或难已，其故何如？少俞曰：同时而伤，其身多热者易已，多寒者难已。"（《灵枢·论痛》）

"寒气客于五藏，厥逆上泄，阴气竭，阳气未入，故卒然痛死不知人，气复反，则生矣。"（《素问·举痛论》）

梁漱溟说：西医也切脉，但与中医切脉不同。中医切脉，如人将死，一定知道，西医则否。中医切脉，是验生命力量的盛衰，着意整个生命。西医则只注意部分机关，对整个生命之变化消息，注意不够。

此言甚是！所以真正的中医还在脉法上用功，而西医已经不切脉了，他们更相信仪器。

脉法讲究三部九候，三部是空间，九候是时间的等待以及脏腑气机在三部空间不同层次的时间变化。

如何把出正确的脉？实际上，医生靠的就是在气脉搏跳的一瞬间对人生命的全方位感悟。

当我把手轻轻搭在那人的腕处，有时候，这陌生人生活中的一切就会浮现出来，他的痛苦、他的焦虑、他的恐惧、他的爱恋、他的不得志、他过去的车祸、他肝上的血管瘤、他肺上的钙化点，甚至他窗台上落满灰尘的佛像……统统浮现出来。但，没人会相信这些，人们会说你是"巫"。

可那人明白，他使劲地点头，开始流泪，并且开始漫长的倾诉……

就这样，我的又一个下午就这样消失了，光影在我对面的窗上漂移、浮动……生活，有时真的比电影要生动、残酷和无聊。

你不必会这些，不必这么深地与生命的深处碰面，这没有好处，只会加深你的悲悯和厌倦。还是那句话：对于生命而言，医学真的那么重要吗?！

就这样，我开始逐渐地远离，当我把这种体悟生命的方法教给有灵性的学生后，我去开微博、学古琴、写毛笔字、写诗、种花种草、环游世界……没有什么可逃避的，只是被悲悯和淡淡的绝望笼罩了，犹如画案上那尊观音木雕，她双目低垂，望着脚下无法穷尽的波涛……

有人在我把脉后说："在大师的眼里，一切都是清澈的。"但这种清澈是否真的有意义，我开始怀疑。我宁愿闭上眼睛，只凝视那属于我的黑暗。

不精通人性、不精通脉学的人，真的很难进入真正的医学殿堂。医生，医是主"生"的，医者，是用"神"的高手。

《西游记》有诗："医道通仙有异传，大要心中悟妙玄。""若不望闻并问切，今生莫想得安痊。"——医道通仙道，自有难为常人道者，譬如扁鹊能透视，但不敢炫其奇，只以脉法说事。脉法亦有玄妙，姑且笑语略过。更有望诊之妙，如扁鹊之望齐桓公。所以，医通仙道一说，虽得"玩"之高境，但因常人难以理解，视医为"巫"，故愈高妙、愈落寞，愈高处不胜寒。

中医文化、中医经典还在，人类要有耐心，等待传承了中医精神的张仲景再来人间。我对此充满信心，尽管我可能活不到一代大师降临的时候，但这一信念就足以让我含笑九泉。

未来的人有福了。

我第一祈祷世界和平，第二祈祷家庭幸福美满，第三祈祷自己更精进一些，能救苍生于水火。

人人都不懈怠，这世界就美好了。

● 治疗手段

古人云："医不三世，不服其药。"三世指"三世之书"（《神农本草》《黄帝针灸》《素女脉诀》）。

在中国医药系统中，神农派当是经方派的起源，经由神农本草—伊尹《汤液》—《伤寒论》—《新修本草》—《本草纲目》等而蔚为成观；黄帝派当是医经派的源头，经《黄帝内经》—《难经》—《甲乙经》等而领数千年风骚；素女之书现存多为房中之书，并相传素女是黄帝的房中老师，所以素女派是房中派的开始，后游离出医家，为道教所用，且体系庞大。

凡治病，要看医者的思维方式。不是只有针或灸可以通经络，针不过是手指的延伸。有时，一个爱抚也可以让你浑身颤抖；有时，一句话也可以通经络，一句话也可以让你汗如雨下，一句话也可以要了你的命，一句话也可以让你快乐如上了天堂，正所谓，良言一句暖三冬……更了不得的，有时，一个眼神、一阵风、一片星空、一线温暖的阳光……都能拯救你，不只是灵魂，还有肉体。

　　针法、灸法、中药方剂都是在传统医学之原理上建立起来的，所以凡鼓吹"存药废医"者，不仅无知荒谬，而且居心不良——先废掉医理及文化根基，最后再以乱用药之名而攻击、诋毁，最后达到彻底消灭之目的。

　　所以，任凭风吹浪打，除非你打死我，否则，我愿永远做个旗手，并带领着莘莘学子，让中医文化之大旗永远飘扬……

　　《素问·异法方宜论》曰：北方寒气沉潜，用灸；西方乳食内伤，用药；东方鱼虾生疔，用砭石；南方气浮于外，用毫针；中央湿土缠绵，用按跷——此乃大方向，有天之气性，地之物候，人之习性，医之手段，但无情志，故，临证还要看病者的人生、医者的悟性。人体也有东西南北中，可综合用之，亦可全然不用。

　　天底下，唯有人的病最难治，因为人之七情六欲太过，而且复杂。动物的病好治，动物也有情有欲，但单纯、直白。

　　《素问·异法方宜论》说："黄帝问曰：医之治病也，一病而治各不同，皆愈，何也？岐伯对曰：地势使然也。"

　　| **砭石** |　　远古的流星雨落在山东的泗水之滨，火土相融，经岁月风尘而成玄黄之石，绚丽而多纹理、多能量。东方人多食鱼盐，多食膏粱厚味，一定多生疔疮，于是，先人们把它磨成石针，来破痈解脓。所以，砭石从东方来。

　　2011年春节时我特地走访了那里，在许多农家的院墙里，常见零星大块的砭石和青灰的其他石材垒在一起，未经打磨，寂寞，但甘心地享受着午后的阳光……如此看来，并不是只有一块"通灵宝玉"混在人间啊，但他们不愿再以精魂的方式、以宝玉多情的方式，来尘世游历浮华

或苦难，他们顽强地固守着自我，直到以自己的方式获得永恒……

在中医治疗法中，针刺、推拿都是外治法，最高级的是推拿按摩，最基础的也是按摩，可以充分显现"手到病除"。人的生命首先是个"气"的存在，人之病首先是个"气病"，对于"气病"而言，首选推拿、针刺，其要点是"意到气到，气到血行"。

| **推拿按摩** | 通过对肌肉、经脉的推、拿、按、摩等手法，可以：（1）疏导以通滞。（2）开泄以散结。（3）温补以益虚。（4）和解以平争。（5）归元以藏真。

| **针刺** | 起用于南方。南方多疫疠，古人以为鬼病，多用针以驱鬼。

| **导引按蹻** | 属于内功，需要自己练功。即，通过特定动作来引导"气"、运行"气"。它靠的不是力量，而是"劲道"，劲道来于理法，来于对自身气血脉道的深刻认知和体悟。经络不在图上，而是在人身上。人体自有大药，经络乃身体之大药。

| **药** | 西方多牛羊，脂肥伤脾，牛乳寒胃，多生五脏之病，唯有药可入里，以疗内伤。

梁漱溟说：药物如果有灵，是因其恰好用得合适，把生命力开出来。如用之不当，不唯不能开出生命力，反要妨碍生命的。用药不是好就是坏，不好不坏者甚少，不好不坏不算药，仅等于喝水而已。

依我看，没有不好不坏，只有对错。

有人问：中医将来会不会灭亡？亡在哪里，会不会亡在中药上？

中医理论作为"道"，不会亡，因为有伟大的经典。但作为一门"术"，却岌岌可危，因为行道的人不多。但我们不必杞人忧天，只要有经典在，总会有人在危难中能摸到门径，大光圣典，造福天下。所谓中医会亡于中药的理论在于药草种植、药物炮制等诸方面的问题，我并不认为这是核心问题，因为中医卖的不是"药"，而是"方子"，方子如果出了问题才是大问题。看看今人的方子就足以让人泪奔了。一听人咳嗽，就把中药里跟咳嗽有关的药都用上；一听人发烧，就把有消炎属性的药全用上，方子越来越大，疗效越来越差。

医道也有王道、霸道之分：王道，治病求本；霸道，取效一时，按下葫芦起了瓢。医者、求医者都当慎之。慎之之道在于明医理、明药性。凡学医道者，必先从王道入手，才能救民于水火。伤寒诸方已经千锤百炼，可惜今人不从经方入手，自作聪明者多，随意加减，还自诩自己与时俱进。

感慨中医教育：古时的医生年终大考是每人分配十个病人，十全为上，即十个病人都治愈的是上医，十失一次之，十失四则取消当年医籍。真喜欢这样的考试，几年前我请来的王老师也是这样培养学生的，每次几个学生把一个病人的脉，并在医案上明确写明"望闻问切"四项，三部九候脉象画得整整齐齐，每一部脉象各说明什么问题都写得清清楚楚。渐渐地，按照《伤寒论》六经辨证，阳明、少阴、厥阴等辨得清楚后，方子也就八九不离十了，最后方子的细微处，比如剂量、加减等就要看学生的潜质及灵性了。如此培养出的学生现在散落四处，但其中被老师真正认领和肯定的也就三个半（几乎是 4%。目前我留了两位在元泰堂照老方法带学生）。还望各位以自爱、自救为念，以经典为师，遇良师要及时就学，否则，错过的不是学问，是人生。

要想光大中医，首先要重建自信，重建我们对传统文化精神的信仰。虽然我从不以界内人士自居，这种超脱的境界反而给了我一个认识传统的高度，而我几十年来切实地与生命、与人性的周旋也给了我足够的虔诚和自信。我自信，是源于对《黄帝内经》《伤寒论》这些经典的自信。我自信，是源于人性的坚定和不媚俗的精神。不只是中医，只要是维系我们健康地活着的任何信念，都应该抱有这样的态度——坚持信仰、坚持不羁的勇敢和理性的判断，不怕任何世俗的打压，不参与无谓的争辩，坚持自己，才能走进那个圣地。

现在自学中医的人多起来了，是好事又不是好事，因为生死毕竟是大事，如不究竟，更是大患。第一，学医一定要先通读、通识古代文化，否则在阴阳五行上总是皮相，不明根底。第二，不可只学偏门、偏方，不明医理，逞一时之快，误人、误己。第三，经典比名师重要。不能道听途说，而要自证自悟。第四，收徒最忌"夹生饭"，因为人性难免我执太重，从一张白纸带起远比带那些半瓶子醋好。而且，长久观察，肯吃苦、厚道单纯的孩子远比那些机灵的好，机灵的最爱"离经叛道"，稍有小成就昂头戴面，难免一栽就是大跟头。而厚道的孩子知"战战兢兢，如履薄冰"之道，能在精微与广大之途上走得远些。

中药方剂是中国传统思维的大成，既有科学性，又讲究艺术性。对传统方子，都要考其制方之人、命名之义和立方之因，否则不能领悟其妙。因为每个制方之人都有他的个性、他的病人群体、他的悟性、他的出发点、他对药物的体会等等。他不是机械人、自然人，而是社会人，所以察方审谛，还须"游乎方之中，超乎方之外"。徐灵胎说："方之既成，能使药各全其性，亦能使药各失其性。操纵之法，有大权焉。"

药的作用——通经脉、调气血、发挥脏腑功能。对病者而言，医生和药也不过帮忙而已，病如灾，医、药只是赈灾，救急不救贫，不自强，终不以为继。救贫不是给钱，而是提供出路，比如提供工作。身体的贫，指精亏血少，吃饭睡觉生血，适度运动化精。如此才是自救。

学药不学医，不知药之妙。西药讲成分，中药讲性味。中药之四气五味神妙莫测，"气"从天来，从节气来；"味"从地来，从五行来。所以四气五味与节气有关，节味药含时空信息，而微弱信息可以引发突变。西药讲提取，中药讲配伍，所以中药、西药有大不同，不明就里的中西医结合，会把人引入歧途，直毁中医命门。

《周礼》：凡药，以酸养骨（收），以辛养筋（润），以咸养脉，以苦养气（降），以甘养肉（濡），以滑养窍。没说过活血化瘀。

没有大多数人的平庸，就没有生活。食物的气性就是平庸，所以才能天天吃。因此，请不要老问如何食疗，吃饭就是吃饭，吃饱了吃美了就成。不平庸的、浓的、烈的都是"药"，只能偶尔为之，只能有病时吃，因此，不明药性的话也别拿药材黄芪啊枸杞啊虫草啊什么的当饭吃。

单讲中药是没有用的，中药的要点在于配伍，在于君臣佐使，有主打的，有帮忙的，有引经的……就好比一个团队做事，离了谁都不行，所以中医不叫开药，而叫"开方子"，方，乃正也，就是给生命开出正确的方向。

比如健忘一事，思维断想，记忆不确，在于心窍闭，《黄帝内经》讲"心之官为思"。开心窍一般多用石菖蒲，但如果不配伍人参补心血之虚，断然无用。心血既虚，纵使石菖蒲能令心窍开，也不过随开随闭，必得心血和充足阳气鼓荡，才能九窍俱通。这，就是中药之妙。

从性味论上我们稍微谈下日常用的一些药物。

| **药食同源·酒** |　　　特指白酒，升而不守，入气分，水中之阳。因此，酒同时拥有阴阳二气，看上去是水，点着了是火，故被称为"奇物"，为远古治病大药。古人简单淳厚，用淡酒微调其阴阳，以微醺而达心肾相交之妙境，亦可驱寒、除瘴气，引经通全身之表，且化胃中生食，奇妙无穷。现代人喜滥饮而不识酒性，不知"品"乃三口，如赏识美女，远观、闻香最好，过近或可为毒，不知微醺只知沉醉，久之，乱性损身、烂胃腐肠。

| **药食同源·葱** |　　　诸物皆宜，曰菜伯（菜里的老大），又称和事草。生食，辛散。熟用，甘温。可发汗解肌，以通上下阳气，益目睛，利耳鸣，通二便。葱白生姜煮水愈妊娠伤寒。不可与蜜、枣同食，通气则能解毒，犹杀毒鱼肉毒。葱白，叶空茎直，气胜于味，主升散，通肺窍。

| **药食同源·姜** |　　　味厚，生散而降气。辛温，散寒，发表，止呕，"呕家圣药"。开痰，消水气，行血痹，通神明，救暴卒。姜汁，开痰、通便、降火，解野禽毒。姜皮利水，治疗浮肿胀满。

所谓"夜不食姜"，因为夜主合、姜主开，故少食为宜。但今人睡得晚，食亦无大碍。所谓"秋不食姜"，因为秋主敛、姜主散，但今人夏天空调闭塞毛孔，宣泄不够，且空调导致肺寒，秋冬一般会咳嗽，而葱姜又是祛肺寒、胃寒之良药，所以，不能全然依旧风俗而不知变通。人是活的，思维方法也要灵活才是。

| **药食同源·蒜** |　　　辛温，开胃健脾，通五脏，达诸窍（极臭极香皆能通窍）。去寒湿，辟瘟疫，化肉食。鼻血不止，用独头蒜捣汁贴足心引火下行，但血止即可。蒜敷脐通下焦，利水，通二便，灸用独头蒜，治疗

痛疽，多食散气耗血，损目神昏。

| **灸** |　　以肉身为脂，以艾草为香。肉体的痛能平息心灵的痛。起用于北方，北方多寒，经脉痹阻，艾灸通窜强里。

灸法是治病养生大法，夏天阳气浮越，气血欢畅，此时重灸，属于借力打力，故"夏至灸治病"。冬天气血内藏，至冬至一阳生，重灸则温养，更启动关元收藏之力，故"冬至灸养生"。

第八章

◇

觉知 · 新我

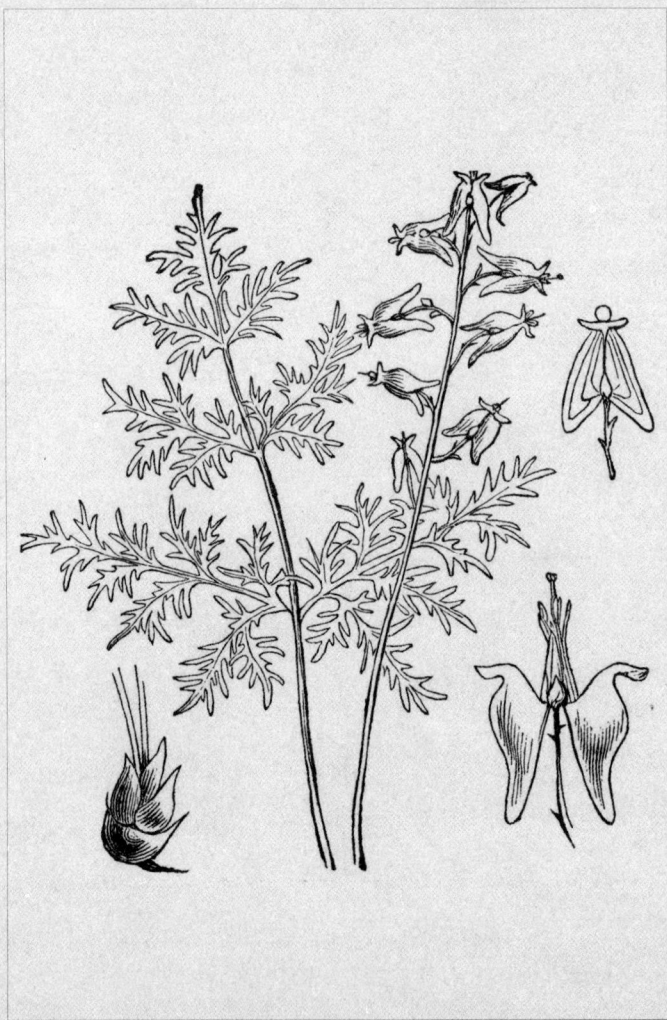

堂堂正正地做自己，也要倔强害羞地做自己；对生活充满
激情，但对现实要充满质疑和疏离。

一

传承与继承：
唯有认真而已

◇

传承人要有胸怀，不要老抠抠唧唧地留一手，那还是本事不够大，本事大、本事多，还怕别人偷？继承人要肯吃苦，温柔敦厚，认认真真学经典，别老想着偷招儿，那样只能糊口不能立命。再说哪有什么招儿啊，真正的招儿就是明"阴阳"、通"人性"！如此医道才能发展。至于我，早已深深厌倦这圈子的鄙陋与狭促了，幸好我也不是这圈子里的人，只是浸润中医文化，玩家而已，自己内心始终另有高境。唯愿如此大德慈惠无穷的中医文化能传承下去，光耀人类。

人生简单在于无邪且真，最难亦不过无邪且真。

某人学医路，其姨夫病伤寒，即延名医诊治，误下滋清之药，姨夫呜呼。表兄病，不敢再请所谓名医，决定请个没名但有学识的医，表兄又呜呼。二表兄病，不敢再招惹名家或专家，请中西会诊，针药并进，不久，二表兄又呜呼！于是此人悲愤彷徨，不忍亲人再落庸医之手，于是发奋自学访贤求能，最终自成名家。

此人名陈苏生（1909—1999），一代良医。现在都号称喜欢养生和传统医学，但真用功者无多，亲人和自己一旦有病，还是六神无主，随随便便将生命之重器委付他人之手，任人宰割！不吃苦，不学习，不觉悟，人生之苦便没有尽头。自救之根底还在自我之觉悟！切切！

今来广州一学员，现职律师，酷爱传统之学，宅心仁厚，踏实好学，精通五运六气，八卦六壬。入我会所二期学医一年，有所大悟，闲暇周末即来京探讨脉法及医理。每每汇报已用《伤寒论》之法尽愈亲朋诸病，令我身边医学院学生仰慕不已，直呼其师兄。愿众生也能正信起念，不唯救己，亦可利他。从医入道，不亦乐乎！

● 我的学医历程

从认识到中医的困境，尤其是教育的困境那天起，我便决定从学院式教育中脱离出来，先是 1996 年开设了"中国古代文化与传统医学"选修课，十年磨一剑，教学笔记在 2005 年成书《中医与传统文化》。然后开始筹办中医夜校，2001 年请卢央先生讲古代天文学。

2002 年 12 月，结识了谢启大女士。在游最后的三峡时我们一路长谈，她给我最大的鼓励是克服女人的局限性和甘心做小女人的慵懒。我问：我要出来做事吗？当然，那是一定的。好，我做。做什么？弘扬中医文化和中国文化。好。那天江面的风很大，吹乱了头发，但感觉心像江面那样宽广。当时我想的是，我就要做这件事，否则，我连失败的机会都没有。我想把一种新的教学理念实现，让学习成为一种享受，一种真正的熏陶。

非常怀念学医的那些年，广延明师，天天夜校，与学生同吃同住，家里的炒菜锅变成了中药炮制锅，床底下堆满了各类中药，每日亲自试药、试针，火灸自身 1200 壮，哭也哭了，毒也中了，虽连累家人，但也其乐无穷。

小儿那时两岁有余，成天骑个小破车在我们中间穿梭，竟也练出一身功夫。送其上幼儿园时嘱其不要被人冒充妈妈同事接走，他说："接不走的，我会问她发烧吃什么药，她若回答吃桂枝汤，我还会问她什么情况下吃桂枝汤，什么情况下吃麻黄汤……"在场学生都惊异之，然后大笑。这、这、这是不是就叫作"熏陶"？

关于学医，我主张从经典入手，不盲从，不入派别，拜师一事从来婉拒，不求一招二式，而要扎扎实实地亲历亲证。最好也不要以行医为谋生手段，那样也会被利益挟持。最好只关乎热爱、慈悲和杀敌除魔的品性，这样才能出高境。人之一生，只有心性的成长和富足是最重要的。其余的，有，就感恩；没有，也不要。

不抓紧，就错过。错过的不是学问，是人生。

现代的人，求术的多，求道的少。

现代人都问病怎么治，很少有人问病怎么得的。我的建议是，不舒服了，先静静地想三分钟：我一贯的生活如何，情感如何？……也许，想着想着就能明白一些。

大抵养生求安乐，亦无深远难知之事，不过寝食之间尔——用孩子的话说，就是吃饭饭，睡觉觉。

现代人疾病的总根源，是缺少爱。没有爱，没有分享的能力，没有激情，人的免疫力就低下了，就会生稀奇古怪的病。

人要坚持底线，不坑蒙拐骗，不被利益驱动而丧心病狂。可以坚持自言自语、自娱自乐，让自己在写作中得到自由和救赎。要堂堂正正地做自己，也要倔强害羞地做自己；对生活充满激情，但对现实要充满质疑和疏离。做生活中的小女人，做精神上的爷。

二

做人·养生艺术：
正念正行体悟

◇

● 问题1 对于生命而言，医学真的那么重要吗？

如今，"养生"这词儿已经烂大街了。其实，"养生"是养生命，不是"养身"。生命的概念要远大于身体的概念，它包括身心灵、精气神，甚至宇宙空间、气候、人文诸多方面。它要求人的本性、素养及升华。如今社会上讲的其实都非"养生"之实质，只是在讲你该如何正确地生活。而真正的养生是：(1)读《黄帝内经》，明生命之理。(2)练功。所谓"功"就是"功夫"，就是时间。耐心而精心地把一个功练上几十年，就出效验了。所以，既无韧性，也就不必求其曼妙了。更何况，大多数人好好活着都费劲，也就怨不得经典总是被束之高阁了。

病，不是单纯地指身体的不适与困顿，其中还包括神魂的不安、颠倒与飘零。不病，不是指浑浑噩噩地活着，而是指清醒地、安详地、智

327

慧地活着。

只有中国有"养生文化"，其实，养生一词已超越现在的医学概念，它是人类对生命的一种自觉，它规避一切有意、无意的伤害，只追求修复和圆满。《黄帝内经》哪里是什么医学经典，它不推崇药物，更不涉及手术（而这两项，不正是现代"市场医学"的撒手锏吗），不是它不懂这些，在它之前，神农已经尝百草了；在它之后，华佗能做复杂的手术。但它坚守着它的信念——只有人的正念和人的正行，可以救自己！只有洞悉了宇宙、人性，体悟了真气运行，才能成就自己！

管是一种行为，但管好了，还是管坏了，则是不同的境界。治病亦如是，都是治，但有的是去了病根，有的则是按下葫芦浮起瓢。这个病好了，那个病又来了，但大多数人不明白前病和后病的关系，所以，要想真正明白，还是要看懂《黄帝内经》中的医理。唉！经典摆在那儿上千年了，它也寂寞非常啊。

现代"市场医学"用仪器来探究人体，只问结果，不问原因，只看肉身，不看人性。所以愈加敬仰《黄帝内经》，它究诘的是"原因"、是"人性"、是五脏神明和天地之气的流转与生命的牵手，它要求你有一双洞悉世间纷杂与丑恶的眼睛。就像孔子知道后世一定有语"乱力怪神"者，故他不语。《黄帝内经》恐怕也知道后世有用药用刀的，所以，它以一种雍容的华贵、一种娓娓的平和、一种慈悲的胸怀告诉我们：不用那些，人类用自身气血之调和也能唤醒自我；不用那些，人类用修为也能治愈疾病；不用那些，人类也许能走得更远……

生命，是人的生命，是宇宙的生命，爱自己，爱宇宙自然，才会

"生生不息"。

最近食品安全成了大问题。民以食为天，如若"天"塌了，谈养生和医疗皆是虚妄。心伤痛之。一边吃毒，一边排毒，生活成了一场徒劳的但要命的笑话。呜呼哀哉！人可以不讲命运，但一定要讲因果。想起鲁迅当年的呼号：救救孩子！

第一，当食品药品安全出了大问题后，谈养生和医疗皆是虚妄。当小孩子的奶粉里有了三聚氰胺后，谈吃谈补已没什么意思。

第二，目前的"养生热"实际涉及"自救"的层面，老百姓在不知该相信谁时，如果能从经典中汲取养分，也是一个不错的出路。毕竟几千年来中国庞大的人口所依赖的就是传统医学。不要把传统医学、传统养生与目前的中医现状混为一谈。

第三，养生分三个层面：肉体、精神和魂灵。医药只能部分地解决人肉体层面的问题，而更大的问题在于养心和养神。如果医药、食物能解决人类的全部问题，这世上就不会有哲学和宗教。这也是我所有的书"重道不重术"的一个关键。总之，要想"离苦得乐"，还要内心的觉悟。

中医文化和养生文化是个更大的民族文化问题。中国人将怎么坚守自我，将怎么树立自己的民族自信心是个更根本、更长远的问题。

养生，是一种主动管理生活的方法，是对人类行为的必要调适，是完整的生活的艺术。

所谓传统文化，是为了让后人过得更好、更安全。动物把警惕作为基因传递，人靠学习来完成这一切。人类文化是靠不断地传承才能继续下去的，如果能把自己的经验、人生感悟不断地教给后人，也是一种享受，也是一种养生。

做人，就得考虑长远。考虑长远，就是养生。

养生，就是明人性，立规矩。而不是懂几条经脉，会开几个药方。生活不乱来，精就能固摄，不耗散。

养生不是吃补品，不懂原理的补精一定适得其反。有一个 20 岁的男孩一直滑精，而医生却一味地给他补，结果精照样滑，而且越来越虚，都直不起腰来了。治疗的关键是要恢复他收摄的能力、藏精的能力。就如同"亡羊补牢"，补的是篱笆，不是补羊，篱笆没补好，再多买几只羊回来羊还是要跑的。把毛病解决，把心性调好，就是坚固了篱笆。只要圈里还有两个羊（一公一母，一阴一阳），有阴阳就能生发，就能精足神足了。

所以养生的要点不是寻医问药，是改生活习性。

有人问：性格和习性没那么容易改吧？

答曰：不改，是还没有到绝处，只恐怕到绝处时肉身又支撑不住了，想改也没劲改了。

所有的利益集团都无非是利用人的弱点骗钱。比如，人怕病、怕死、无明，以为保健品会帮到自己，人想通过占有好东西来拯救自己，但人不知道高蛋白会增加胰脏的负担，高能量的东西要靠人调动更多的气血去化解它，在化解它的时候你觉得自己精神旺盛了，但不知这是提前动用了你的气血。天下没有免费午餐，你不仅浪费了你的钱，还浪费了你的精，你提前预支了自己，因为你的贪婪和无知。

养生是越来越热了。到底是青春期的涌动，还是更年期的潮热，越来越让人看不懂了。但有一点是看得懂的：就是人们需要的不是只会卖药的医生，而是需要生活的指导者和同情者，需要能相互交流身体感受、能够得到劝诫，并参与到病情的讨论之中的人……所以，养生概念的表达会越来越完整，它关乎肉体和心灵两个层面，是一种主动管理生活的态度，是对人类行为的必要调适，是完整的生活的艺术。

穷不养生，穷无止境；

富不养生，富不长久。

● 问题 2　生命在于静止，还是在于运动？

静——宇宙的匀速运动，与之合拍就是静。不是不动哦。

形体的匀速会带来心灵的匀速，形体的静会带来心灵的静。

地球围绕太阳转一圈是一年，太阳也有它的匀速运动，它们各守其道，带给人类和宇宙的繁荣。

锻炼要点

知"八虚"：俗话说，百练不如一站，站中有妙诀，全在懂"八虚"——内经曰，心肺有病，病在两肘，故站桩时沉肩坠肘，就是对心肺最好的锻炼。肝胆有病，病在两腋，故站时要"虚腋"。脾有病，病在两髀，就是人体的胯骨轴处，故要松胯。肾有病，其气会留于腘窝处，故站时要膝盖微屈。几大关节松弛，即养生妙法。

锻炼要点：（1）匀速。忽慢忽快，不稳定，是大忌。（2）坚持。凡生命都讲究"百日筑基"：在母腹，百日有个人模样；出生百日方庆生；百日，是个基数，锻炼百日后，生命便有了记忆，气血便有了轨迹。

锻炼后要避免生气。锻炼完之后，不能马上与人有口舌之争，因为越是在这个时候生气越危险。在锻炼时，我们的气机是顺畅的，此时如果马上堵了一口气，会比平时堵得更厉害。就好像练静坐，静坐的时候，整个人的精气神是定住的，这时如果突然有人在你背后拍一下，你就会"魂飞魄散"，比平常受的惊吓大得多。

《从头到脚说健康》我写了两本，第一本以内经医理为主，讲人体疾患的表现和病因病理；第二本则是每种病症的防御法和对治法，而且是无伤害性的自我锻炼法。但今人有病只喜欢求药，不求病因，自然更不肯花精力去求通脉解结的果了。像以上"八虚"之说都清楚写在《从头到脚说健康2》里，但很少有人用心探究。

三

反思：未来
我们怎么办？

◆

所谓末法时代，就是神魔大战的时代。我的意见呢，这些人没悟性就先别管，但还是劝诫他们，做佛做仙的事先往后放放，先把人做好，别来了一趟，还把做人的事给耽误了。

我们谁都不是一开始就能明白精神的内涵，就好比我们拥有身体，但我们对这个肉身常常视而不见和毫不知情。所以，除了肉体，我们也需要精神的训练——我们要倾听、阅读、交流、感受痛苦、沉思、体悟、禅修——这是一份孤独的、必须自己完成的工作，但唯有这份工作，是有意义的工作，它不会给你带来钱财，但会让你强大和成熟。

不要自弃，而要自我超越。

所谓"自弃"，就是自己放弃了自学、自力、自省、自证、自爱、自觉，就是白白浪费了此生为人的机会。什么都问别人，什么都听别人的，总祈盼有什么救世主，而放弃了天地自然这大师、经典这大师、自我灵性这大师……呜呼，人生苦短，不精进，不自利，不自救，岂能具足？遑论利他？

凡自利、自救，离不开对经典的自学。别人再教，不入心入骨，也是皮毛。所以，我一向推崇的还是经典，而中医经典之经典，就是《黄帝内经》和《伤寒论》。

"经"是指永恒不变的真理，"纬"则指变化，因此古代有经书纬书之差别。"论"的声旁是"仑"，指次序、次第。如人的次序为"伦"；水的波纹为"沦"；人说话有条理有次序为"论"。所以中医的经，是《黄帝内经》；中医的论，是《伤寒论》。

《黄帝内经》与《伤寒论》，一个雍容大度，娓娓道来，一个紧张杀厉，阴霾痛苦；一个有着帝王贵族的优游风范，一个有着民间大医的忧心忡忡；一个是众圣关于经络气血的奇思妙想，一个是独自一人运筹帷幄关于众药的排兵布阵；一个是扶阳固本的典范，一个是寒湿泄泻的摹本。一个是向上平衡，培补真元，实践真人、至人的理想，一个是向下平衡，以攻为守，渴望实现保命全形的常人意愿；一个是贵族医学，强调修炼和扶阳固本，少用药或不用药，一个是平民医学，强调精准地辨证和用药。

好了，不论我们学什么，无论我们修什么，最终都要完成自我超越。所谓自我超越，不过是：从祭坛走向神坛；从乞讨者变为给予者；从被创造者一变而为创造者。在祭坛——你为鱼肉，人为刀俎；乞讨者——只知索取，无力付出；被创造者——无自我之觉知，随命运之波逐流。而神坛，是我的人生我做主；给予者，是自足之后的深沉的广大的爱；创造者，是觉知，是欢乐，是法喜，是新我。有了这个新我，才有新世界。

后记

其实，这本书 2012 年已经写就，但始终不愿拿出来。因为有好多话可能会刺痛某些不认真阅读的人。也许我们现在还不能理解 2012 对我们人生的意义，但它关于末世的预言可以警醒我们的人生，对个体而言，生命并不是永无止境的，我们有必要为自己的人生找一个界标，来唤醒和提升我们的心灵。在这个共业的时代，2012 就可以作这样的界标，让人类可以一起对这个世界表达我们的疏离、拒绝或敬意。

在写这本书的时候，我不必再像以往那样，因为是在电视上，而憋屈自己，而压抑自己。我可以坚持自己的性情，自己的愤怒，自己的幽默感，自己的抒情，自己自由而豪放的心灵……我希望它成为你随身携带的小册子，随手翻开，都能会心一笑。希望它的留白大一些，你也能在边上写上几句……

其实，我非常讨厌"养生专家"这个称谓。其实我更喜欢《史记》《道德经》《诗经》等，但医道确实是个基础，而且《黄帝内经》慈悲广大。凡"家"都有局限性，非要称"家"的话，最喜欢"玩家"。我更愿意像个孩子那样心无旁骛地开心地玩着成长。学问并不重要，重要的是学问能否让你成长和从灰暗的现实里得到救赎。

现在讲养生的人真多，但生死关头时还是慌乱，还是四处求医，甚至连"医"都不求，只是"问药"。为什么？因为不通"天地人"之道，所以，再怎么讲，也是虚妄。别把我归于"养生家"好不？我讲的是"天地人"之道，我对养生的关注点和他们不同，我苦熬着生命的资粮，升腾着心识的光芒。就把我认定为"玩家"吧，我是传统医学的票友，偶尔亮一嗓子罢了，那个真我，惚兮恍兮，恍兮惚兮呢！

所以，这本书，跟所谓的"养生"没有关系，但跟生命有关。如果你想看如何吃药、如何喝药，你就别读这本书；如果你关注生命，关注因何而生、因何而病、因何……那，咱们就一起惚恍着吧。

因为幸福着，所以不孤独；因为痛苦着，所以不畏惧；因为纯真着，所以不媚俗；因为热爱着，所以不放弃。

活到今日方知，一切都不是求来的，而是老天给的。老天给了我一个好天性，让我可以诗意地接受一切，给了我旺盛的精力去完成一个好使命，给了我稳定的好生活而让我保持生性的淡泊和慵懒，也给了大家一颗包容喜悦的心来敬我爱我。而我对老天给的一切都心存感激，我只需勇敢地活着，以配得上你的恩宠！

十二年沉溺情性，不知有世界。又十二年沉浸岐黄，不知有情性。如今又十二年，欲东西相参，南北抟和，阖辟自由，可乎？